KB017911

스토리텔링의 이해

본 서는 교육인적자원부의 NURI사업의 일환으로, 전주대학교 전통문화콘텐츠 X-edu 사업단으로부터 국고지원금을 지원받아 개발되었습니다.

스토리텔링의 이해

Understanding of Storytelling

류수열 유지은 이수라 이용욱 장미영 주경미

스토리텔링의 이해

초판 1쇄 인쇄 2007년 2월 20일 | **초판 1쇄 발행** 2007년 2월 28일
지은이 류수열 유지은 이수라 이용욱 장미영 주경미
펴낸이 최종숙 | **책임편집** 권분옥 | **편집** 이태곤 박소정 이소희 김주현
펴낸곳 도서출판 글누림 | **등록** 제303-2005-000038호(등록일 2005년 10월 5일)
주소 서울 성동구 성수2가 3동 301-80
전화 3409-2055 | FAX 3409-2059 | **이메일** nurim3888@hanmail.net
ISBN 978-89-91990-45-6 03800

정가 12,000원
* 잘못된 책은 교환해 드립니다.

스토리텔링이 넘쳐나고 있다. 대학 강단에서, 언론 매체에서, 출판 시장에서 '스토리텔링'은 각양각색의 미사여구로 치장되어 21세기 문화산업을 선도할 새로운 돌파구로 주목받고 있다. 인류 역사상 이렇게 스토리텔링이 각광받았던 적이 있었던가를 생각해보면 지금의 현상은 산업적 측면에서 그동안 소홀히 다루어져 왔던 스토리텔링의 중요성과 의의가 새롭게 평가되고 있다는 점에서 긍정적이다. 그러나 정작 스토리텔링과 관련한 변변한 이론서 하나 없는 작금의 현실은 우리에게 시사하는 바가 크다. 특히 미래의 문화콘텐츠 산업인력을 육성해야 할 대학 현장에서 스토리텔링을 교육할 만한 교재가 부족하다는 것은 아이러니하다.

예술 영역에서의 '스토리텔링'과 문화산업 소스로서의 '스토리텔링'은 분명 구분되어져야 한다. 지금 우리가 중요하게 논의해야 할 것은 문화산업의 소스로서의 '스토리텔링'이다. 문화산업은 크게 세 가지 요소를 바탕으로 이루어진다. 인문학형 마인드, 예술형 심미안, 그리고 산업공학형 기술이다. 그리고 이 세 가지 요소를 유기적으로 결합시키는 것이 '스토리텔링'이다. 대학에서의 스토리텔링 교육이 전공과 무관하게 교양 필수처럼 광범위하게 이루어져야 하는 것은 이 때문이다.

이 책은 대학에서 문화콘텐츠산업을 전공하거나 관심이 있는 학생들에게 스토리텔링을 강의할 목적으로 기획되었다. 크게 6부로 이루어져 있는데 1부는 스토리텔링의 개념과 역사를 개괄하는 <스토리텔링의 기초>이다. 2부부터 5부까지는 '주제와 소재', '캐릭터', '세계관', '스토리와 플롯' 등 스토리텔링의 구성 요소들을 이론과 실제를 적절히 섭목하여 집필하였다. 마지막 6부는 <스토리텔링의 확장>으로 디지털과 스토리텔링의 만남을 통해 새롭게 부각되고 있는 디지털 스토리텔링을 다루었다. 기왕의 스토리텔링 이론서들이 너무 쉽거나 너무 어려워 강의의 수준을 맞추기가 힘들었다는 것을 염두에 두고 대학에서 스토리텔링 강의를 맡고 있는 여섯 명의 필자들이 강단에서 실제로 필요로 하는 것이 무엇인가를 서로 고민하고 토론한 결과물이다. 각 장의 필진을 소개하면 다음과 같다. 제1부는 류수열, 제2부는 이수라, 제3부는 주경미, 제4부는 유지은, 제5부는 장미영, 제6부는 이용욱 교수님이 집필해 주셨다.

"구슬이 서 말이라도 꿰어야 보배다"라는 옛 속담이 있다. 문화콘텐츠산업의 원천소스를 풍부하게 보유하고 있는 우리에게 스토리텔링은 '바늘'이다. 학생들에게 바늘을 사용할 수 있는 적절한 교육이 이루어진다면 문화산업의 경쟁력은 향상될 것이며, 이 책이 대학에서의 스토리텔링 교육에 도움이 될 수 있기를 기대한다.

이 책은 각 장마다 두 부분으로 구성되어 있다. 각 장의 앞부분은 컨설팅(Consulting)이라 하여 '이론적인 설명'이 되어 있고, 뒷부분은 메이킹(Making)이라 하여 실전 훈련을 위한 단계적인 지침이 안내되어 있다. 이렇게 각 장의 내용을 구획지은 이유는 이 책을 읽는 독자가 주로 대학교 교육을 받고 있는 학생이라고 가정했기 때문이다. 학생들은 컨설팅 부분에서는 이론을 배우고 메이킹 부분에서는 이론을 적용하여 스스로 스토리텔링을 해 보는 실전훈련을 받게 될 것이다.

책의 기획 단계부터 함께 고민하고 노력해준 필자 분들께 진심으로 감사드립니다.

2007년 2월
필자를 대표하여 이용욱

차례

제1부 **스토리텔링의 기초**

제1장 스토리텔링의 개념과 역사   13
     01 | 스토리텔링의 개념과 특성   13
     02 | 스토리텔링의 기원과 역사   20

제2장 문화콘텐츠 산업과 스토리텔링   41
     01 | 문화콘텐츠 산업의 성격   41
     02 | 문화콘텐츠 산업에서의 스토리텔링   46

제2부 **주제와 소재의 설정**

제3장 주제 탐색   55
     01 | 친숙한 주제와 낯선 주제   56
     02 | 소비 대상에 따라 주제 정하기   57
     03 | 매체에 따른 주제 선별   58

제4장 소재 찾기   65
     01 | 소재 발굴하기   66
     02 | 주제 표현에 적절한 소재 고르기   69

제3부 **캐릭터의 창조**

제5장 캐릭터의 기능   75
     01 | 주 캐릭터   77
     02 | 보조 캐릭터   78
     03 | 캐릭터 기능의 비고정성   82

제 6 장 캐릭터의 성격   87
   01 | 성격의 발현   89
   02 | 캐릭터의 유형   95

제 7 장 캐릭터 설계   103
   01 | 캐릭터의 본질 찾기 : 욕망   105
   02 | 캐릭터 시놉시스 작성   106
   03 | 캐릭터 설계   110

제4부   세계관의 표출

제 8 장 세계관의 유형   117
   01 | 나는 누구인가?   118
   02 | 세계관 설정하기   119
   03 | 다양한 세계관의 표출   120

제 9 장 시간적 배경   125
   01 | 설화, 전설에서의 시간   126
   02 | 개연성   127
   03 | 상호작용성   129
   04 | 제2의 창작   131

제 10 장 공간적 배경   137
   01 | 새로운 공간 창출   137
   02 | 새로운 커뮤니케이션의 용어들   138
   03 | 온라인 게임의 공간적 특성   142
   04 | 다양한 서사구조   145
   05 | 타임머신의 등장   147

제5부 스토리와 플롯의 진화

제11 장 될성부른 스토리   153
  01 | 스토리의 정의   154
  02 | 스토리의 진화   162

제12 장 스토리밸류 높이기   169
  01 | 이야기의 원형 찾기   170
  02 | 인간 욕망과 스토리밸류(storyvalue)   175

제13 장 플롯과 스토리텔링   193
  01 | 플롯의 정의   194
  02 | 플롯의 유형   197
  03 | 플롯의 구성   200
  04 | 플롯의 형상화   201

제6부 스토리텔링의 확장

제14 장 정보와 사회와 스토리텔링   209
  01 | 정보화 사회란?   209
  02 | 수단 : 디지털 글쓰기(digital writing)   213
  03 | 공간 : 가상공간(cyber space)   218
  04 | 화자와 청자 : 다중(多衆)   222

제15 장 디지털 스토리텔링   231
  01 | 온라인 게임의 디지털 스토리텔링   234
  02 | 하이퍼텍스트와 디지털 스토리텔링   241

참고문헌 | 249

제 1 부

스토리텔링의 기초

제1장 스토리텔링의 개념과 역사

제2장 문화콘텐츠 산업과 스토리텔링

제1장 스토리텔링의 개념과 역사

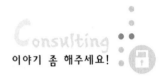

Consulting

이야기 좀 해주세요!

01 | 스토리텔링의 개념과 특성

(1) '이야기'의 사전적 정의

스토리텔링(storytelling)은 '스토리(story)'와 '텔링(telling)'의 합성어이다. 굳이 우리말로 번역하면 '이야기하기'이다. 그러므로 '스토리 = 이야기'와 '텔링 = (말)하기'의 뜻을 나누어 보는 것이 스토리텔링의 의미를 이해하는 한 방법이다. 그러나 '이야기'는 항상 '듣다'와 '하다'의 목적어로 쓰이기 때문에 '이야기'의 의미만 확인해 봐도 스토리텔링의 의미는 자연스럽게 알 수 있다.

'이야기'를 국어사전에서는 다음과 같이 풀이한다. 제시된 각각의 뜻풀이가 의미상 분명한 변별점을 지니고 있는 것은 아니나, 각각이 핵심 개념을 달리 설정하고 있다는 점을 주목해 볼 만하다.

① 어떤 사물이나 사실, 현상에 대하여 일정한 줄거리를 가지고 하는 말이나 글
② 자신이 경험한 지난 일이나 마음속에 있는 생각을 남에게 일러 주는 말
③ 어떤 사실에 관하여, 또는 있지 않은 일을 사실처럼 꾸며 재미있게 하는 말 ≒ 구담(口談)
④ 소문이나 평판
⑤ <문학> = 소설(小說)

이야기라는 단어는 보통 '처음-중간-끝'의 구조를 갖춘 말/글의 덩어리를 지칭한다. 어떤 말이나 글이 가진 '처음-중간-끝'의 구조를 간추린 것을 우리는 '줄거리'라고 한다. '줄거리'는 원래 나무에서 잎이 떨어지고 남는 것을 가리키는 말이다. 이 뜻에서 유추되어 사물이나 현상의 핵심을 지칭하게 되었다. 이를 잘 보여주는 것이 바로 첫 번째 풀이이다. 이를 통해 우리는 이야기가 이야기답기 위해서는 줄거리를 가져야 함을 확인할 수 있다.

그런데 인간이 하는 말이나 글은 웬만하면 모두 '처음-중간-끝'으로 구성된 줄거리를 가진다. 소설은 물론이고 논설문이나 설명문, 심지어 서정시까지도 넓게 보아 모두 이야기에 속한다. 어떤 면에서 우리가 하고 듣는 말, 우리가 쓰고 읽는 글은 거의 다 이야기에 속한다고 해도 지나친 말이 아니다. 두 번째 풀이와 네 번째 풀이가 이야기라는 단어의 의미에 포괄되는 것도 이 때문이다.

줄거리가 '처음-중간-끝'으로 연결될 때에는 일정한 질서를 따르게 마련이다. 시간적 순서나 공간적 순서에 따를 수도 있고, 논리적 순서에 따를 수도 있다. 이 중에서 시간적 순서에 따라 줄거리가 구성된 것을 서사(narrative)라 한다. 그러므로 이야기는 서사의 상위 개념이고, 서사는 이야기의 한 양식으로 간주된다.

세 번째 풀이에서는 '꾸밈'과 '재미'가 핵심이다. 여기에는 꾸미는 목적이 재미에 있고, 재미를 갖추기 위해서는 꾸며야 한다는 뜻이 숨어 있다. 꾸민다는 것은 객관적으로 존재하는 사실 그대로를 사진을 찍듯이 보여주지 않고, 말하는 사람 나름대로 사실을 재구성한다는 뜻이다. 이 과정에서는 추측이나 거짓이 첨가될 수도 있고, 사실의 일부분이 아예 삭제될 수도 있다. 이를 흔히 픽션(fiction, 허구)이라고 한다. 이

야기에서 픽션이 중요한 이유는 재미라는 요소 때문이다. 같은 줄거리를 가진 사건이라도 어떻게 조직하느냐에 따라 재미는 얼마든지 달라질 수 있다. 세 번째 풀이에 가장 적합한 사례가 옛날이야기에 속하는 신화, 전설, 민담이고, 소설, 만화, 영화, 드라마, 뮤지컬, 퍼포먼스, 게임 등도 이런 개념의 이야기에 속할 수 있다.

다섯 번째 풀이는 다소 전문화된 개념으로 쓰이는 용례이다. 소설은 흔히 서사 문학으로 설명된다. 서사에서는 시간의 흐름에 따른 사건의 전개가 핵심적인 요소이다. 그리고 사건은 그 사건을 일으키는 주체(인물)와 그 사건이 일어나는 시간과 공간(배경)을 필연적으로 수반한다. 그러므로 '이야기'라는 말을 소설이라는 의미로 쓸 때는, 어떤 인물이 어떤 시공간을 배경으로 벌이는 사건의 연속이라는 의미가 여기에 포함되어 있다고 보아도 무방하다. 이를 가리켜 '형상성'이라고도 한다. 소설은 '서사'와 '픽션'의 개념을 전형적으로 보여주는 장르이다. 소설과 이야기를 동격의 개념으로 보는 것은, 이야기의 핵심적인 요소가 추상적인 정보나 논리적인 지식, 혹은 교훈적인 도덕적 지침이 아니라, 구체적이고 개별적인 인물이 물리적인 시공간의 지배를 받으며 움직이고 살아가는 모습을 생생하게 그려낸다는 점에 있음을 주목한 결과이다. 달리 말하면 소설은 이야기가 가장 정련된 질서에 따라 조직된 양식이라 할 수 있다. 두 가지 이상의 사건이 시간적 선후 관계만 성립되어도 이야기는 조직될 수 있지만, 이것이 소설화되기 위해서는 이들이 인과 관계까지 확보해야 하기 때문이다.

이상에서 언급한 이야기의 연관 개념들을 의미의 범위에 따라 배열하면 다음과 같다.

이야기(story) > 서사(narrative) > 허구(fiction) > 소설(novel)

'서사'와 '허구'의 의미 관계는 단일하게 정리되기 어렵지만, 대체로 허구보다는 서사가 더 넓은 개념으로 쓰인다. '비허구적인 서사'는 성립 가능하지만, '비서사적 허구'는 흔치 않기 때문이다.

(2) 이야기와 스토리텔링

위에서 살핀 대로 '스토리'에 해당되는 '이야기'의 의미가 다양하긴 하지만 다음의 몇 가지 사실을 확인할 수 있다.

① 이야기는 '처음-중간-끝'이라는 구조를 가진다.
② 이야기는 그 내용의 사실성과 허구성을 막론하고 성립된다.
③ 이야기는 재미의 요소를 자아내기 위해 여러 가지 정보가 임의적으로 재구성된다.
④ 좁은 의미에서 이야기는 구체적인 인물의 행위를 그려낸 말을 뜻하고, 넓은 의미에서는 추상적이고 논리적인 내용을 포함한 인간의 모든 언어 구조물을 가리킨다.

이 중에서 ④항에 대해서는 논란이 있을 수 있다. 가령 신문의 사설 한 편을 하나의 이야기라 할 수 있는가 하는 것이다. 물론 넓은 의미의 이야기 개념에는 포괄될 수 있겠지만, 일반적인 의미 범위에서는 이야기로 보기 어려운 것이다. 이는 신문 사설이나 교과서에 담긴 지식이나 정보와 비교해 보면 더욱 분명해진다. 지식이나 정보는 어떤 사물이나 현상에 대한 인식이나 그에 대한 판단을 가리킨다. "임진왜란은 1592년에 발발했다.", "공기의 저항을 무시하면 물체는 질량에 상관없이 똑같은 가속도를 갖는다.", "기회비용이란 한 품목의 생산이 다른 품목의 생산 기회를 놓치게 한다는 관점에서, 어떤 품목의 생산 비용을 그것 때문에 생산을 포기한 품목의 가격으로 계산한 것이다." 등등은 어떤 사실이나 개념을 알려주는 지식에 해당된다. 이처럼 지식이나 정보는 대상의 전체를 드러내 주지 않는 단편적인 정보로서, 초시간적이고 추상적이며 논리적인 성격을 지닌다.

그런데 가령 다음과 같은 내용으로 조직된 언어 구조물이 있다고 가정해 보자.

> ……1597년(선조 30) 일본은 이중간첩으로 하여금 가토 기요마사[加藤淸正]가 바다를 건너올 것이니 수군을 시켜 생포하도록 하라는 거짓 정보를 흘렸다. 이를 사실로 믿은 조정은 이순신에게 명하여 그를 생포하라고 했으나, 이순신

은 일본의 계략임을 간파하여 출동하지 않았다. 가토 기요마사는 이미 여러 날 전에 조선에 상륙해 있었다. 이순신은 이로 인하여 적장을 놓아주었다는 모함을 받아 파직당하고 서울로 압송되어 투옥되었다. 사형에 처해질 위기에까지 몰렸으나 우의정 정탁의 변호로 죽음을 면하고 도원수 권율의 밑에서 두 번째 백의종군을 했다.……

위 인용문에 제시된 것은 일단 역사적 사실로 인정된 내용이다. 그런데 이 언어 구조물에는 "임진왜란은 1592년에 발발했다."라는 단편적 사실을 넘어서고 있다. 구체적인 인물이 있고, 사건이 있으며, 시공간적 배경이 제시되어 있다. 또 선행 사건과 후행 사건이 계기적·인과적으로 연결되어 있기 때문이다. 그래서 우리는 이런 언어 구조물을 이야기의 한 전형적인 사례로 인정할 수 있다(역사를 뜻하는 'history'와 이야기를 뜻하는 'story'가 동일한 어원을 가지는 것은 우연이 아니다). 이처럼 어떤 언어 구조물이 하나의 이야기로 성립되기 위해서는 앞과 뒤를 이루는 두 가지 이상의 정보(사건), 구체적인 인물과 배경이 하나의 구조를 이루고 있어야 함을 알 수 있다.

한 걸음 더 나아가면 동일한 사건이 다음과 같이 구성될 수도 있다.

안위는 노획품을 싣고 왔다. 군량 10섬, 건어물 20짝, 고구마 10가마, 소금 3되 칼 10자루 조총 7자루, 화약 100근, 그리고 피복과 신발 들이었다. 먹다 남은 차와 찻잔도 있었다. 나는 안위의 배로 올라가 노획품을 점검했다. 종사관 김수철이 목록을 작성했다. 나는 안위에게 물었다.
__ 척후선에 웬 식량이 이리 많은가?
__ 장기 척후입니다. 열흘 동안 고흥, 보성 쪽 연안을 샅샅이 뒤지고 있었습니다.
__ 적이 우리를 찾고 있구나.
적의 주력이 다시 서진을 예비하고 있는 것인지, 아니면 다만 고흥, 보성 연안의 내 군세를 탐지하고 있는 것인지 판단할 수 없었다. 고흥, 보성 쪽에는 적에게 보여줄 아무런 군세도 없었다. 나는 늘 그쪽이 추웠고 시렸으며 적에게 감지될 내 빈곤이 두려웠다. 조총은 도원수부로 보냈고 화약은 수영 창고로 옮겼고 식량은 안위에게 돌려주었다.

— 칼을 보여라.

안위가 노획한 적의 칼을 뽑았다. 안위는 칼을 나에게 넘겼다.

— 죽은 척후장의 칼입니다.

쇠가 살아 있었다. 칼자루에 감은 삼끈이 닳아서 반들거렸다. 살아서 칼을 잡던 자의 손아귀가 뚜렷한 굴곡으로 패어져 있었다. 수없이 베고 찌른 피에 젖은 칼이었다. 나는 그 칼자루를 내 손으로 잡았다. 죽은 자의 손아귀가 내 손아귀에 느껴졌다. 죽은 자와 악수하는 느낌이었다.

적의 칼은 삼엄했다. 칼자루 쪽에 눈을 대고 칼날의 끝 쪽을 들여다보았다. 칼이 끝나는 곳에 한 개의 점이 보였다. 그 점은 쇠의 극한이었다. 칼은 그 소실

점 너머로 사라지는 듯했다. 칼날 위에서 쇠는 맹렬한 기세로 소멸하고 있었다. 쇠는 쇠 밖으로 뛰쳐나가려 했고, 그 경계를 따라 칼날은 아슬아슬한 소멸의 흔적으로 떠 있었다. 그 위로 긴 피고랑이 칼날을 따라 소실점 쪽으로 뻗어나갔다. 칼날에 묻은 피를 모아 흘려보냈던 피고랑 속에서 빛이 들끓고 있었다.

••• 김훈, 〈칼의 노래〉에서

이 텍스트에서는 이야기를 쓴 작가 대신 이순신이라는 실존 인물이 서술자 노릇을 하며 보고하는 듯한 어투로 자신의 직접적인 경험을 전달한다. 등장인물의 말이 직접 화법의 형식으로 전달되고 있고, 칼의 생김새가 생생하게 묘사되어 마치 독자가 현재 그 칼을 보고 있는 듯한 착각을 불러일으킨다. 역사적 사실을 순서대로 나열한 앞의 언어 구조물에 비해 한층 더 구체적으로 감각화된 것이다. 물론 이 언어 구조물은 서사성과 허구성을 가진 전형적인 소설의 한 부분으로서, 가장 정련된 수준에 놓여 있는 이야기의 한 양상을 보여준다 하겠다.

이처럼 통상적인 이야기 개념, 특히 최근에 전문화된 용어로 쓰이고 있는 '스토리텔링'의 '스토리' 개념에서는 추상적인 내용이나 논리적인 구조를 가진 말/글을 포함하지 않는다. 따라서 스토리텔링에 대해서는 넓은 의미의 이야기 개념보다 좁은 의미의 이야기 개념으로 한정해서 이해할 필요가 있다. 결과적으로 지식이나 정보와 대비되는 좁은 의미의 이야기 개념, 즉 가장 일반적인 개념의 이야기가 지닌 특성은 다음과 같이 다시 정리될 수 있다.

① 시간적 질서를 바탕으로 두 가지 이상의 정보나 사건이 연속적으로 결합하여 '처음-중간-끝'의 구조를 형성한다.
② '처음-중간-끝'의 구조는 정보나 사건이 청자나 독자의 관심과 흥미를 염두에 두고 재조직된 결과이다.
③ 추상적·논리적 지식이 아닌 구체적인 사실이나 경험을 주된 내용으로 삼는다.

'스토리텔링'은 이러한 '스토리'의 의미에 '텔링'이라는 동사성 명사가 부가된 합성어로 이해하면 된다. 즉 어떤 이야기를 만들거나 이야기를 남들에게 표현·전달하는 행위를 지칭하는 것이다. 그러니까 일단 '스토리텔링'은 어떤 이야기를 남에게 알려준다는 '소통 행위'에 방점을 둔 용어로 이해해도 무방하다.

이제 이상에서 설명한 스토리텔링의 개념을 구체적으로 확인하기 위해 한 사례를 보기로 하자.

"가까워질수록 마음 편한 사람
가까이할수록 기분 좋은 기업"

그 남자를 처음 만난 날
그때의 설렘을 아직도 기억합니다.
환하게 웃는 그의 얼굴을 볼 때면
하루 종일 기분이 좋았습니다.
그 남자에서 내 남자가 된 지금,
매일매일 보고 또 보는 얼굴이지만
언제나 새로운 느낌으로 다가옵니다.
잠시만 곁에 없어도 그리워지는 얼굴
볼수록 사랑스런 내 남자입니다.

이 광고의 핵심적인 메시지는 마지막 행에 위치한 '가까이할수록 기분 좋은 기업'
이다. 이를 통해 독자들에게 전달하고자 하는 메시지는 다음과 같이 정리될 수 있다.

> "우리 기업이 만든 제품을 애용하면 할수록 기분 좋은 일이 많이 생깁니다."
> "우리 기업은 가까이할수록 기분 좋은 기업이니 우리 기업이 만든 제품을 많이
> 애용해 주세요."

그런데 이 광고에서는 이러한 추상적인 메시지를 뒤에 은폐한 채, 구체적인 인물
과 사건을 설정했다. 일차적으로 '우리 기업 = 그 남자'라는 비유적 등식을 성립시키
면서, 과거와 현재에 걸쳐 그 남자와의 관계를 여성 화자의 입으로 진술하는 전략을
택한 것이다. 서사성과 허구성을 활성화시킨 것이다. 이렇게 함으로써 하나의 이야기
가 성립되었다. 결국 이 광고는 스토리텔링 기법에 의해 구성된 기업 홍보 광고라 하
겠다. 이 경우 스토리텔링은 건조하고 추상적인 언어보다 훨씬 더 강렬하고 인상적
으로 메시지를 전달하는 효과를 가진다.

02 | 스토리텔링의 기원과 역사

(1) 스토리텔링과 미디어

스토리텔링은 일종의 의사소통 행위이다. 따라서 스토리텔링의 역사를 살피기 위
해서는 의사소통의 도구가 어떻게 변해왔는가에 주목해야 한다. 물감의 화학적 성분
이 그림의 형식과 내용에 영향을 미치듯이, 의사소통의 도구가 무엇이냐에 따라 그
의사소통의 내용과 형식은 달라질 수밖에 없기 때문이다. 다만 여기에서 도구란 매
우 포괄적인 의미이므로, 의사소통의 도구는 통상 '미디어(media, 매체)'라는 말로 대
체하기로 한다.

미디어라 하면 보통 신문이나 TV 등을 떠올리면서 기계적 요소에만 주목하는 경우가 많다. 그러나 '어떤 작용을 한쪽에서 다른 쪽으로 전달하는 역할을 하는 것'이라는 미디어의 사전적 의미만 참조하더라도, 미디어의 개념은 기계적 요소를 훨씬 벗어남을 알 수 있다. 도구의 물리적 성격이 아니라 그 역할에 초점을 맞추고 있는 이 사전적 의미를 존중한다면, 우리가 의사소통의 미디어로 가장 먼저 손꼽을 수 있는 것은 언어이다. 의사소통이란 말 그대로 인간의 의사(意思)를 다른 사람에게 표현·전달하고 그것을 이해·수용하는 행위이다. 따라서 언어야말로 의사소통의 가장 전형적인 미디어라 할 수 있다.

이처럼 언어를 미디어로 볼 경우, 인간이 활용하고 있는 의사소통의 미디어는 인류사적으로 다음의 세 가지 유형으로 구분할 수 있다.

유 형	특 성	종 류
표출 매체 (presentation media)	• 대면 상태에서 직접 소통 • 저장 불가	음성언어
표상 매체 (representation media)	• 표상적 부호로 소통 • 거리와 무관하게 통달 가능	서적, 전보, 신문, 잡지, 만화 등
기계/전자 매체 (mechanic/electronic media)	• 표상적 또는 기술적 요소 필요 • 장치의 조작 능력 필요	전화, 라디오, 텔레비전, 컴퓨터, 인터넷 등

미디어의 차이에 따른 의사소통 방식의 차이를 더욱 세부적으로 살피면 다음과 같이 정리된다(단, 기계/전자 매체 영역에서는 방송에 초점을 맞춤).

	미디어 영역		
	면대면	문 서	방 송
흐름과 통제	• 비중재적 • 쌍방향적 • 참여자	• 중재적 • 일방적 • 편집자/수요자	• 중새적 • 일방적 • 프로듀서/구경꾼

프레젠 테이션과 포맷	• 비정기적 • 구어적/표현적 • 비조직적 • 비선형적/선형적	• 정기적 • 텍스트적/영상적 • 조직적 • 비선형적/선형적	• 정기적 • 구어적/영상적 • 조직적 • 선형적
수용과 억제	• 초상화적(인간의 얼굴) • 동시적 • 상호작용적 • 시간/공간적 • 동적	• 초상화적(2D페이지) • 심사숙고적 • 능동적 • 공간적(외관) • 휴대 가능	• 경관적(3D파노라마) • 즉시적 • 수동적 • 시간적 • 장소 고정

언어로 대표되는 미디어의 역사적 변천과 관련하여 우리가 기억해야 할 사실 중의 하나는, 미디어는 대체되는 것이 아니라 부가되는 것이라는 점이다. 새로운 미디어의 출현이 오래된 미디어의 존립과 위상에 영향을 전혀 미치지 않는 것은 아니지만, 그렇다고 해서 오래된 미디어가 완전히 사라지지는 않는다. 오토바이가 자전거를, 화물 트럭이 수레를 완전히 대체하지 못하듯이, 문자언어는 음성언어를 대체하지 못하고, 전자매체가 생겨났다고 해서 문자언어가 사라지는 것은 아니다. 다만 음성언어에 부가되어 문자언어가 운용되며, 여기에 다시 전자언어가 부가되어 인간 생활의 변화를 초래하는 것이다.

스토리텔링의 역사는 이와 같은 의사소통 미디어의 변화와 밀접한 연관을 맺고 있다. 순수하게 구두 언어로만 이루어지는 스토리텔링, 문자 언어에 의해 구성되는 스토리텔링, 기계나 전자 매체에 의해 소통되는 스토리텔링이 순차적으로 출현하게 되는 것이다. 또 선행하던 매체와 새로 출현한 매체가 혼용되기도 하며, 선행한 스토리텔링 미디어는 새로운 미디어가 출현한 이후에도 원형을 보존하면서 지속되기도 한다. 그러나 새로운 미디어의 출현은 스토리텔링의 내용과 형식 양면에 크고 작은 영향을 미쳐 새로운 스토리텔링 장르를 낳는다.

(2) 욕망으로서의 이야기하기

이야기가 인간의 근원적인 본능과 관련이 있음을 암시하는 이야기가 있다.

#1. 이야기 주머니

옛날에 이야기를 아주 좋아하는 소년이 있었다. 만나는 사람마다 이야기를 해달라고 조르고 들은 이야기는 주머니에 차곡차곡 넣어 두었다. 소년이 나이가 들어 장가를 가게 되었다. 장가가는 하루 전날, 10년 넘게 주머니 속에 꼼짝 없이 갇혀 지내던 이야기들이 음모를 꾸몄다. 어떤 이야기는 딸기로 변하고 또 다른 이야기는 돌배로 변한 다음 그가 먹어서 죽도록 하겠다는 것이었다. 이야기들이 음모를 꾸미는 이야기를 엿들은 하인이 신랑을 따라가면서 죽음의 위기에서 구해주었다. 위기에서 벗어난 후 그 내막을 들은 신랑은 아는 이야기가 있으면 주머니에 넣어두지 않고 다른 사람에게 다시 들려주었다고 한다.

#2. 임금님 귀는 당나귀 귀

신라의 경문왕은 당나귀처럼 귀가 길었다. 왕은 왕관 속에 긴 귀를 감추고 비밀로 하였지만, 왕관을 만드는 복두장이만은 그 비밀을 알고 있었다. 평생 비밀을 지키고 살던 복두장이는 죽음이 임박하자 대나무 숲에 가서 큰 소리로 "임금님 귀는 당나귀 귀!" 하고 외쳤다. 그 이후로 대나무 숲에 바람이 불면 그 소리가 들려오곤 했다. 경문왕은 그 소리가 듣기 싫어 대나무를 베어내고 그 자리에 산수유를 심었다고 한다.

첫 번째 이야기는 이야기가 사람들에 의해 소통되고 그래서 공유되어야 한다는 것을 암시하고 있다. 한 사람이 독점하고 있는 이야기는 아무런 소용이 없다는 것이다. 그런데 이 이야기는 인간은 누구나 이야기하고자 하는 욕망을 지니고 있음도 암시한다. 『삼국유사』에 나오는 두 번째 이야기 또한 같은 맥락에서 이해할 수 있다. 자기가 알고 있는 이야기, 특히 남들이 전혀 모르는 어떤 정보가 담긴 이야기는 그대로 무덤까지 가져가기 어렵다는 것이다.

이런 점에서 보면 스토리텔링이란 어떤 장치나 기법 이전에 인간의 본능이라 할 만하다. 그래서 스토리텔링의 역사는 인간의 역사만큼이나 오래 되었을 것이고, 그 기원 또한 인간의 기원과 시점을 공유할 것으로 추측된다.

(3) 스토리텔링의 기원 : 제의와 설화 스토리텔링

스토리텔링의 기원을 실증적으로 밝히기는 어렵다. 문자가 역사를 기록하기 이전, 구술 문화 시대부터 스토리텔링이 어떠한 방식으로든 존속되어 왔으리라고 추정되지만, 그 면모를 확연하게 보여주는 가시적인 증거는 거의 없기 때문이다. 다만 간접적인 방식으로 그 당시의 스토리텔링이 어떻게 형성되고 연행되었는가를 짐작할 수 있을 뿐이다.

❶ 제의 스토리텔링

스토리텔링의 원초적 형태를 짐작하게 해 주는 간접적인 증거 중의 하나는 원시 시대 사람들이 남긴 그림과 같은 흔적들이다. 울산 지역에는 반구대 암각화(岩刻畵)도 그 중의 하나이다. 암각화란 바위에 새긴 그림을 뜻하는데, 선사 시대 사람들은 자신들의 바람을 커다란 바위 등 성스러운 장소에 그림으로 표현했다. 반구대 암각화에는 육지동물과 바다고기, 사냥하는 장면 등 총 75종 200여 점의 그림이 새겨져 있다. 육지동물은 호랑이, 멧돼지, 사슴 45점 등이 묘사되어 있다. 호랑이는 함정에 빠진 모습과 새끼를 밴 호랑이의 모습 등으로, 멧돼지는 교미하는 모습으로, 사슴은 새끼를 거느리거나 밴 모습 등으로 표현하였다. 바다고기로는 작살 맞은 고래, 새끼를 배거나 데리고 다니는 고래의 모습 등이 있다. 사냥하는 장면에는 탈을 쓴 무당, 짐승을 사냥하는 사냥꾼, 배를 타고 고래를 잡는 어부 등이 등장하고 있고, 그물이나 배도 그려져 있다. 이러한 그림은 선사인들이 자신들의 사냥감이 풍성해지고 사냥 활동이 원활하게 이루어져서 풍족한 생활을 영위하기를 바라는 마음으로 바위에 새긴 것으로 추정된다.

이와 같은 그림들은 원시 시대 스토리텔링의 한 단면을 보여준다. 구술 문화 시대의 그림 중 상당수는 당시의 제의를 형상화한 것으로 판단된다. 인간이 신에게 제사를 지내는 의식의 일부가 그림으로 표현된 것이라는 설명이다. 제의가 어떤 절차를 순서대로 밟아 나가는 식으로 진행되었다면, 당시의 그림 또한 음악, 무용

울산 반구대 암각화

등과 더불어 스토리텔링의 일부라고 보아도 무방하다. 반구대 암각화에도 사냥하는 사람과 사냥감이 등장하고, 그들이 벌이는 사건으로서 사냥과 번식 등이 등장하고, 비록 시간적인 연속선 속에서 사건들이 긴밀한 선후 관계나 인과 관계를 맺고 있지는 않으나, 하나의 줄거리를 가진 맥락 속에 배치되어 있기 때문에 스토리텔링으로서는 충분한 자격을 갖추고 있는 셈이다.

❷ 설화 스토리텔링

원형에 가까운 스토리텔링의 양상을 보여주는 또 다른 증거는 신화, 전설, 민담을 포괄하는 설화 작품들이다. 오늘날 전수되고 있는 설화는 과거의 특정 시기에 문자로 채록되었기 때문에 원형 그대로는 아니지만, 오늘날 우리가 접할 수 있는 스토리텔링 중에서 구술 문화의 속성들을 원형에 가장 가깝게 보여준다.

신화

신화 중에서 천지 창조 신화는 신이 해와 달, 별 등의 천체를 어떻게 만들게 되었는지를, 건국 신화는 영웅들이 국가를 어떻게 세웠는지를 설명해 주는 이야기이다. 천체를 만들고 나라를 세우는 과정에서 겪어야 했던 시련과 고난, 투쟁 등이 주된 사

건을 이룬다. 신화가 처음 만들어진 것은 인간이 겪는 비일상적인 자연 현상, 가령 홍수나 가뭄, 화재, 지진, 천둥과 번개 등등의 자연 현상에 대한 궁금증에서 출발했다. 인력의 범위를 넘어서는 자연 현상을 이해하기 위해서는 초인적인 힘의 존재를 상정할 수밖에 없었고, 그 결과 신이나 초월적 영웅에 대한 관념이 싹튼 것이다. 특히 건국 신화는 공동체 구성원들에게 자긍심과 유대감을 형성해 주는 중요한 기능을 가지고 있는데, 이를 위해 신화의 스토리텔링에서는 건국 시조의 신성한 혈통이나 초인적 능력을 강조하는 경향이 있다.

오늘날 전해지는 신화는 그 자체로도 스토리텔링의 기원이라 할 만하지만, 신화 시대 당시에는 신화가 스토리텔링의 한 요소에 불과했다. 흔히 신화를 가리켜 '제의의 구술적 상관물(oral correlative of ritual)'이라 한다. 이는 신을 영접하고 신을 즐겁게 하며 신을 배웅하는 절차에 따른 제의에서, 구술 언어가 독립되어 전해지는 것이 오늘날의 신화라는 뜻이다. 이 점은 현재에도 연행되는 굿을 보면 충분히 수긍할 수 있다. 굿판에서 무당이 읊조리거나 노래하는 말이 무가가 되듯이, 신화는 그 당시 제의에서 노래로 가창되거나 율격을 지닌 말로 음영된 것으로 본다. 요컨대 신화는 제의라는 커다란 스토리텔링 안에서 연행된 구술서사시로서, 또 하나의 작은 스토리텔링이었던 것이다.

▎전설

전설은 장소나 사물, 지명이나 인명이 유래한 기원을 설명하는 갈래이다. 지금의 공주 지역이 원래 웅진(熊津, 곰나루)이었던 사연, 울산 바위가 설악산에 자리하게 된 내막, 비가 올 조짐이 보일 때 청개구리가 우는 까닭, 개와 고양이가 앙숙으로 지내는 내력 등등을 설명하는 이야기가 전설에 포함된다. 전설 또한 인간이 일상적으로 접하는 자연 현상이나 자연물, 인간의 삶, 동물들의 생태나 생김새에 대한 호기심으로부터 출발했다. 신화가 신성성을 생명으로 한다면, 전설은 진실성을 생명으로 한다. 전설에는 오늘날에도 확인할 수 있는 구체적인 증거가 동반된다. 바로 이 증거가 전설의 진실성을 뒷받침한다. 전설은 특정 대상이 어떻게 출발했고, 어떻게 해서 이름을 얻었는가 하는 유래에 초점을 맞추기 때문에, 그 스토리텔링은 당연히 시간적 질서에 의한 서사성을 기반으로 이루어지게 된다.

▎민담

민담은 신화나 전설에 비해 다소 범속하거나 세속적인 이야기이다. 신화의 신성성, 전설의 진실성과는 달리 흥미 본위로 구성된다. 물론 민담은 교훈적인 요소도 갖추고 있다. 재물이나 성에 대한 과도한 욕심 때문에 패가망신하는 인물을 반면 교사로 삼도록 하거나, 착한 심성을 가진 사람이 복을 받는 결말을 통해 도덕적 가치를 전파하기도 한다. 그러나 민담의 스토리텔링은 흥미를 추구하는 경향이 강하다. 위기에서 벗어나는 지략, 남녀 간 애욕과 성, 어리석은 사람들의 우행 등등 인간의 원초적 욕망과 관련된 것들이 주요 소재이다. 등장하는 인물도 아주 지극히 평범한 사람이거나 아주 우둔한 사람들이다. 특정한 인물을 표상하는 동물들이 등장하는 우화로 전승되기도 한다. 동일한 에피소드가 반복된다든가, 말놀이(pun)와 같이 언어 자체가 지닌 유희적 요소가 동원되기도 한다. 이러한 요소에 의해 생성되는 흥미가 민담이 지닌 생명력의 원천이다.

이상에서 살핀 신화, 전설, 민담의 특성을 차이점을 중심으로 정리하면 다음과 같다.

	신 화	전 설	민 담
전승자의 태도	신성하다고 믿음	진실하다고 믿음	흥미 추구
시간과 장소	태초의 신성 장소	구체적이고 일상적인 시간과 장소	뚜렷하지 않음
승거물	포괄적 증거물 (천체, 국가 등)	구체적인 자연물, 인공물	관련 없음
주인공	신, 초인적 영웅	한정할 수 없음	범인(凡人)이나 우인(愚人)

설화는 그 자체가 원형 개념을 가지기 어려운 구비 전승의 일종이다. 또한 설화의 스토리텔링은 보통의 일상적인 언어로 이루어지며 스토리텔러(storyteller), 즉 구연자에게 특별히 전문적인 능력을 요구하지 않는다. 그래서 스토리텔러의 범위에 특별한 제한이 없으며, 구연 기회에서도 특별한 제한이 없다. 이러한 특성으로 말미암아 설화는 구비 가요에 비해 전승 과정에서 나타나는 변이의 폭이 넓고 가변적인 양상을 지니게 된다. 자연 환경의 변화라든지 역사적 사건의 영향, 혹은 사회적 이데올로기의 영향으로 인해 아주 넓은 변이의 폭을 보이는 것이다.

그렇지만 구술 문화 시대의 스토리텔링이 모두 전적으로 스토리텔러의 자의에 의해 연행된 것은 아니다. 구비 서사시(oral epic)는 어느 정도 전문적인 능력을 갖춘 예능인들이 언어와 음악 양면으로 정련하여 성립시킨 가요 양식이다. 앞에서 잠깐 언급한 대로 신화가 당시에는 구비 서사시였을 것으로 추정되고, 오늘날 그 흔적을 보여주는 것이 무가이다. 서양에서는 <일리아드>나 <베어울프>와 같은 시편이 오늘날에도 남아 있어, 구술문화 시대의 스토리텔링이 어떠했는지를 추정하는 단서로 활용되고 있다. 구비 서사시라고 해서 전편이 노래로 시종하지는 않았겠지만, 그 연행자들은 세련된 시적 표현력과 음악적 가창력을 두루 갖추었을 것으로 보인다.

구술 문화 시대의 스토리텔링은 이처럼 일회적인 음성 언어를 통해 실현되었기 때문에 그 기억과 전승을 위한 몇 가지 장치를 지니고 있다. 비범한 인물, 초현실적 사건, 상투적인 공식구 등등이 이에 해당된다. 또 유사하거나 동일한 테마와 모티프가 여러 이야기에 반복적으로 등장하는 것도 기억의 편의와 연행의 효과를 추구한 결과였다. 입사(入社), 변신, 꿈, 낙원상실, 금기 위반, 희생양/속죄양, 방황, 길 떠남(추구, 모험), 경쟁, 귀환(귀향), 거울, 부모 찾기[심부(尋父), 심모(尋母)], 형제 갈등, 공모(共謀), 기아(棄兒), 구출, 탈출, 유혹, 복수, 수수께끼, 성숙, 의적(義賊), 근친상간 등이 설화 스토리텔링에서 자주 활용되는 모티프이다. 이 모티프들은 오늘날의 여러 가지 스토리텔링에서도 지속되는 생명력과 보편성을 가지고 있다.

(4) 문자 문화 시대의 스토리텔링

문자 문화가 낳은 새로운 스토리텔링은 일일이 열거하기 어려울 정도로 무수히 많다. 더욱이 스토리텔링은 개념상 그 내용의 사실성과 허구성을 막론하기 때문에, 시간적 경과에 따라 서술된 모든 문서는 모두 넓은 의미의 스토리텔링에 포함될 수 있다. 전기와 자서전, 역사에 관한 텍스트들, 뉴스 스토리, 사적인 편지와 일기, 소설, 스릴러물과 로맨스 등은 물론이고, 내과 환자의 내력, 학교 기록부, 연례 행사, 경찰의 사건 기록, 일년 간의 공연 일지 등등이 모두 정도의 차이는 있지만 스토리텔링으로 구성된 텍스트이다. 그러나 여기에서는 스토리텔링의 대표격에 해당되는 몇몇 장르만을 대상으로 간략하게 서술하기로 한다.

동시대의 사람들이 공유할 만한 정보는 전파시켜야 하고, 후세대들까지도 기억해야 할 만한 정보는 전승시켜야 한다. 그러한 가치를 가진 정보와 그렇지 않은 정보를 가려내는 데는 기준이 필요했을 것이다. 인간의 삶에서 공동체보다 개인이 더 중요한 가치의 거점이 되는 것은 근대에 들어선 이후였기 때문에, 문자 출현 당시에 개인적 삶보다 공동체적 삶이 더 중요한 가치를 가졌던 것은 당연하다. 기록에 의한 전파나 전승의 대상이 되는 정보의 취사 선택에서 중요한 기준은 공동체가 추구하고 지향하는 가치에 있었던 것이다.

문자라는 기록 수단이 출현한 이후에 설화 스토리텔링이 지속될 수 있었던 것도 바로 설화가 한 종족의 공동체적 기억과 이상을 고스란히 반영하고 있기 때문이다. 특히 문자를 습득하지 못한 계층에서는 여전히 전대의 설화가 구비로 전승되고, 새로운 설화가 스토리텔링으로 연행되었다.

그러면서도 한편에서는 문자에 기반한 스토리텔링이 새로 나타나기 시작했다. 그러나 그것은 단지 음성언어를 그대로 문자로 옮기는 전사 작업과는 차원이 다르다. 왜냐하면 문자언어의 출현은 그 자체가 사고방식과 표현 방식에 혁명적인 전환을 불러일으킨 사건이기 때문이다. 음성언어와 문자언어에 기반한 의사소통이 어떤 면에서 다른지는 다음의 표(R. Horowitz & S. Jay Samuels)를 통해 확인할 수 있다.

구술언어 Talk	기술언어 Text
발화자와 수신자 사이에 상호작용을 보유한 面對面 대화	저자와 독자 사이에 제한된 상호작용을 보유한 面對書 상황
이야기적 narrative-like	해설적 expository-like
행위 지향적 action oriented	사고 지향적 idea oriented
사건 지향적 event oriented	논쟁 지향적 argument oriented
여기와 지금 here and now	미래와 과거 future and past
비정형적 informal	정형적 formal
일차적 담화 primary discourse	이차적 담화 secondary discourse
자연적 의사소통 natural communication	인위적 의사소통 artificial communication
개인 상호적 interpersonal	목적적이고 거리를 둔 objective and distanced
임의적인 spontaneous	계획된 planned
맥락(상황)의 공유 sharing of context	공통된 맥락의 부재 no common context
비구조적인 non-structureless	고차적으로 구조적인 highly structured
준언어적 단서를 통한 결속구조 cohesion through paralinguistic cues	언어적 계기를 통한 결속구조 cohesion through lexical cues
반복성 repetition	간명성 succinctness
단순하고 선적인 구조	복잡하고 위계적인 구조
순간적·일회적 fleeting	영속적 permanent

위에서 보듯이 문자언어에 의한 의사소통은 단순히 물리적 매체의 변화에 머무르지 않고 사고방식과 표현 방식, 그리고 소통 주체의 관계의 변화까지 초래했다. 때문에 문자 언어에 의한 스토리텔링이 구술 언어에 의한 스토리텔링과 달라지는 것은 당연한 결과였다.

❶ 역사 스토리텔링과 기사 스토리텔링

전대에서 전승되는 설화의 채록과 수집은 문자에 기반한 스토리텔링의 가장 초보적인 형태였을 것으로 짐작된다. 그러나 그것은 단순히 음성언어를 그대로 전사하는 기계적인 작업이 아니라, 채록자 자신의 문식을 가미하여 새롭게 변주하는 창의적 구성 활동이다. 이런 사정을 가장 잘 보여주는 사례가 일연의 『삼국유사』이다. 일연은 삼국시대는 물론이고 그 이전 시기의 설화를 수집하여 자신의 신념에 따라 가려 뽑아 체계적으로 정리한 바 있다. 오늘날 관점에서 설화의 일부 내용은 허구적인 성격을 지니고 있지만, 일부는 역사적 사실과 일치한다. 문학과 역사, 허구와 사실이 공존하는 양상을 보이는 것이다.

기록 설화 스토리텔링이 역사보다는 문학에, 사실보다는 허구에 가깝다면, 그 반대 방향에서 문학보다는 역사에, 허구보다는 사실에 입각한 스토리텔링이 본격적으로 나타나기도 했다. 기념할 만한 실존 인물의 생애를 기술하는 전(傳) 양식이 역사서 편찬의 기본적인 체계로 성립된 것이 한 증거이다. 전 양식의 스토리텔링은 역사상의 영웅적인 인물이나 위인, 독특한 행적을 지닌 인물 등의 생애를 일대기 형식으로 구성한 것이다. 이를 가장 풍부하게 보여주는 것이 김부식의 『삼국사기』이다. 여기에 입전된 인물은 임금, 신하, 장군, 학자, 예술가, 효녀 등등 주목할 만한 행적을 남긴 사람들이다. 『삼국사기』는 『삼국유사』보다 시기적으로 선행하지만, 문자 문화 시대에 출현한 새로운 스토리텔링의 면모를 더 확연하게 보여주고 있는 것이다. 인물전뿐만 아니라 정치적·사회적 사건들도 역사라는 이름으로 기록되었는데, 이들도 모두 문자문화가 낳은 새로운 스토리텔링이다. 이러한 스토리텔링은 오늘날 우리가 접하는 뉴스 기사로 이어진다.

사건을 보고하는 신문의 기사도 전형적인 스토리텔링 방식으로 구성된다. '누가, 인제, 어디서, 무엇을, 왜, 어떻게'로 구성되는 신문 기사의 육하(5W1H) 원칙도 서사 문학의 구성 요소와 다를 바 없다. 즉, '누가'는 인물에, '무엇을, 왜, 어떻게'는 사건에, '언제, 어디서'는 배경에 해당되기 때문이다. 뉴스 기사도 시간적 질서를 바탕으로 사건의 발단과 경과, 결말을 전한다. 신문의 기사는 문자 문화 시대에 가장 많은 독자를 대상으로 연행되는 스토리텔링인 셈이다.

❷ 소설 스토리텔링

문자문화 시대에 스토리텔링의 총아로 부상한 것은 소설이다. 소설은 구술문화 시대의 서사 문학인 설화 스토리텔링의 전통을 이어받으면서도, 인물의 심리와 배경을 훨씬 세부적으로 묘사하고, 인물들의 대화를 직접적으로 서술하는 한편, 사건의 선후 관계를 한층 더 정교하고 치밀하게 구성하여 박진감을 불어넣었다. 흔히 소설의 소설다움이 '잡스러움'에 있다고 한다. 소설의 잡스러움은 형상성에 의해 부여된 것이다. '마음씨가 아주 나쁜 어떤 사람이 나쁜 행실을 일삼다 벌을 받았다'는 식의 소략한 민담식 이야기와 달리, 그가 어떻게 나쁜지를 세세한 행동과 낱낱의 발언으로 형상화하여 보여주는 것이 소설이다. 구체적인 형상성은 소설 스토리텔링의 최대 미덕인 리얼리티를 낳는다. 개인의 세세한 삶의 세목과 세상 돌아가는 모습이 동시에 포착될 때, 리얼리티를 획득했다고 할 수 있다. 리얼리티란 다른 말로 진실성이면서 현실감이기도 하다. 소설이 이러한 경지에 오를 수 있었던 것은, 문식력(文識力)을 가진 작가 개인이 자신의 독창을 가미하여 문자 언어를 사용하여 스토리텔링을 했기 때문에 가능한 일이었다. 현장의 분위기에 맞추어 즉흥적으로 연행된 설화 스토리텔링에서는 시공간적 제약 때문에 사실상 불가능한 것이다.

(5) 근대 산업화 시대의 스토리텔링

18세기 무렵부터 본격적으로 전개된 근대 산업화 시대는 인류사에서 기계 문명이 급격히 발전한 시대이다. 과학적 지식의 폭발적 증가로 인간은 신에 가까운 권능으로 물질 문명을 찬란하게 꽃피웠다. 기계 설비를 갖춘 공장에서 온갖 재화의 대량생산이 가능해졌다. 대량으로 생산된 기계들은 인간 생활에 획기적 변화를 불러일으켰다.

이 시기에 등장한 전화나 라디오, 텔레비전, 영화와 같은 의사소통 매체들은 인간과 인간, 지역과 지역의 물리적·심리적 거리감을 대거 해소시켜 주었다. 이러한 기계적 의사소통 매체 중에서 스토리텔링과 관계가 깊은 것은 역시 텔레비전과 영화라 할 수 있다. 여기에 글과 그림의 합성체로 등장한 만화가 추가될 수 있다. 이들 장르들은 당대의 현실 문화를 가장 집약적으로 보여주는 매체로 평가된다.

❶ 만화 스토리텔링

만화는 글과 그림의 긴밀한 상호 작용으로 성립되는 예술이다. 만화의 기본 단위인 칸(panel)을 채우는 글과 그림이 상보적 역할을 맡으면서 동시에 종합적으로 메시지를 전달한다. 만화는 보통 1컷으로 구성되는 만평이나 카툰(cartoon), 다수의 칸이 연속적으로 이어지는 서사만화 (comics/comic strips), 그리고 그림에 말과 움직임을 부가하여 형상성과 생동감을 살린 애니메이션 (animation)으로 구분된다. 만화와 문학은 유사성이 많은데, 카툰은 시, 서사만화는 소설, 애니메이션은 희곡에 각각 대응되는 것으로 본다.

황중환, 『FAMILY』, 살림, 2004

▍카툰

한 편의 시도 스토리텔링이듯이, 1컷으로 구성된 만평과 카툰에도 스토리텔링은 있게 마련이다. 주로 정치적·사회적 이슈를 화제로 삼아, 간명하면서도 과장된 그림 형식으로 현실에 대한 풍자를 일삼는다. 당연히 화제의 인물이 등장하고 그들의 언행이 전경(前景)으로 배치된다. 사건의 전후 맥락은 생략되는 것이 일반적인데, 이는 당대의 공동체 구성원들이 보편적으로 공유하고 있는 것으로 간주되기 때문이다.

▌서사만화

몇 개의 칸이 연속적인 계열(sequence)을 이루는 서사만화는 당연히 스토리텔링으로 전개된다. 소설의 구성 요건인 플롯, 인물, 배경, 시점 등등이 여전히 중요한 요소여서, 소설에 가장 근접해 있는 장르로 규정된다. 그런 만큼 서사만화에서는 시간적 질서에 기반한 서사적 구조가 곧 작품 그 자체라 해도 지나친 말은 아니다.

▌애니메이션

애니메이션이라는 단어의 사전적 의미가 '생기나 활기' 혹은 '생기나 활기를 불어넣어 주는 일'이라는 데서 알 수 있듯이, 애니메이션 장르는 지면에 정착된 서사만화가 기술에 의해 생명력을 부여받은 장르라 할 수 있다. 서사만화가 전형적인 스토리텔링의 한 사례이듯이, 이를 기반으로 한 애니메이션 역시 전체가 스토리텔링으로 일관하는 장르이다. 애니메이션은 철저히 개인적인 작업을 통해 완성되는 문학과는 달리, 감독, 스토리 작가, 그림 작가, PD, 캐릭터 디자이너, 배경 디자이너, 기계 조작자 등 여러 사람의 분업과 협업을 통해 완성된다. 또한 방송 매체나 필름을 통해 실현되며, 그만큼 하나의 상품으로 대량 생산되고 대량 소비된다는 특징을 갖는다.

❷ 텔레비전 스토리텔링

TV 화면을 통해 구현되는 방송에는 단일하게 규정할 수 없을 정도로 다양한 장르가 있다. 드라마, 뉴스, 다큐멘터리, 토크 쇼, 스포츠 중계, 광고 등등 매우 이질적이고 다양한 포맷의 프로그램이 시간별·요일별로 계열을 이룬다. 이들 각 장르들이 이질적이고 다양한 포맷을 지니고 있긴 하지만, 공통점이 없는 것은 아니다. 그것이 바로 스토리텔링이다. 인물들이 일으키는 사건들의 연속으로 구성되는 드라마는 물론이고 거의 모든 장르들이 스토리텔링을 바탕으로 구성된다. 그래서 흔히 텔레비전은 이야기 미디어라고도 한다.

뉴스

방송 뉴스에서는 신문기사와 마찬가지로 사건, 인물, 배경을 기본적인 구성 요소로 삼아 내용을 조직한다. 사건의 극적 전개를 도모하기 위해 소설에서와 마찬가지로 시간을 역전시켜 사건을 배치하는 경우도 있다. 텔레비전의 뉴스는 여기에 영상의 힘을 더해 사건에 대한 묘사를 '현실적'으로 만들며, 텔레비전 영상에 포함된 현실의 요소는 뉴스 보도의 신뢰성을 증진시키는 데 기여한다. 이 점만으로도 뉴스는 충분히 스토리텔링으로서의 자격을 갖추고 있는 셈이다.

여기에 더하여 오늘날 텔레비전 뉴스는 더욱 입체적인 스토리텔링 형식으로 시청자들의 이목을 집중시키는 경향이 있다. 오늘날 텔레비전의 뉴스는 더 이상 사실 그대로를 전달하는 장르가 아니다. 카메라는 특정한 각도에서 영상을 담아내고, 기자 또한 자신의 해석을 덧붙여 불특정 다수의 시청자들에게 보고한다. 말하자면 뉴스가 전하는 현실이란 언어적으로 구성된 현실에 지나지 않는다. 더욱이 정보와 오락의 결합으로 대변되는 최근의 뉴스 서사의 경향은, 영웅과 악당, 약자와 빈자, 인간적인 이야기, 흥미를 유발하는 소재, 그리고 주연과 조연을 배치하는 형태로 나타난다. 공정하고 객관적인 사건 보고라는 전통적인 의미의 뉴스는 더 이상 존재하기 어렵게 된 것이다. 이때 앵커와 기자는 이야기꾼(storyteller)으로서 역할을 하게 되는 것이다.

다큐멘터리

다큐멘터리는 뉴스와 더불어 사실적 정보 위주로 내용이 구성되는 장르이다. 자연 다큐멘터리, 휴먼 다큐멘터리, 시사 다큐멘터리라는 세 유형으로 나누어지는 데서 알 수 있듯이, 정치·사회적 문제, 자연의 생태계 문제, 인간의 각종 애환 등 다루는 화제도 뉴스만큼이나 다양하다. 그러나 뉴스와 마찬가지로 객관적 사실을 있는 그대로 공정하게 제공해주는 것은 아니다. 객관성과 공정성의 가치를 공공연히 미덕으로 내세우곤 하는 뉴스와는 달리, 다큐멘터리는 교육적·계몽적 목적을 앞세우는 경향이 있다. 이를 위해 다큐멘터리에서는 해설자(내레이터, narrator)라는 이야기꾼을 내세워 시청자의 이성에 호소하고 감성을 자극하는 스토리텔링을 실행한다. 내레이터의 목소리는 다큐멘터리의 성격과 장면에 따라 달라진다. 휴먼 다큐멘터리에서는 비교적 속도가 느리고, 자연 다큐멘터리에서는 상대적으로 빠르다. 즐겁고 유쾌한 장면에서는 밝고 명랑한 어조로, 무겁고 비장한 장면에서는 어둡고 차분한 어조로 이야기한다. 이는 스토리텔링의 효과를 극적으로 만들기 위한 노력의 일환이다.

▌토크 쇼

텔레비전이 이야기 미디어라면, 토크 쇼야말로 가장 전형적인 텔레비전 프로그램 유형이라 할 수 있다. 토크 쇼는 방송 프로그램의 오락화 경향에 보조를 맞추며 진화해 가는 흥미 본위의 스토리텔링 장르이다. 시사 토크 쇼, 주제 토크 쇼, 오락 토크 쇼, 정보 토크 쇼 등으로 나누어진다. 스토리텔링의 특성을 추상적·논리적이기보다는 구체적·형상적이라는 데서 찾는다면, 유명인이나 연예인이 출연하여 일상사를 포함하여 재담과 개그의 향연을 펼치는 오락 토크 쇼가 스토리텔링의 가장 전형적인 양상을 보여준다. 다른 유형의 토크 쇼에서도 출연자들은 자신의 구체적이고 일상적인 경험을 바탕으로 이야기를 구성하여 상대방을 설득하거나 정보를 제공한다. 그런 만큼 모든 토크 쇼는 유형 간의 차이에도 불구하고 이야기 미디어로서의 텔레비전에 가장 어울리는 장르라 할 만하다.

❸ 영화 스토리텔링

문자 문화 시대 스토리텔링의 총아가 소설이라면, 근대 기계 문명 시대 스토리텔링의 총아로는 단연 영화가 손꼽힌다. 영화야말로 기술 복제 시대의 예술로서 서사와 스펙터클, 문화와 기술, 언어와 영상이 복합적으로 녹아들어 있다. 영화가 현대 예술에서 가장 폭넓은 향유층을 확보하고 있는 것은 우연이 아니다. 복제물로서의 영화는 예술의 아우라(aura)를 잃었을지 모르지만, 대중들이 예술을 손쉽게 접하게 한다는 점에서 예술 민주주의의 첨병이라고도 한다.

영화는 음악, 미술, 연극, 문학 등의 요소를 고루 갖추고 있다. 처음 등장했던 시기에 '활동 사진'이라는 이름을 얻은 데서 알 수 있듯이 영화가 이미지를 가진다는 점에서는 미술, 음향과 음성을 통해 감성적인 느낌을 전달한다는 점에서는 음악, 배우들의 연기를 통해 극적 상황을 보여준다는 점에서는 연극, 시간적 질서를 가진 허구적인 이야기를 전달한다는 점에서는 서사문학을 각각 닮았다. 그러나 영화는 이들 요소들의 단순 집합이 아니라 상호 작용을 통해 구성되는 종합 예술이다. 이 중에서 영화의 스토리텔링은 서사성에 주로 의존하는 것은 사실이다. 그러나 미장센(mise-en-scene)이나 배우들의 연기, 배경 음악까지 서사성을 지탱하는 요소가 되기 때문에, 영화의 스토리텔링은 영화의 모든 요소가 종합적으로 만들어내는 것으로 이해할 필요가 있다. 나무 그림자의 방향과 길이를 화면에 비춰주는 것만으로도 시간의 흐름을 암시하고, 불끈 쥔 주먹으로 분노하는 상황을 보여주는 것이다.

영화의 스토리텔링은 소설의 스토리텔링과 유사한 점이 많다. 장르론적 설명을 단순화하면, 소설은 인물의 언어와 서술자의 언어로 구성된다고 할 수 있다. 인물의 언어는 대화로 나타나고, 서술자의 언어는 인물의 언어를 제외한 장면 묘사, 인물의 외양과 심리 묘사, 사건의 압축적 제시와 경과보고 등등의 역할을 맡는다. 이것이 영화로 옮겨가면, 인물의 언어는 배우의 대사로 전환되고, 서술자의 언어는 카메라의 눈(eye)을 통해 재현되는 이미지로 전환된다. 경우에 따라서는 서술자(narrator)가 목소리만으로 등장하기도 한다.

그러나 소설의 두 가지 언어를 고스란히 영화로 옮긴다고 해서, 한편의 영화 스토리텔링이 완성되는 것은 아니다. 영화에서는 촬영 기법 자체가 또 하나의 스토리텔링이고, 카메라의 앵글과 샷은 철저하게 영화에 대한 관객의 반응을 계산하면서 이루어진다. 가령 두 남녀가 카페에서 테이블을 사이에 두고 대화하는 장면을 촬영한다고 가정해 보자. 이를 롱 샷(long shot)으로 촬영하여 카페 전체의 분위기 속에서 두 사람을 배치할 수도 있고, 두 사람을 먼저 미디엄 샷(medium shot)으로 잡은 후 말하는 사람과 듣는 사람을 차례대로 클로즈업으로 잡고, 다시 대화가 끝나면 미디엄 샷으로 마무리할 수도 있다. 전자의 경우 관객들은 두 사람이 나누는 대화의 객관적인 정보에 더 관심을 가지며 다소 지루해할 수 있고, 후자의 경우 관객들은 대화 자체의 정황에 몰입하면서 두 인물의 감정에 즉각적인 반응을 보이게 된다.

더불어 소설의 독자가 홀로 고립된 상황에서 독서를 한다면, 영화의 관객은 보통 복수로 혹은 집단으로 존재하며, 눈앞에 전개되는 세계에 대한 반응이 소설의 독자에 비해 더 직접적이고 즉흥적이다. 그들은 동일한 시공간을 공유하면서 정서 체험도 공유한다. 소설을 원작으로 삼아 영화를 만드는 과정에서 크고 작은 스토리텔링의 변주가 이루어지는 것은, 영화가 시나리오 작성에서 촬영, 편집에 이르는 과정이 철저하게 이러한 관객의 존재를 염두에 두기 때문이다. 이는 영화가 근대 자본주의의 발전 과정에서 자연스럽게 체질화한 상업성에 대한 다른 설명이기도 하다.

21세기는 탈산업사회 혹은 탈근대로 지칭되곤 한다. 이는 사회학적 혹은 철학적 시각에서 부여한 우리 시대에 대한 명명이다. 미디어의 발달에 바탕을 둔 21세기의 이름은 디지털 시대이다. 디지털 방식의 의사소통 미디어는 문자 언어와 기계/전자 매체 못지않게 우리의 의사소통 방식에 커다란 변혁을 불러왔다. 인터넷과 하이퍼텍스트로 대표되는 디지털 시대의 스토리텔링은 이 책 전체를 관통하는 화제인데다 문화콘텐츠 산업을 다루는 다음 장에서 집중적으로 언급할 것이므로, 여기에서는 생략하기로 한다.

전략 **1** 논리적·추상적 메시지보다 스토리텔링을 활용한 구체적 메시지 전달이 더 선호되는 이유가 무엇인가?

전략 **2** 방송 드라마나 영화에서 자주 등장하는 모티프 중 설화에 연원을 두고 있는 모티프는 무엇인가?

전략 **3** 소설이 영화로 각색된 경우, 특정 장면이 어떤 변화를 보였는가?

제2장 문화콘텐츠 산업과 스토리텔링

Consulting
감성 마케팅

01 | 문화콘텐츠 산업의 성격

(1) 문화의 세 가지 개념

자주 쓰이는 말일수록 그 개념이 모호한 경우가 많다. '문화'라는 말이 대표적인 경우이다. 문화의 개념을 먼저 어원에서 찾아보기로 하자. 동양에서 문화는 한자로 '文化'로 표기한다. '文'은 흔히 '글월'을 뜻하지만, 어원상 '무늬'를 뜻하는 '紋'의 다른 표기이다. 그렇다면 동양에서 문화는 '무늬를 만드는 것' 혹은 '인간이 만든 무늬'라는 어원적 의미를 가진다고 볼 수 있다. 여기에서 말하는 무늬란 인간의 삶의 흔적 정도로 이해하면 된다. 그러니까 천연적인 어떤 것에 인간의 힘을 가해서 생겨난 모든 것이 문화라 할 수 있는 것이다. 산에서 자생하는 나무는 자연이지만, 가지를 잘라 준다거나 살충제를 뿌려 주면 그 나무는 문화가 된다. 집 가까이에 옮겨 심어서 열매를 따 먹는다면 그것도 당연히 문화인 것이다. 우연인지는 모르나, 문화에 해당되는 영어 단어 'culture' 역시 인공성을 내포하고 있다. 어원이 같은 'cultivate'가 '경작하다'라는 뜻을 가지는 데서 알 수 있듯이, 서양의 문화 또한 인위적 가공을 핵심 개념으로 삼는다. 이처럼 문화라는 말은 자연에 인공을 가해서 인간의 생활을 도모한 결과로 생성된 것으로 이해할 수 있다.

오늘날 문화라는 말은 이러한 어원적 의미를 바탕으로 다양한 맥락 속에서 다양한 의미로 쓰이고 있다. 그 다양한 쓰임새를 일일이 구별하기는 어렵지만, 대체로 다음과 같은 세 가지 개념으로 분화시켜 이해하는 것이 일반적이다.

① **삶의 방식** : 모든 사회가 저마다 고유하고 독특하게 지니고 있는 관습적·지속적인 사고와 행위의 양식을 일컫는다. 여기에는 가치 체계, 아이디어 체계, 그리고 행동 체계 등이 포함된다. 문화를 습득함으로써 사람들은 물질적 세계와 사회적 세계에 대한 관계 양식과 대응 방식과, 공동체 구성원들이 공유·공용하는 전형적 의미(또는 상징) 기호 및 설명 체계, 그리고 세상사 및 과거의 역사적 사상에 대해서 전형적 해석 양식을 부여받는다.

② **지적 세련** : 문화적 유산이라 불리는 것으로서, 주로 고급 문화적 전통에 해당하는 것이다. 이때의 문화란 한 사회 내에서 그 가치의 우수성이 인정되어 지속적으로 전수되어 온 실체를 뜻하는 말로서, 결국 예술 개념과 중첩된다. 삶의 방식으로서의 문화 개념이 특정한 기준에 의한 질적 우열을 구별하지 않는 반면, 이 개념은 질적 우수성에 대한 절대적 승인을 주요한 가치로 삼는다.

③ **의미 작용** : 기표와 기의가 결합하여 하나의 기호를 완성시키는 과정에 그 개념의 중점이 있다. 주로 '문화 연구(cultural studies)'에서 내세우는 의미 범주이다. 어떤 패션, 음식, 도구, 행위 등이 실용의 범위를 넘어서 어떤 메시지를 전달하는 기호라는 것이다.

이상의 세 가지 개념이 분명한 경계선을 가지는 것은 아니다. '청소년 문화', '운전 문화' 등에 포함된 '문화'가 삶의 방식이라는 개념으로 쓰이고, '문화인', '문화 예술' 등에 포함된 '문화'가 지적 세련이라는 개념에 해당되는 것은 비교적 분명하지

만, '한시는 사대부 문화이다.'라는 진술에서 '문화'는 세 가지 개념을 모두 포괄하고
있는 것으로 보인다.

(2) 문화콘텐츠의 개념과 종류

문화의 개념이 이렇듯 다양하게 분화되어 있듯이, 문화콘텐츠 또한 분명한 의미
의 경계를 가지고 있지는 못하다. 문화와 콘텐츠의 합성으로 형성된 말이지만, 그 형
성 과정에서 새로운 의미의 변주가 일어났기 때문이다. 더욱이 이 신조어는 21세기
디지털 시대의 도래를 배경으로 삼고 있기 때문에, 단순히 단어의 사전적 의미만으
로 포괄할 수 없는 개념을 지닌 역사적 실체이다.

콘텐츠(contents)란 통상 '내용'으로 번역되고 하는데, 좁은 개념으로는 읽을거리,
볼거리, 들을거리 등 각종 미디어를 통해 제공되는 모든 정보를 지칭한다. 이 미디어
에는 종이, 음반, 필름 등의 올드미디어와 컴퓨터, 인터넷, 시디롬 등의 뉴미디어가
모두 포함된다. 그런데 여기에 '문화'라는 말이 추가되었고, 두 단어가 가질 수 있는
관계가 모호해진 것이다. 여기에서는 두 단어의 관계를 중심으로 그 개념을 정리해
보기로 하자.

① 문화라는 콘텐츠(Cultural Contents) : 미디어는 온갖 정보를 다 담을 수 있는데,
  그 중에서 문학, 미술, 음악, 공연 등 예술적 정보인 것일 때에 한해서 문화콘
  텐츠라 한다. 가령 교통 사고를 전하는 뉴스나 이벤트의 일정과 규모를 소개하
  는 안내 문구는 예술성을 가지지 않기 때문에 문화콘텐츠는 아니다. 그러므로
  이 개념에서는 '문화'를 다양한 콘텐츠 중의 일부로 본다.

② 문화 산업의 콘텐츠(Culture Industry) : 콘텐츠는 각종 매체에 담긴 내용물을 말
  하고, 문화콘텐츠는 산업적 목적으로 그러한 콘텐츠를 담는 그릇 혹은 도구들,
  예컨대 출판이나 만화, 방송, 영화, 공연, 애니메이션, 게임, 캐릭터 등 각종 대
  중 매체를 말한다. 그러나 콘텐츠라는 말이 어떤 그릇(도구, 미디어)에 담긴 내
  용물만을 지칭하는 것도, 그 그릇만을 지칭하는 것도 아니며, 그릇과 내용물
  모두를 포괄하는 개념으로도 쓰인다.

현재 문화콘텐츠라는 말은 맥락에 따라 이 두 가지 개념으로 달리 쓰인다. 대체로 디지털 시대를 탄생의 배경으로 삼고 있는 신조어로서 상업적 목적이라는 용도에 초점을 맞추면 ②의 개념이, 그 내용물이 주로 오락과 감동을 주는 연성(軟性) 정보라는 성격에 초점을 맞추면 ①의 개념이 우세한 것으로 이해하면 되겠다.

한편 이 두 가지 개념은 문화콘텐츠의 종류에 따라 어느 한쪽이 우세하게 적용되기도 하므로, 몇 가지 기준에 따른 종류를 참고삼아 살펴보는 것도 개념 이해에 도움이 된다.

① **아날로그 콘텐츠와 디지털 콘텐츠** : 자연 속에서 모든 콘텐츠는 아날로그 방식으로 생성되고 존재한다. 일정한 시간과 공간에 구속되어 있는 아날로그 콘텐츠에 비해 디지털 콘텐츠는 시공간으로부터 자유로운 환경에서 재생산되고 복제되며, 재분배된다. 아날로그 콘텐츠는 자연 상태 그대로의 원형을 보존하는 데 적합하며, 디지털 콘텐츠는 대상과 목적에 맞는 변이형(version)을 만드는 데 적합하다.

② **모노미디어 콘텐츠와 멀티미디어 콘텐츠** : 아날로그 콘텐츠와 디지털 콘텐츠는 결과적으로 각각 모노미디어 콘텐츠와 멀티미디어 콘텐츠로 이어진다. 디지털 콘텐츠는 곧 멀티미디어를 통해 전승/전파되고, 이것이 곧 새로운 창조의 자원이 된다.

③ **핫 콘텐츠와 쿨 콘텐츠** : 오락과 취미, 여가 등의 목적으로 비교적 가볍게 접근할 수 있는 연성 정보가 핫 콘텐츠라면, 통계나 인명 등의 사전적(事典的) 지식형 정보가 쿨 콘텐츠이다.

이 중에서 문화콘텐츠 산업은 주로 디지털 콘텐츠와 멀티미디어 콘텐츠, 그리고 핫 콘텐츠와 깊은 연관을 맺는다. 디지털화된 멀티미디어 시스템에 기반하여 오락과 재미를 추구하는 핫 콘텐츠가 산업의 중심적인 관심사가 되는 것이다.

(3) 문화콘텐츠 산업의 특성

문화콘텐츠 산업이란 일반 대중에게 오락과 재미, 감동과 쾌락을 제공하고 그에 대한 대가로 수익을 창출하는 산업을 말한다. 문화콘텐츠라는 말이 산업적·상업적 목적을 전제로 형성되었기 때문에, '문화콘텐츠 산업'이란 말은 동어 반복에 가깝다. 이 개념에만 주목한다면 문화콘텐츠 산업은 이미 근대 이후 자본주의의 우산 아래에서도 충분히 넉넉하게 꽃을 피운 산업으로 볼 수 있다. 그러나 최근에 다시 문화콘텐츠 산업이 부각되고 있는 것은, 그 산업의 패러다임이 급격히 변화하면서 부가가치 창출의 무한한 영토로 인식되고 있기 때문이다.

오늘날 문화콘텐츠 산업은 복합화, 디지털화 등의 방향으로 흘러가고 있다. 방송과 인터넷이, 모바일 통신과 영화가 융합하고, 이들이 다시 인터넷을 매개로 새로운 콘텐츠가 생산된다. 이러한 변화를 촉진시키는 것이 디지털 기술이다. 디지털 기술을 이용하면 문화콘텐츠의 가공과 변형이 손쉬워서, 많은 사람들이 참여할 수 있다. 디지털 시대의 대중들은 일부 천재적인 작가들이 만든 작품을 받아들이기만 하는 수동적인 수요자가 아니다. 그들은 남들이 만들어놓은 생산물을 쉽게 변형하고 가공하여 전혀 다른 새로운 콘텐츠를 생산해낸다. 이것이 이른바 '프로슈머(pro-sumer)', 즉 생비자(生費者)이다. 생비자들 앞에서 문화콘텐츠는 더 이상 고유의 원형을 유지하기 어렵다. 문화콘텐츠에서는 생산자와 소비자가 맡는 역할의 경계선은 무너질 수밖에 없는 것이다.

문화콘텐츠 산업의 생산물은 복합적인 정체성을 갖는다. 그것은 문화예술과 산업, 그리고 테크놀러지의 결합을 통해 생산된 작품이자 상품이다. 그리고 그것은 언제나 고유 분야의 전문적 능력을 갖춘 여러 사람들의 분업과 협업을 거쳐 탄생하는 공동 생산물이다. 콘텐츠 창작 주체와 제작 주체가 다를 수 있으며, 창작과 제작 과정에서 필요한 연기, 촬영, 작화(作畵) 주체도 다를 수 있고, 공학적 기술 인력도 나름의 역할을 맡아서 가세한다. 여기에 마케팅 인력과 판매 인력의 역할이 별도로 있어야 한다. 이 점은 이전의 예술 작품들이 한 작가(author)의 독창을 바탕으로 생산된 작품(work)으로서 고유의 권위(authority)를 지니고 있는 점과 정확히 대비된다. 수용자로서 할 수 있는 일이란, 작가의 의도를 목표 지점으로 삼아 작가가 정해 놓은 경로를 따라 찾아가는 것이 전부였다.

또한 문화콘텐츠 산업은 상품의 유통 범위가 국제적이라는 점이 특성이다. 완성된 문화콘텐츠 상품이 다른 나라로 직접 수출되는 경우는 물론이고, 그 문화콘텐츠의 핵심 자질만이 분리되어 다른 나라에서 색다른 상품으로 재생산되는 경우도 많다. 한국의 드라마가 동남아 지역에서 인기리에 방영되고, 중국의 설화가 할리우드 애니메이션으로 재탄생하는 것이 대표적이 사례이다. 이러한 현상의 배경에는 제작 자본의 문제가 도사리고 있지만, 문화콘텐츠는 기본적으로 민족적·국가적 단위를 넘어서는 보편성을 지녀야 한다는 점을 보여준다.

문화콘텐츠 산업이 어디까지나 산업인 한은 그 자체가 위대한 가치를 지니는 것은 아니다. 상업성이라는 목적에 대한 과도한 가치 부여가 질적 타락을 불러일으킬 수도 있고, 자본의 생리에 대한 지나친 추종이 소재나 모티프의 편중을 부를 수도 있다. 인간의 말초적 흥미를 자극하는 문화콘텐츠가 종래에는 인간성의 가치를 위협하게 되고, 문화의 획일성이 종 다양성의 생태적 가치를 붕괴시킬 수도 있는 것이다. 오락성과 흥미성에 따른 중독 현상, 개인 영역에 몰입함으로써 일어나는 사회적 소통의 단절, 시각 이미지의 범람에 의한 인간 사고 기능의 저하, 감성 영역의 비대화와 이성 영역의 왜소화 등등 향유자에게 미칠 문화콘텐츠산업의 어두운 징후도 나타나기 시작했다.

02 | 문화콘텐츠 산업에서의 스토리텔링

(1) OSMU와 스토리텔링

문화콘텐츠 산업은 문화콘텐츠를 활용하여 경제적 부가 가치를 창출하는 것을 목적으로 한다. 문화콘텐츠 산업에서 부가 가치 창출을 위한 전략으로 가장 빈번히 활용되는 것이 바로 OSMU(One-Source-Multi-Use)이다. OSMU는 "우수한 기획을 통해 제작된 1차 콘텐츠를 시장에 성공시킨 후 재투자 및 라이선스를 통해 2차, 3차 콘텐츠로 발전시키는 전략"으로 정의된다. 즉 하나의 소재를 영화, 드라마, 게임, 애니메이션, 캐릭터 등 여러 연관 산업에 적용하고 시기적절하게 상품을 출시하여 시너지 효과를 극대화하는 마케팅 전략이다. <아기 공룡 둘리>가 만화로 출발해서 애니메이션, 캐릭터, 뮤지컬 등으로 제작되었고, 문구, 과제, 장난감 등에서 캐릭터가 활용되고 있는 것이 대표적인 사례이다. 황순원의 소설 <소나기>가 경기도 양평 지역에서 '소나기 마을'이라는 컨셉트(concept)를 바탕으로 테마파크로 구성되는 경우도 여기에 속한다.

〈아기 공룡 둘리〉의 캐릭터들

이를 위해서는 당연히 원형이 되는 1차 콘텐츠의 경쟁력이 확보되어야 한다. 그 경쟁력의 중요한 거점이 바로 스토리텔링이다. 1차 콘텐츠의 스토리텔링이 경쟁력을 가져야만 디지털 컨버전스(digital convergence)를 통해 2차, 3차 콘텐츠의 스토리텔링으로 이어지면서 상업적 성공을 기할 수 있는 것이다. 1차 콘텐츠 스토리텔링의 경쟁력은 보편적 공감대, 극적인 요소, 캐릭터의 독창성 등등을 필요로 한다. 빙하기라는 이국적인 배경을 지닌 새끼 공룡이 초능력으로 사건을 일으키고 해결하는 둘리의 독특한 캐릭터나, 순수한 소년·소녀의 짧은 사랑이라는 보편적 관심사가 1차 스토리텔링의 중요성을 말해준다.

그러나 1차 스토리텔링의 역할은 2차, 3차 스토리텔링으로 변전되면서 그 영역에 어울리도록 과감하게 가공되어야 한다. 게임은 게임대로, 영화는 영화대로, 그리고 드라마는 드라마대로 고유의 서사 문법을 지닌다. 그 고유 문법을 무시한 채, 원형이 되는 스토리텔링의 구심력에 의존하다 보면, 필연적으로 미디어와 스토리텔링 사이에 괴리가 생긴다. 게임 서사에서 매력적인 인물이 영화의 주인공으로 다시 등장시킬 경우, 게임에서보다 훨씬 더 입체적으로 설계되어야 하는 것이다.

(2) 스토리텔링의 산업적 활용

스토리텔링은 문화콘텐츠 산업에서 분야를 가릴 것 없이 두루 활용된다. 분야에 따라 스토리텔링의 자질이 풍부하고 빈약하다는 차이는 있지만, 문화콘텐츠 산업은 이야기의 힘에 기대어 지속적인 팽창을 하고 있다. 여기에서는 문화콘텐츠 산업 중 스토리텔링의 힘이 강하게 작용하고 있는 몇 분야에서 스토리텔링이 활용되는 상황을 살펴보기로 하자.

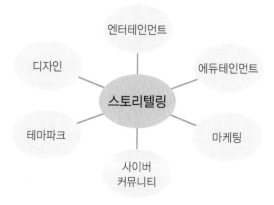

❶ 엔터테인먼트 스토리텔링

엔터테인먼트(entertainment)란 원래 위로나 오락, 여흥, 연예 등을 지칭한다. 그러므로 엔터테인먼트 산업은 이와 관련된 모든 산업을 말한다. 그러나 문화콘텐츠 및 스토리텔링과의 연관성을 고려하면, 그 초점은 연예에 집중된다. 연예는 '연행 예술'을 뜻하는 바, 여기에 해당되는 것이 방송 드라마, 영화, 애니메이션, 뮤지컬 등이다. 무대나 스크린을 통해 관객에게 이야기를 들려주거나 행위를 보여주는 장르들로서, 스토리텔링의 전통이 가장 오래된 분야에 속한다.

드라마와 영화는 배우들의 연기와 촬영, 편집을 통해 완성되는 영상 서사라는 점에서 매우 유사하다. 애니메이션 또한 영상 서사에 속하지만, 살아 있는 배우가 아닌 그림의 움직임을 통해 이미지와 메시지를 전달한다는 점에서 차이가 있다. 이들 장르에서는 여러 가지 구성 요소 중 스토리텔링이 핵심적인 관건이 된다. 뮤지컬은 연기에 더하여 음악과 춤이 중요한 구성 요소로 나선다. 상대적으로 스토리텔링의 비중은 줄어든다. 이밖에도 발레나 오페라, 퍼포먼스도 스토리텔링을 바탕으로 구성된다.

❷ 에듀테인먼트 스토리텔링

에듀테인먼트는 교육(education)과 엔터테인먼트가 합성된 신조어이다. 교육용 소프트웨어에 오락성을 가미하여 게임하듯이 즐기면서 학습하는 방법이나 프로그램을 뜻한다. 일반적으로 멀티미디어 영상을 바탕으로 한 입체적인 대화형 오락을 통해 학습 효과를 노리는 소프트웨어로서, 주로 게임 형식을 취한다. 기존 교육에서 다루는 사전형 정보와 같은 쿨 콘텐츠를 서사적인 형식에 녹여서 핫 콘텐츠로 가공한다. 『마법 천자문』이나 『로빈슨 크루소 따라잡기』가 전형적인 사례에 속한다.

그러나 에듀테인먼트는 학생들을 대상으로 한 학교교육의 범위에 한정되지는 않는다. 정보 전달이나 교양 강화를 목표로 구성된 책에서도 가공의 인물을 등장시켜 원래의 목표를 추구하는 경우가 있는데, 자기 계발이나 경영 정보 등 실용적인 정보를 스토리텔링의 형식에 의존하여 전달하는 것이다. 이 또한 넓은 의미에서 스토리텔링 중심의 에듀테인먼트라 할 수 있다.

❸ 마케팅 스토리텔링

소비자에게 제품의 우수성을 알려 판매를 촉진할 목적으로 스토리텔링을 이용하는 것이 마케팅 스토리텔링이다. 주로 텔레비전을 통해 소비자들에게 제품 구매욕을 자극하는 광고는 제품에 대한 인상을 강화하고 그 기억을 오랫동안 지속시키기 위해 스토리텔링을 이용한다. 광고를 보는 소비자들로 하여금 그 제품의 구매를 통해 유명 연예인이나 사회적 권위를 지닌 인사들과 자신을 동일시하도록 유도한다. 이때 스토리텔링은 매우 유효한 수단이다. 스토리텔링은 그 수용자들을 몰입시키는 힘을 지니고 있기 때문이다.

광고보다 더욱 노골적인 마케팅 방식은 홈쇼핑이다. 홈쇼핑은 단순히 제품의 우수성을 실험 등 직접적인 방법을 통해 보여주기도 하지만, 쇼핑 호스트나 보조 출연자가 상품 사용 경험을 전달하는 스토리텔링 방식을 활용함으로써 제품에 대한 신뢰도를 높이고자 한다. "어머니에 대한 구체적인 추억을 떠올리면서 현재 무릎 관절이 아픈 상태에서도 자식을 위해 고생하는 어머니를 위해 관절염 치료제를 선물했더니, 어머니의 고통을 줄일 수 있었고, 어머니도 고마워하더라."라는 식이다.

❹ 기타 스토리텔링

테마파크는 일종의 놀이 공원이지만, 단순히 유흥과 오락을 제공하는 데 그치지 않고 어느 특정 주제를 설정하고 분위기를 연출하여 전체를 일관성 있게 구성한 공간이다. 한옥으로만 구성된 마을, 역사나 문학에 유서를 두고 있는 건물, 종이·지폐·술 등의 전문 박물관이 여기에 해당된다. 테마파크 스토리텔링은 테마파크에서 관람객들이 건물의 공간 배치와 다양한 이벤트를 체험하면서 자기 나름대로의 이야기를 만들어가도록 하는 역할을 한다.

그리고 삶의 질이 향상됨에 따라 상품이나 공간은 실용적 가치에 더하여 심미적·가치를 확보할 필요가 커지게 되었다. 상품의 기능이나 성능보다 그 생김새가 표상하는 바가 선택에서 더 중요한 기준이 되고, 어떤 공간도 냉난방의 정도나 크기가 아닌 공간이 표상하는 브랜드 가치가 더 부각된다. 건물도 규모가 아닌 미관이 중요한 요소가 됨으로써 그 자체가 하나의 예술품이 된다. 이것이 디자인 스토리텔링이나 건축 스토리텔링이 활성화되는 배경이다.

이 밖에도 사이버 커뮤니티에서 활용되는 스토리텔링이 있다. 커뮤니티 구성원들의 유대감과 동질감을 형성·강화하는 팬픽(fanfic, fan+fiction)이나, 소설이 하이퍼텍스트를 만나 태동된 하이퍼픽션은 전형적인 스토리텔링이라 할 만다. 인터넷 정치 사이트에서 정치인이 내세우는 신념이나 정책을 홍보한다든지, 인터넷 쇼핑몰에서 제품 사용 후기(review)를 통해 상품의 신뢰도를 높이는 데도 스토리텔링은 매우 강력한 효과를 갖는 전략적 방편으로 활용되고 있다.

Making

전략 **1** 현재 성공적으로 방송되고 있는 역사 드라마의 문화콘텐츠 측면의 성공 비결은 무엇인가?

전략 **2** 문화콘텐츠 산업의 명암 중에서, 그 어두운 징후를 극복할 수 있는 방법은 무엇인가?

전략 **3** 에듀테인먼트 분야에서 스토리텔링이 각광받고 있는 이유는 무엇인가?

제 2 부

주제와 소재의
설정

제3장 **주제 탐색**

제4장 **소재 찾기**

제 3 장 주제 탐색

Consulting
무엇을 쓸까?

　주제(主題, theme)는 작가가 작품 속에서 드러내고자 하는 중심 사상이나 핵심 내용을 말한다. 어떤 종류의 글이든 그 속에는 그 글을 쓴 사람의 의도가 들어 있기 마련이다. 우리가 일상적으로 주고받는 짧은 문자메시지에도 주제는 있다. 엄밀하게 말하면, 문자메시지는 주제만 있는 글이라고 할 수 있다. 예를 들어, 친구와 점심 식사를 하기 위해 문자메시지를 주고받는다면 '언제' '어디서' '무엇'을 먹을 것인지를 두고 여러 건의 문자를 전송하게 된다. 그 각각이 모두 짧은 문자메시지의 주제이며 각각의 문자메시지는 주제, 즉 말하는 사람의 의도를 응축시킨 주제 문장이다. 일상적인 말하기나 글쓰기의 세계에서는 이와 같이 주제를 전달하는 데에 필요한 최소한의 어휘만을 사용하는 경우가 많다.

　창작의 세계로 들이가게 되면 일상세계에서와는 달리 주제를 전달하는 데 있어서 언어의 경제성 원칙을 고집할 수 없게 된다. 문자메시지를 주고받을 때와 같이 소비자 혹은 사용자(user)와 인스턴트식 대화를 시도하는 스토리텔러는 없을 것이다. 스토리텔링의 세계에서는 문자메시지에서처럼 단축언어로 주제를 전달해서는 안 된다. 스토리텔링의 세계는 인간의 감성에 호소해야 하기 때문이다. 최근, 기업광고의 경향이 사실 전달보다는 감성에 호소하는 쪽으로 흐르는 것은, 현대사회가 감성 소비의 시대임을 반증하는 것이기도 하다. 인간의 감성을 움직이기 위해서는 이야기가 있어야 하는데, 이때 이야기는 주제가 선명할수록 전달도가 높다.

01 친숙한 주제와 낯선 주제

사람들은 흔히 익숙한 것에 대해서는 편안함과 친숙함을 느낀다. 늘 가던 카페, 자주 가는 식당, 매일 보는 친구 등등은 이해하려 하거나 알려고 노력하지 않아도 되는 부담 없는 대상들이다. '사랑은 소중하고 아름다운 것', '사랑은 영원한 것'이라는 주제는 사랑에 관한 거의 모든 이야기에서 동일하게 보여주는 낯익은 주제이다. 우리 사회에서는 사랑에 대해서 긍정적인 가치를 부여하는 것이 일반적인 통념이다. 그래서 소중한 사랑, 아름다운 사랑, 영원한 사랑에 관한 이야기에는 쉽게 고개를 끄덕이며 수긍하게 된다.

하지만 친숙한 것은 때로 권태롭게 느껴지기도 한다. 새로 시작한 TV 미니시리즈 첫 회 분을 시청하는 순간 '에이, 또 사랑 타령이네.'라며 리모콘을 눌러 채널을 돌린 경험이 있는 사람들도 있을 것이다.

반면, 낯선 것은 신선함과 호기심을 불러일으킨다. 늘 하던 사랑 이야기를 또 다시 반복하고 있는 줄 알았는데, 예상했던 것과는 정반대로 '사랑은 무가치한 것', '사랑은 소모적인 것'이라는 주제를 담아내고 있다면 사람들은 이야기에 집중하게 된다. 사람들은 왜 사랑에 대해 그렇게 부정적으로 이야기를 하는 건지 궁금증을 먼저 가질 것이며, 도대체 이야기가 어떻게 전개되어 갈 것인지 긴장하면서 지켜보게 된다. 하지만 새로운 주제를 제시하는 과정에서 소비자를 설득시키지 못한다면 이야기는 실패하게 된다.

일반적으로 사람들은 자신이 공감할 수 있는 이야기에서 감동도 느낀다. 새로운 주제를 접하게 된 소비자들은 그것을 해석하고 그것에 적응하고 의미를 부여하는 데에 먼저 신경을 소모한다. 그렇기 때문에 소비자들에게 낯선 주제를 전달하는 일은 상당한 위험 부담을 감수하면서 시작해야 하는 일이고, 따라서 치밀한 전략이 필요하다.

02 | 소비 대상에 따라 주제 정하기

주제는 어떤 사람들을 수용자로 설정하느냐에 따라 달라져야 한다. 유치원생을 대상으로 하여 '죽느냐 사느냐, 이것이 문제로다.' 식의 거창한 인생 문제를 전달할 수는 없다. 성인을 대상으로 하여 '친구랑 사이좋게 지내자.'는 주제를 전달하려 한다면 대부분의 성인은 그 이야기에 귀를 기울이지 않을 것이다. 따라서 이야기를 구성하기 전에 '어떤 주제를 누구에게' 전달할 것인가를 먼저 결정해야 한다.

주제를 설정할 때는 예상되는 소비자층에 관한 모든 정보가 고려되어야 한다. 연령, 성별, 나이, 교육 정도, 종교, 문화적 바탕, 가치관, 정치적 성향 등은 소비자가 자신이 소비할 이야기의 종류나 매체를 선택할 때 영향을 미치는 요소들이다. 따라서 누구에게 어떤 주제를 전송할 것인지를 분명하게 설정해야 한다.

작년에 개봉했던 영화 <구미호 가족>은 소비자 분석이 얼마나 중요한가를 공부하는 데 참고해 볼 만한 작품이다. <구미호 가족>은 한국의 대표적인 설화 <구미호>를 모티프로 하였다는 점, 아름다운 신인 여배우와 중년의 남자배우가 커플로 구성되었다는 점, 한국 영화사상 처음으로 뮤지컬 장르를 결합하여 제작된다는 점 등에서 여러모로 개봉 전부터 화제가 되었다. 이 영화가 전달하고자 하는 주제는 우리 사회의 구성원이라면 누구나 수긍할 수 있을 '휴머니즘'이었기 때문에 대중의 공감을 얻어내는 데 크게 무리가 있는 작품은 아니었다. 그런데 개봉 결과는 흥행 참패였다.

물론, 영화의 흥행 여부가 한 가지 요소에 의해서만 결정되는 것은 아니다. 영화 <구미호>는 한국 관람객들이 가지고 있는 문화적 배경에 대한 분석이 제대로 이루어지지 않은 채로 제작된 영화로 보인다. 한국사회에서 뮤지컬 양식과 결합한 영화가 성공할 수 있으려면, 일단은 영화 관람 인구가 많아야 할 것이며, 수많은 영화 중에서 뮤지컬 양식과 결합한 영화를 선택할 수 있는 문화적 소양을 가진 관람 인구가 충분해야 한다. 그러나 한국사회에서 뮤지컬은 아직은 그다지 대중적인 장르가 아니다. 현재 한국사회의 문화적 소양이나 평균 소득의 수준은 대다수의 인구가 일주일에 한 번씩 가족 단위로 뮤지컬을 관람하러 다닐 정도는 아니다. 뮤지컬 장르가 낯선 관람객들에게는 영화를 보는 과정에서 영화 자체를 느긋하게 즐기기 전에 뮤지컬이라는 장르와 친숙해져야 하는 숙제가 주어지는 셈이다. 영화 <구미호 가족>은 대단히 새롭고 신선한 시도였으나 한국사회 대중문화의 현재적 조건으로 볼 때 흥행 참패는 충분히 예견할 수 있는 일이었다.

03 | 매체에 따른 주제 선별

우리는 흔히 매체에 따라 그 매체 내에서 경험할 수 있는 내용들에 대해 일반적인 기대를 가지고 있다. 주제면에서도 드라마는 통속적인 관념을 많이 수용하는 편이지만, 영화는 일반적인 도덕률을 전복시키거나 일탈을 그리는 경우도 많다. 그런가 하면 컴퓨터게임과 같은 경우는 정의가 승리한다는 식의 도덕의식을 고집할 수 없는 경우가 많다. 오히려 '승리하는 자가 곧 정의'라는 의식이 통용되는 세계라고 할 수 있다.

컴퓨터게임은 사용자가 선택한 캐릭터의 관점에서 게임이 진행된다. 사용자가 승리하면 그에 따른 보상이 주어지고, 패배하면 목숨을 잃는다. 그 세계에서는 승리가 곧 정의요, 선량함이다. 냉엄한 승부의 법칙이 적용되는 것이다. 유저들은 이와 같은 원리를 기대하면서 게임을 진행하기 마련이다. 하지만 온가족이 함께 시청하는 시간 대에 컴퓨터게임에서나 볼 수 있는 논리를 적용한 프로그램을 편성한다면, 그 방송 사의 홈페이지는 시청자들의 비난글로 인해 아마도 접속 마비 상태에 이르게 될 것 이다.

우리가 TV를 보면서 기대하는 것과 영화에 대해 기대하는 것은 다르다. 대중들 은 TV 모니터보다는 영화 스크린에 대해서 좀 더 관용을 베푼다. 10년 전쯤에 방영 된 <애인>(MBC, 1996)은 한국 사회에서는 처음으로 유부남과 유부녀의 사랑이라는 주제를 전면적으로 다룬 드라마다. 이 드라마는 '아름다운 불륜'이라는 말까지 만들 어낼 정도로 선풍적인 인기를 끌었다. 이미 결혼한 남자와 여자의 사랑이 아름답고 애절한 것이기는 했지만, 결말은 각자의 가족에게 돌아가 가정을 지키는 쪽이었다. 이는 한국사회의 일반적인 정서가 혼인관계에 있는 남녀의 감정을 사랑이라고 인정 하지 않기 때문이기도 하고, TV드라마라는 가족 구성원 전체가 동시에 시청할 가능 성을 항상 노정하고 있는 장르이기 때문이기도 하다.

이와 비슷한 시기에 영화 <정사>(2002)는 <애인>과는 다른 결론으로 이끌고 갔 다. 이 영화는 동생의 약혼자와 사랑에 빠진 유부녀의 이야기였다. 어떻게 보면 처음 으로 알게 된 유부남과 유부녀의 사랑 스토리보다 더 민감한 도덕적 반응을 불러일 으킬 수도 있는 이야기이다. 그럼에도 불구하고 이 영화는 마지막 장면에서 같은 비 행기 안에 오른 두 남녀의 얼굴과 그들의 밝아 보이는 표정을 화면에 담아냄으로써 해피엔딩을 암시하면서 막을 내렸다. 이는 영화라는 장르에 대중의 기대가 TV드라마 보다는 훨씬 그 층위가 다양할 수 있다는 한국사회의 일반적인 약속 때문에 가능한 일이었다.

전략 1 친숙한 주제에는 어떤 것들이 있는가?

> 질서는 편하고 자유롭고 아름다운 것, 모성은 헌신적이며 위대하다 등등

전략 2 친숙한 주제를 낯선 주제로 바꾸어 보자.

> 질서는 개인의 자유를 구속한다, 모성은 사회적 상황에 따라 어쩔 수 없이 선택된 것 등등

전략 3 우리에게 익숙한 옛날이야기나 우화 중에서 한 편을 골라 원작의 주제를 비틀어 보자.

> 이솝우화에 나오는 〈개미와 베짱이〉에서는 여름 내내 놀고먹던 베짱이가 한겨울에 개미에게 구걸을 하게 된다는 이야기이다. 이 이야기의 주제는 '노동의 아름다움' 혹은 '미래에 대한 준비'이다. 반면, 현대판 〈개미와 베짱이〉에서는 여름 내내 땀을 뻘뻘 흘리며 일을 하던 개미는 나이가 들어 온갖 질병에 시달리지만, 베짱이는 여름 내내 기타치고 노래 부르던 실력으로 가수가 되어 유명해진다. 이 이야기의 주제는 '개인에게 맞는 적성 계발'이 될 수도 있고, '열심히 일한 만큼 성공하지 못하는 현대사회에 대한 비판'이 될 수도 있다.

전략 4 올 여름 극장가에서는 어떤 장르의 영화가 흥행에 성공할 것인지 예측해 보고, 왜 그런지 이유를 말해 보자. 그리고 관람객 분석에 따라 성공할 가능성이 높은 영화의 주제를 말해 보자.

> 💬 일반적으로 여름에는 공포영화가 성공할 것이라고 예상하지만,

전략 5 20대 초반의 젊은 남학생들에게 어떤 장르의 컴퓨터게임이 인기를 끌 것인지 예측해 보고, 왜 그런지 이유를 말해 보자. 그리고 컴퓨터게임의 주제를 설정해 보자.

> 💬 20대 초반의 남학생들은 역동적인 게임을 좋아한다. 따라서…

전략 6 다음 이야기는 도깨비가 등장하는 설화이다. 이 이야기에서 모티프를 얻어 초등학교 3학년 '슬기로운 생활' 시간에 사용할 영상 부교재를 만들고자 할 때, 활용 가능한 주제를 설정해 보자.

도깨비를 속여 부자가 된 부부

옛날에 어느 마을에 가난한 부부가 살고 있었다. 남편은 저녁밥을 먹으면 동네 사랑으로 놀러 나가고, 아내는 밤마다 혼자 앉아서 남의 바느질품을 팔았다. 그런데 어느 날부터인가 패랭이 쓴 장정 하나가 방에 들어오려다가 못 들어오고는 하였다. 남편에게 그 이야기를 하자, 남편이 아무래도 도깨비인 것 같으니 그 도깨비한테 같이 살자고 하라고 하였다.

다음날 아내는 남편의 말대로 도깨비를 안에 들어오게 하여 같이 살자고 하였다. 그랬더니 도깨비가 좋아라고 하면서 밤이면 밤마다 놀러왔다. 놀러 오면서 빈손으로 오지 않고 먹을 것이며 돈이며 자꾸 가져다주었다.

도깨비가 갖다 준 돈으로 논을 사서 부자가 되기는 하였지만, 아내는 도깨비하고 함께 있는 것이 무섭고 싫었다. 그러자 남편이 이번에는 도깨비한테 뭐가 무섭냐고 물어보라고 하였다.

다음날 밤, 아내는 또 놀러온 도깨비를 살살 구슬렀다. 도깨비는 처음에는 안 가르쳐 주려고 하다가 그러면 다시는 당신하고 안 만나겠다는 아내의 말에 할 수 없이 말피가 가장 무섭다고 말해 주었다.

아내한테서 그 이야기를 들은 남편은 말피를 구해다가 울타리에다 고루고루 발라놓았다. 그 사실을 전혀 모르고 놀러온 도깨비는 그제서야 자기가 속았음을 알고는 화를 내며 돌아갔다.

다음날 아침, 남편과 아내가 논에 나가보니 온통 자갈 투성이였다. 화가 난 도깨비가 한 짓이었다. 그래서 남편은 도깨비가 들도록 소리를 쳤다.

"도깨비가 농사 잘 되라고 우리 논에 자갈을 많이 갖다 놨네. 아이구, 고마워라."

그 소리를 들은 도깨비가 이번에는 자갈을 모두 골라내고 개똥을 잔뜩 주워다가 던져놓았다. 그 덕분에 가난한 부부는 농사도 잘 되고 부자가 되었다.

전략 7 설정된 주제에 맞게 줄거리를 수정해 보자.

전략 8 위 설화의 원래 줄거리를 유지하면서 새롭게 가공한다면 어떤 대상에게 어떤 메시지를 전달할 때 활용할 수 있는지, 왜 그렇게 생각하는지 말해 보자.

전략 9 '영원한 사랑'이라는 주제를 이야기로 구성할 때 장르마다 가능한 세부주제를 설정해 보자.

🗨 컴퓨터게임

컴퓨터게임은 기본적으로 미션이 주어지고 미션을 해결할 때마다 일정한 보상이 주어지는 구조를 따른다. 따라서 컴퓨터게임에서는 '용감한 자가 미인을 얻는다.' 혹은 '장애 극복을 통해 얻은 사랑은 영원하다.'는 주제가 적절할 것으로 보인다.

제 4 장 소재 찾기

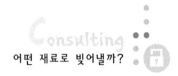

어떤 재료로 빚어낼까?

소재(素材, materials)는 이야기의 재료를 말한다. 한 편의 이야기를 만들어내는 데 사용된 모든 재료를 소재라고 한다. 그 중에서 주제를 담아낼 정도로, 혹은 제목으로 정해도 될 만큼 중요하게 사용된 소재는 제재(題材)라고 하여 일반적인 소재와 구분하기도 한다.

이야기의 소재를 찾아내고, 찾아낸 소재들을 결합하는 일은 조각보를 만들어내는 과정과 흡사하다. 조각보는 옷이나 이불 등 큰 물건을 만들고 남은 자투리 천을 이어 붙여서 만든 생활 소품이다. 버려질 수도 있었던 천 조각들을 모아서 이리저리 배치하고 이어 붙이면 한 장의 아름다운 조각보가 탄생한다. 물론 재질도 모두 다르고, 색깔도 전혀 다른 여러 가지 천 조각들을 아름다운 조각보로 만들기 위해서는 어떤 자리에 어떤 천 조각을 이어 붙일 것인지를 고심해야 한다. 여러 가지 천 조각을 모아 놓는다고 하여 모두 아름다운 결과물이 나오는 것은 결코 아니다. 새로운 스토리를 만들어내는 과정 역시 그러하다. 이질적인 소재들을 결합하여 아주 새로운 완성품을 만들어내는 일, 이는 소재에 생명을 부여하는 일이다.

우리를 스쳐가는 수많은 조각들 중에서 어떤 조각을 포착하여 새로운 이야기의 씨앗으로 활용할 것인가 하는 일은 그리 만만한 과정이 아니다.

거기에 더하여 소재 발굴을 어렵게 하는 요인은 다양한 영상매체의 발달이다. 문자중심의 언어가 성행하였던 시기에는 문자로 내용을 형상화하는 문제가 가장 중요하였다. 소설가들은 어떻게 하면 독자들에게 생생한 느낌을 줄 수 있을까 고심하면서 심혈을 기울여 한 장면 한 장면을 묘사하였다. 이야기가 영상과 결합함으로써 비로소 완성품이 되는 현대와 같은 환경에서는 영상으로 구현할 수 있는 소재를 찾는 것이 현명하다.

현재의 기술 수준은 인간이 상상할 수 있는 거의 모든 것을 영상으로 구현하는 것이 가능하다고 한다. 드림웍스 애니메이션 <몬스터>의 주인공 '몬스터'가 날아다니는 장면을 보면 '몬스터'의 털 한 올 한 올씩 부드럽게 휘날리는 것이 실제보다 더 생생하게 느껴진다. 그런가 하면 카메라로 촬영한 장면에 생생한 현실감을 더하기 위해서 컴퓨터 그래픽으로 땀방울을 그려 넣거나 바람에 부드럽게 흩어지는 담배 연기를 그려 넣기도 한다. 최근에는 컴퓨터게임의 장면들도 실사에 가까울 정도의 장면들을 보이고 있다. 컴퓨터그래픽에 필요한 비용만 댈 수 있다면 어떤 것이든 가능한 세상에 살고 있는 것이다. 영화 <반지의 제왕>의 전투 장면에서 화면 가득 밀려오던 괴물 부대가 모두 컴퓨터 그래픽으로 만들어진 것임을 생각해 보면 현대의 기술은 정말 놀라울 정도다.

01 | 소재 발굴하기

최근의 이야기 소비자들은 이미 상당한 수준에 올라가 있다. 다양한 영상 매체의 발달과 한국사회에서의 영화 장르의 성공, 특히 인터넷의 광범위한 보급은 한국사회

이야기 소비자들이 다양한 매체와 이야기들을 경험할 수 있게 하였다. 이야기 소비자들의 안목이 높은 만큼 스토리텔러들은 긴장해야 한다. 어지간한 이야기에는 새롭다는 느낌을 받지도 못할 것이며, 흥미를 느끼지 못할 것이 당연하기 때문이다.

더군다나 인터넷 세상은 단순히 완성된 콘텐츠를 소비하는 공간이 아니라 사용자들이 직접 제작한 콘텐츠를 유포시키기도 하는 UCC(User-created contents)의 공간이다. 소비자이자 생산자인 사용자들에게 어떤 콘텐츠를 공급하여 경제적 이익을 창출할 것인가 하는 문제는 결코 간단하지 않다.

수많은 꺼리들 중에서 예술적인 성과와 대중적인 성공을 획득할 가능성이 보이는 소재를 골라내는 일은 결코 쉽지 않다. 전혀 연관성이 없어 보이던 소재들을 하나의 작품으로 이어 붙이기 위해서는 대단히 높은 안목이 필요하다. 우리 주변에는 셀수 없이 많은 이야깃거리들이 널려 있지만, 그 각각에 의미를 부여하고 구체화하기는 쉽지 않다. 어떤 소재가 의미를 획득할 수 있을지, 선택된 소재를 어떻게 구체화시킬 수 있을까 하는 것은 많은 고민을 거쳐야만 그 답을 찾을 수 있다.

(1) 전통문화에서 콘텐츠 발굴하기

소재는 어디에도 없고, 동시에 어디에도 존재한다. 스토리텔러의 예민한 촉수에 붙잡힌 모든 것이 바로 소재가 된다. 한류 열풍의 한 자리를 차지한 <대장금>은 수백 권에 달하는 ≪조선왕조실록≫에서 단지 대여섯 번 정도 등장하는 의녀 대장금과 관련된 기록이 씨앗이 되어 탄생한 드라마다. <해리포터> 시리즈나 <반지의 제왕> 시리즈를 보면 거기에는 유럽 사회에서 예전부터 전해 내려오는 온갖 설화들이 집대성되어 있는 것을 볼 수 있다. 세계적으로 유명한 일본의 애니메이션 감독 미야자키 하야오의 애니메이션 작품들에는 일본의 전래 설화들이 모티프로 활용되고 있다. <센과 치히로의 행방불명>은 일본의 전래 괴물들과 선통석인 사상이 결합된 작품이다.

이와 같이 자기 나라의 전통적인 모든 것들, 주변에서 경험한 모든 것들은 새로운 스토리의 씨앗이 될 수 있다.

(2) 주변에서 흔히 경험하는 일에서 발굴하기

2차대전 당시 원자폭탄 피해지의 하나인 일본 나가사키에는 '평화공원'이 있다. 평화공원 안에 있는 기념관 입구에는 각양각색의 종이학이 즐비하게 걸려 있다. 한국 사람들에게도 잘 알려진 종이학 이야기, 천 마리를 접으면 소원이 이루어진다는 이야기는 이 평화공원이 근원지이다.

평화공원 안에는 작은 분수대가 있다. 어느 공원이든지 분수대 하나씩은 있기 마련이다. 그런데 이 분수대에는 원자폭탄의 피해자인 어느 소년의 이야기가 결부되어 있다. 원자폭탄으로 인해 상처를 입은 어느 소년이 목마름을 호소하면서 죽어간 장소가 바로 이곳인데, 그 소년을 위로하기 위하여 그 자리에 분수대를 마련한 것이라는 이야기. 어느 공원이든지 있는 평범한 분수대는 어느 소년의 죽음과 관련된 이야기로 인해 특별한 장소가 되었다. 아무 느낌 없이 스쳐 지나갔을 분수대가 그 곳을 찾아간 관광객들에게 가슴 아픈 감동을 안겨 준 것이다.

목마름을 호소하면서 죽어간 소년의 이야기는 어찌 보면 라디오 프로그램에서 흘려듣거나 사색거리를 제공하는 좋은 이야기류로 스쳐 보낼 수 있는 정도의 이야기에 불과하다. 그런데 그 이야기를 씨앗으로 삼아 그곳에 분수대를 만들고 그 분수대에 다시 소녀의 이야기를 결부시킴으로써 세계적인 관광명소, 그것도 전쟁의 아픔을 끊임없이 되살리는 교훈적인 관광명소로 탈바꿈시킨 것이다.

스토리텔러들에게 주어진 과제는 바로 이것이다. 아주 평범한 것에 의미를 부여하여 그것을 접하는 사람들에게 감동을 불러일으키는 것이야말로 모든 스토리텔러들의 임무이며 존재 의미이다. 따라서 스토리텔러들은 일상적이고 평범한 소재를 완전히 새롭고 감동적인 것으로 탈바꿈시켜야 한다.

소재 발굴에는 법칙이 없다.

우리도 알 만한 친구를 소설가로 둔 사람에게서 들은 이야기다. 그 소설가와 함께 만나 이런저런 이야기를 주고받고 나서 나중에 보면 자기가 그 소설가에게 했던 이야기가 어느 틈에 소설작품의 내용이 되어 있다고 한다. 자신은 아무 생각 없이 친구에게 시어머니 흉도 보고, 남편 욕도 하고, 살아가면서 느끼는 인생에 대한 이러저러한 생각을 이야기한 것뿐인데, 소설가는 그 친구의 이야기에서 모티프를 얻어서 한 편의 소설을 창조해낸 것이다.

세 명의 친구가 3개월 동안 함께 유럽 여행을 했는데, 그 여행기를 글로 정리하여 책으로 발간한 친구가 있는가 하면 그저 젊은 날의 추억 정도로 기억 속에만 저장해 놓고 지나가는 친구도 있다.

02 | 주제 표현에 적절한 소재 고르기

주제를 표현하는 데 있어서 어떤 소재를 결합할 것이냐는 문제는 상당히 신중하게 선택하고 결정해야 한다.

흔히 말하기를 한국 사람들은 판타지가 없다고 말한다. <반지의 제왕>과 같은 판타지 영화는 같은 시기에 대중적인 성공을 거둔 <왕의 남자>와 비교해 보거나, 세계적인 흥행 성적과 비교해 보면, 평균작 정도의 수준에 불과하다고 한다. 그러고 보니 한국 영화계에서 역대 흥행 성적에서 상위를 차지하는 영화들을 보면, <쉬리>, <태극기 휘날리며>, <왕의 남자> 등의 영화들이다. 이 작품들은 판타지보다는 사실적 묘사에 중심을 두고 스토리가 진행된다. 다시 말해, 한국 사람들을 주소비자층으로 두고 영화를 제작하려면 동일한 주제를 전달하는 데에도 다른 전략을 구사해야 한다는 이야기가 된다. 흥행 전략에 있어서 소재 선택은 대단히 중요한 과정이다.

전략 **1** 최근에 친구와 만나서 주고받은 이야기들을 정리해 보자.

전략 **2** 최근에 읽은 책이나 라디오 프로그램, TV토크쇼 등에서 들은 이야기를 정리해 보자.

전략 **3** 위에 정리한 이야기들 중에서 이야깃거리가 될 만한 소재를 간추려 보자.

황조롱이집 ZI	만경강변에 자리한 한 공장 물받이통에 천연기념물 323호인 황조롱이가 둥지를 틀었다.
황조롱이 새끼들 CU	부화한 지 일주일 남짓 된 황조롱이 새끼들이 어미가 밥을 물어다주기를 손꼽아 기다리고 있는 눈치다. 잠시 후, 생쥐를 사냥해온 황조롱이가 새끼들이 있는 둥지 주위를 선회한다. 생쥐 한 마리를 통째로 삼킬 만큼 새끼 황조롱이의 식욕은 대단하다. (삼키는 것 보고)
먹이 물어다 나르는	황조롱이는 암수 교대로 둥지를 드나들며 열심히 먹이를 물어다 나른다. 부지런히 포식을 한 황조롱이 새끼들은 며칠 사이에 몰라볼 만큼 부쩍 자랐다. 깃털도 흑갈색으로 변한 것이 제법 어른스럽다.
나무 쫄 때	야생의 습성을 간직한 황조롱이 새끼들은 둥지에서도 부리를 쪼아대며 열심히 사냥연습을 한다.
슬쩍 날아보는	그리고, 곡예를 하듯 날기 연습을 한다. 이소를 준비하는 것이다. 슬쩍 위로 날았다 앉아서는 다시 아래쪽 둥지로 미끄러져 내려온다

날면	드디어 황조롱이 새끼가 둥지를 박차고 날아오른다.
	부리부리한 눈에 날카로운 부리,
	야생의 습성을 지닌 황조롱이 새끼는
	날갯짓 몇 번만에
	금세 하늘을 자유로이 비상한다.
	둥지 밖의 세상은 한없이 넓고 자유롭다.

● ● ● JTV 특집다큐멘터리 만경강 2부—4계 / 구성작가 : 김선경

제 3 부

캐릭터의 창조

제5장 캐릭터의 기능

제6장 캐릭터의 성격

제7장 캐릭터 설계

제 5 장 캐릭터의 기능

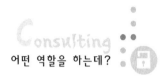

이야기가 되기 위해서는 기본적인 요소가 있어야 한다. 우리가 학창시절 소설의 3요소라고 열심히 외웠던 '인물, 사건, 배경'은 모든 스토리의 기본적인 요소이다. 스토리는 특정한 인물이 특정한 시간적, 공간적 배경 속에서 특정 사건을 겪어 나가는 과정을 다루기 때문이다. 이는 스토리가 특정 정보를 담은 추상적인 것이 아니라 구체적이고 실제적인 세계 속에서 일어나는 이야기임을 암시한다.

텍스트 스토리에서의 '인물'은 TV의 드라마나 영화, 애니메이션, 게임 등에서는 종종 '캐릭터'라는 이름으로 불린다. '캐릭터(character)'라는 말은 원래 소설에 등장하는 인물이나 연극에서의 '역'(役)을 의미하는 말이었다. 그런데 등장인물은 말 그대로 이야기에 등장하는 인물, 이야기의 사건과 관련되는 인물을 의미한다. 따라서 '등장인물'이라는 밀 속에는 인물의 성격이나 기질, 특성 등을 포함하지는 않는다. 그야말로 중립적인 개념이다.

영어에서 'character'는 '개인이나 국민의 성격, 성질, 기질'을 의미하는 명사이다.

특히 도덕적·윤리적인 면에서의 개인의 성질을 의미한다. 그런데 형용사로서 "특이한 인물의 역을 연기할 수 있는", "배역이 성격 배우를 필요로 하는"이라는 의미를 가지며, 동사로서는 "인물이나 성격을 묘사하다", "~의 특성을 나타내다"라는 의미를 갖는다. 영어의 이런 의미들과 관련지어 볼 때 '캐릭터'라는 용어가 단순히 등장 인물만을 지칭하는 것에서 더 나아가 이야기의 내용에 의해서 독특한 개성과 이미지가 부여된 존재를 지칭하는 것으로 변화된 이유를 짐작할 수 있다.

텍스트 스토리에서의 '인물'은 TV 드라마나 영화처럼 영상을 매개체로 하는 스토리에서는 '캐릭터'라는 용어로 사용된다. 이는 영상이 갖는 특수성 때문으로 볼 수 있다. 영상은 그야말로 '상(像)'을 통하여 보여주는 것, 사물의 모습, 이미지로 시각적인 것을 전제로 한다. 그렇기 때문에 특정 인물의 시각적 이미지가 중시된다. 물론 텍스트 스토리에서도 인물의 행동이나 내면 심리를 통해 독자가 상상하는 이미지가 만들어지지만 이때의 이미지는 시각적인 이미지라기보다는 심상의 형태이다.

'인물'이 되었든 '캐릭터'가 되었든 이들은 이야기를 이끌어 가는 주체이다. 스토리 속의 캐릭터는 작가가 실제로 체험했거나 마음속에 투영시켜 보았던 경험들의 총체, 혹은 작가의 관찰이나 잠재적 요소들을 혼합시켜 만들어 놓은 존재로, 작가는 이들을 통해 인간과 사회, 세계를 통찰하고 판단하고 평가하는 역할을 하게 한다. 그리고 스토리의 가치는 이들 캐릭터들에 의해 구현된다. 따라서 캐릭터는 사건을 통해 의미 있는 변화를 이끌어 내는 이야기의 구현자이다.

스토리가 성공하기 위해서는 무엇보다도 캐릭터가 가진 중요도를 높여야 한다. 어떤 캐릭터를 만드느냐에 따라 스토리의 성패가 결정되기도 하기 때문이다.

각각의 캐릭터는 스토리 속에서 어떤 역할을 담당하느냐에 따라 주 캐릭터와 보조 캐릭터로 나누어 볼 수 있다.

캐릭터는 스토리를 이끌어가는 주체이다.

01 | 주 캐릭터

'춘향'이 존재하지 않는 <춘향전>, '유비, 조조, 손권'이 존재하지 않는 <삼국지>를 우리가 상상할 수나 있을까? 이렇듯 주 캐릭터는 스토리에서 가장 중심적인 인물이다. 즉 소설에서의 주인공, 드라마나 영화의 주연, 애니메이션에서의 주동적 캐릭터, 게임에서 플레이어가 조종하는 캐릭터 등이 주 캐릭터이다. 주 캐릭터는 스토리를 이끌어 나가는 책임을 진다.

주 캐릭터는 특정한 동기나 욕망에 의해 목표를 가지게 되는데, 목표를 달성하는 과정에서 여러 가지 상황과 사건을 겪게 된다. 이러한 상황과 사건 속에서 주 캐릭터는 주동적인 행동을 하게 된다. 주 캐릭터가 가지게 되는 동기나 욕망은 스토리를 이끌어 가는 핵심 주제와 연결되는데, 이때의 욕망은 모든 사람들이 가지고 있는 인간 본연의 동기나 욕망일 수도 있고, 특정 상황이나 특정 경험으로 인해 가질 수밖에 없는 주 캐릭터의 특정 동기나 욕망일 수도 있다. 부양해야 할 가족은 많은데 가난한 경우 부자가 되고 싶다는 소망, 나이가 들어 결혼을 해야 하는데 상황이 여의치 않아 결혼을 못하는 경우 배우자가 될 이성을 만나고 싶은 소망, 억압당하고 핍박당하는 현실에서 자유로워지려는 소망 등은 모두 인간 본연의 욕망이다.

스토리에서 그려지는 주 캐릭터는 긍정적인 면을 가진 경우도 있고 부정적인 면을 가진 경우도 있다. 소설이나 영화, TV 드라마에서의 주 캐릭터는 긍정적인 면을 가지고 있지만 게임 스토리에서는 그것이 뚜렷이 구별되지는 않는다.

가장 뚜렷히 주 개릭터 역할을 보여주는 것은 '영웅 스토리'에서의 주인공이다. 영웅 스토리는 비영웅적인, 또는 아직 영웅으로 인정받기에는 충분하지 않은 캐릭터가 여러 가지 고난과 시련을 극복하여 영웅성을 획득하고 인정받아 가는 과정을 그리는 것으로, 성장 스토리의 유형을 갖는 경우도 있고 세계를 구원하는 구원담의 유형을 갖는 경우도 있다. 성장 스토리, 또는 세상을 구원하는 영웅의 이야기이기 때문에 모든 이야기의 중심이 주 캐릭터에 맞추어 질 수밖에 없다.

영웅 스토리는 대개 왕위 계승과 관련한 옛 이야기에 그 출발점을 두고 있다. 왕에게 왕자들이 있는데(이 경우 왕자는 대개 세 명이다) 왕은 왕자들에게 특정한 임무를 맡기고(특별한 물건을 구해오라고 하는 등) 그것을 실행했을 때 왕위를 물려준다고 선언한다. 세 왕자는 왕의 임무를 수행하기 위해 길을 떠나는데 첫째 왕자와 둘째 왕자는 임무 수행 중 유혹에 휘말리거나 닥쳐온 시련을 극복하지 못하여 임무를 수행하지 못하지만 셋째 왕자는 유혹을 물리치고 고난을 극복하여 아버지가 내린 임무를 수행한다. 왕은 세 번째 왕자에게 왕위를 계승한다.

영웅 스토리는 고대 신화나 전설에서부터 현대 게임 스토리에까지 가장 광범위하게 활용되고 있는 스토리 유형이다. 이는 주 캐릭터와 적대적 캐릭터의 대립을 토대로 하여 정의감 있고 용감한 주 캐릭터의 승리를 끌어오는 이야기가 사람들에게 재미를 느끼게 하며, 영웅 스토리의 기본 구도를 다양하게 변용하는 것이 가능하기 때문이다. 동화에서 흔히 등장하는 마법에 걸린(또는 마녀의 성에 갇힌) 공주를 구하는 왕자, TV 드라마 <대조영>, <주몽>, <서동요>에서의 대조영, 주몽, 서동, 영화 <폴리스 스토리>에서 홍콩 경찰청의 특수기동대 소속 진가구 순경(성룡 분), 마이클 베이 감독의 <아마겟돈>에서 해리(브루스 윌리스 분)와 지구 최고의 유정 굴착 기술자들, RPG 게임 <스워드 로즈>(Sword-Rose)에서 왕국에 납치된 공주를 찾으러 가는 미소장군 등은 영웅 스토리를 기반으로 한 주 캐릭터의 전형을 보여준다.

02 | 보조 캐릭터

보조 캐릭터는 주 캐릭터 외에 스토리에 등장하는 캐릭터들이다. 본질적으로 보조 캐릭터를 만들어 내는 것은 주 캐릭터이다. 보조 캐릭터가 스토리에 등장하는 이유는 무엇보다도 주 캐릭터와 맺는 관계에서 기인하기 때문이다. 따라서 아무리 단순한 구조를 가진 스토리라 하더라도 반드시 보조 캐릭터는 존재하게 된다. 보조 캐릭터는 주 캐릭터의 다양한 성향을 드러내게 하여 스토리의 내용을 풍성하게 하고 다양한 사건이나 상황을 만들 수 있게 하는 바탕이 된다.

성공적인 스토리텔링이 되기 위해서는 주 캐릭터의 설정에 못지않게 적절한 보조 캐릭터를 제대로 설정하는 것이 중요하다. 때로는 주 캐릭터의 역할이나 행동이 독자나 관객의 기대에 못 미칠 경우에 그 공백을 메워주는 것도 보조 캐릭터이다. 몇몇 애니메이션에서는 주 캐릭터보다 보조 캐릭터에 대한 관객의 애정과 관심이 더 큰 경우들도 있다.

보조 캐릭터는 주 캐릭터와의 관계에 따라 우호적인 캐릭터와 적대적인 캐릭터로 나뉜다.

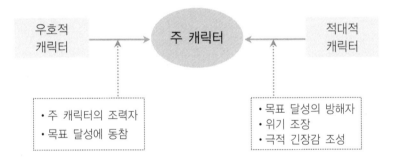

(1) 우호적 캐릭터

주 캐릭터의 조력자로서 우호적인 캐릭터는 주 캐릭터가 욕망이나 동기에 의해 갖게 된 목표를 달성하는 것을 도와준다. 주 캐릭터가 위험에 빠져 있을 때 도와주기도 하고 절망과 실패의 늪에 빠져 있을 때 주 캐릭터의 목표를 재확인시켜 다시 일어설 수 있게 하기도 한다.

전통적인 주 캐릭터의 조력자는 주 캐릭터의 임무 수행에 적극적으로 가담하여

주 캐릭터를 돕는 캐릭터로, 신화나 설화에서 나타나는 조력자는 대개 초자연적인 것이거나 무한한 능력을 가지고 있는 경우가 많다. 이들은 처음부터 끝까지 주 캐릭터의 임무를 도와준다. 이때의 조력자는 하늘로부터 이미 정해진 조력자인 경우도 있고 주 캐릭터에 대한 보은으로 주 캐릭터를 돕는 조력자인 경우도 있다. 동화 <신데렐라>에서 여주인공의 대모 '요정'은 초자연적인 능력을 가진 존재이다. 요정이 호박을 마차로 변하게 하고, 쥐들을 말과 마부로, 도마뱀을 하인들로 변하게 하여 신데렐라가 왕궁의 무도회에 갈 수 있게 해 준다. 애니메이션 <알라딘>에서 램프의 요정 '지니'도 모든 일을 해결할 수 있는 능력을 가진 초능력자이다. '지니'는 동굴에 갇힌 알라딘을 빠져나오게 하고 알라딘이 공주와 결혼할 수 있게 한다.

전통적인 조력자 캐릭터의 초자연성, 초능력은 신화나 설화의 서사성을 벗어나면서 많이 퇴색하게 되고, 개연성을 바탕으로 한 조력자, 보조자의 역할을 하게 되지만 아직도 많은 영화나 애니메이션, 게임에서 주 캐릭터가 목표를 수행할 수 있도록 적극적이고 능동적으로 시종일관 조력자 역할을 하는 캐릭터는 스토리에서 여전히 중요한 비중을 차지하고 있다.

주 캐릭터에 우호적인 캐릭터이지만 적극적이고 능동적으로 조력자 역할을 하는 것이 아니라 수동적이고 우연히 캐릭터를 돕게 되는 보조 캐릭터도 있다. 애니메이션 <뮬란>에 나오는 귀뚜라미 '크리키'는 뮬란이 매파에게 선을 보는 상황에서 말썽을 일으켜 일을 그르치게 하기도 하지만 뮬란이 병영에서 여자라는 사실을 감쪽같이 숨긴 채 훈련에 임할 수 있도록 도움을 주기도 한다. <라이온 킹>에서 미어캣 티몬은 마음씨 좋고 명랑하며 재치 있고 눈치가 빨라서 심바와 날라가 사랑에 빠진 걸 눈치 채는데, 스토리 내에서는 수동적인 역할을 하는 데 그친다.

주 캐릭터에 우호적이지만 방관자적인 입장에서 주 캐릭터의 목표를 달성하도록 돕는 캐릭터로는 TV 드라마 <주몽>의 금와왕을 들 수 있다. 금와왕은 근본적으로는 주몽에 우호적이지만 주몽이 새 나라를 건국하려는 목표에는 부정적이다. 그러나 금와왕의 주몽에 대한 우유부단함은 주몽이 새 나라를 건국하는 데 기반을 마련해 준다.

주 캐릭터에 우호적이고 주 캐릭터를 돕고자 하지만 그런 행동이 오히려 주 캐릭터의 임무 수행을 방해하는 보조 캐릭터들도 있다. 이들 캐릭터들의 행동은 뜻하지 않게 주 캐릭터에게 위기를 가져오기도 하고 목표 수행을 방해하기도 하며 말썽을 일으킨다. 애니메이션 <알라딘>에서 원숭이 '아부'는 알라딘이 동굴에서 램프를 찾아올 때 금지된 보물을 건드리는 바람에 알라딘 일행이 동굴에 갇히게 되는 위기를 초래한다. 하지만 알라딘이 자파에게 건넸던 램프를 다시 훔쳐내어 관객들이 동굴에서 빠져 나올 수 있는 해결책을 찾을 수 있을 것이라는 기대를 갖게 하며, 결국 알라딘이 램프의 요정 지니와 만나게 되는 결정적인 계기를 마련하기도 한다.

루카스 감독의 <스타워즈 에피소드1>에 등장하는 '자자 빙크스'는 영화에서 특별히 중요도 있는 역할을 하지는 않지만 주책 맞고 익살스러우며 우스워서 관객들의 보는 재미를 한층 높이는 우호적 보조 캐릭터이다. 그리고 애니메이션 <슈렉>에서 안 보이면 허전하고 있으면 시끄럽고 성가신 당나귀 '동키'는 <슈렉>을 보는 재미를 더 한층 높인다. '자자 빙크스'가 없고 '동키'가 없었다면? 상상하고 싶지 않다.

주 캐릭터를 곤란에 빠뜨리거나 위기를 조장하는 말썽꾸러기 캐릭터들은 그들의 행동이 예측 불가능하기 때문에 스토리에 재미를 더하게 되고 관객들의 호기심을 불러일으킨다. 저 사고뭉치가 언제 또 어떤 사고를 칠까 기대하는 심리를 갖게 하는 것이다. 스토리에서의 '감초' 역할, 이들이 없다면 스토리의 재미가 반감될 것은 확실하다.

(2) 적대적 캐릭터

적대적 캐릭터는 주 캐릭터에 맞서는 대립자로, 주 캐릭터가 목표를 달성하거나 미션을 수행하는 것을 방해한다. 따라서 적대적 캐릭터는 주 캐릭터와 갈등 구조를 형성한다. 갈등은 개인의 동기나 욕망이 타인의 동기나 욕망과 마찰을 빚게 되어 불화를 일으키는 상태이다. 스토리에서의 갈등은 등장인물 사이에 일어나는 대립과 충돌, 또는 등장인물과 환경 사이의 모순이나 대립을 이른다.

적대적 캐릭터는 스토리의 내용을 풍성하고 실감나게 하는 데 중요한 역할을 한다. 스토리가 전개되는 과정을 '발단－전개－위기－절정－결말'이라고 할 때 주 캐릭터가 겪는 극적인 갈등은 '위기'를 발생시키고, 이것이 '절정'의 단계를 지나 이야기를 극적인 결말로 이끌어가기 때문이다.

적대적 캐릭터의 대표형으로는 <백설공주>, <신데렐라>, <콩쥐팥쥐>, <장화홍련전>에서 계모를 들 수 있다. 이들은 주 캐릭터의 욕망을 꺾게 하고 주 캐릭터를 괴롭힌다. 마녀의 성에 갇힌 공주를 구출하려는 청년(또는 왕자)을 방해하는 마녀도 이에 해당한다.

권력의 쟁취를 모티프로 하는 대다수의 스토리에서도 적대적 캐릭터의 전형이 나타난다. TV 드라마 <서동요>에서의 부여선, <주몽>에서의 대소 왕자 등은 주인공과 끊임없는 갈등을 야기하며, 이러한 갈등은 스토리의 중심축을 형성한다.

게임에서 흔히 '몬스터', '몹'으로 지칭되는 캐릭터도 주 캐릭터의 적대적 캐릭터들이다. 이들은 주 캐릭터가 미션을 달성하거나 퀘스트를 수행하고자 할 때 방해자 또는 대립자로 등장하여 극적인 긴장감을 조성하고 게임을 더욱 스펙터클하게 만든다.

주 캐릭터의 대립자에게도 우호적인 보조 캐릭터들이 있다. 이들도 역시 주 캐릭터의 목표 달성이나 임무 수행을 방해하는 캐릭터들이다. 대개 대립자의 충실한 하수인 역할을 수행하기도 하지만, 때로는 실수를 하여 의도하지 않게 주 캐릭터를 이롭게 하는 결과를 초래하기도 한다.

03 │ 캐릭터 기능의 비고정성

각각의 캐릭터가 스토리에서 수행하는 역할에 따라 주 캐릭터와 보조 캐릭터로 나뉘고, 보조 캐릭터가 우호적 캐릭터와 적대적 캐릭터로 나뉜다고 하였지만, 모든 스토리에서 그 역할이 고정되는 것은 아니다.

스토리가 어떤 매체에 의해 전달되느냐에 따라 주 캐릭터의 역할은 다른 양상을 보인다. 소설이나 영화, TV의 드라마에서는 주 캐릭터가 이미 고정되어 스토리의 전체를 이끌어가게 되지만 게임 스토리에서 주 캐릭터는 플레이어의 선택에 따라 달라진다. RPG(Role Playing Game)에서는 플레이어가 선택하는 캐릭터가 주 캐릭터가 되고 다른 캐릭터들은 대립자 또는 보조 캐릭터가 된다. 따라서 처음부터 주 캐릭터가 고정되는 것이 아니라 플레이어의 선택에 따라 주 캐릭터가 달라지는 것이다. 이는 게임 스토리가 갖는 특성으로 볼 수 있다.

RPG 게임 <삼국지>는 게임 플레이어들이 위·촉·오 세 나라 중 한 나라를 선택하여 각 나라를 대표하는 장수 유비·조조·손권 중 하나를 주 캐릭터로 선택할 수 있다. 유비를 주 캐릭터로 선정한 경우 조조나 손권은 대립자가 되며, 조조를 주 캐릭터로 선정한 경우에는 유비나 손권이 대립자가 된다. 결국 주 캐릭터는 플레이어 자신과 동일시되며, 다른 플레이어는 퀘스트를 수행하는데 적대자, 방해자, 대립자가 되는 것이다.

보조 캐릭터의 경우도 소설이나 영화, TV 드라마처럼 선형적 구조를 갖는 경우에는 그 수가 처음부터 고정된다. 그러나 보조 캐릭터의 역할 변화는 다양하게 나타난다. 이것은 스토리가 개연성을 획득하는 결과를 낳기도 한다. 보조 캐릭터도 독자적인 감정이나 내면세계를 가지고 있기 때문에 늘 일관적인 감정의 흐름만을 갖는 것은 아니기 때문이다. 상황에 따라서 자신에게 이롭게 행동할 수도 있고 자신의 감정을 표출할 수도 있다. 따라서 스토리의 처음부터 끝까지 우호적 또는 적대적 캐릭터로서의 역할만 하는 경우도 있지만 이럴 경우 극적인 효과나 반전 효과는 떨어지게 되는 것이다. 조력자로서의 보조 캐릭터가 결과적으로 주 캐릭터의 방해자 역할을 하기도 하고, 거꾸로 방해자로서의 보조 캐릭터가 결과적으로 주 캐릭터의 조력자 역할을 하기도 할 때 극적 긴장감은 훨씬 높아진다.

<피터팬>에 나오는 요정 팅커 벨은 후크가 피터를 죽이기 위해 타 놓은 독이 든 우유를 대신 마실 정도로 피터에게 우호적인 캐릭터임이 분명하다. 그런데 웬디에

대한 질투 때문에 피터의 연인 웬디를 위험에 빠뜨리기도 하고 후크 선장에게 도움이 되는 행동도 한다.

게임에서의 보조 캐릭터는 변화무쌍하다. 보조 캐릭터는 플레이어에 의해 새로이 만들어지기도 하고 역할의 변화까지도 가능하게 한다.

게임에서 NPC(Non-Player Character)라고 하는 캐릭터는 전통적인 스토리에서는 존재하지 않는 캐릭터인데, 이들은 게임을 진행해 나갈 수 있는 캐릭터가 아니라 시스템에 의해 게임 내에 존재하는 캐릭터이다. 이들은 플레이어의 조작에 따라 특정한 기능을 행하거나 주 캐릭터에게 임무를 부여하는 역할을 하는데, 이들을 어떻게 조작하느냐에 따라 주 캐릭터의 능력을 향상시키기도 하고 임무를 수행하는 캐릭터를 돕기도 한다.

RPG 게임 <삼국지>에서 군주 캐릭터(유비, 조조, 손권)는 군을 창설할 수 있으며, 군주 캐릭터는 등급에 따라 작위를 수여할 수가 있는데 작위를 수여받은 캐릭터는 별도의 능력치 상승 수치를 가지며 군주에게 봉록을 바치도록 되어 있다. 이런 시스템은 군원들의 군주에 대한 충성을 유도하고 군주와 군원들 간의 신뢰를 두텁게 한다. 즉 주 캐릭터의 든든한 우호적 보조 캐릭터가 되는 것이다. 또한 플레이어들 간에 서로 의지하고 힘을 모을 수 있게 도입한 의형제 시스템도 주 캐릭터가 능동적으로 우호적 캐릭터를 만들어내게 한다. 그리고 캐릭터 등용 시스템은 플레이어의 캐릭터(즉 주 캐릭터)가 일정한 등급이 되면 부여되는 퀘스트를 수행하여 초기에 부여되는 장수 이외에 새로운 장수(보조 캐릭터)를 얻을 수 있도록 하였는데, 이 또한 캐릭터들 간의 관계가 처음부터 고정되어 있는 다른 장르의 스토리와는 다른 점이다.

미소녀 게임으로 대표되는 일본 연애 시뮬레이션 게임 <두근두근 메모리얼>은 캐릭터들 간의 인과관계를 중심으로 스토리가 전개되는 게임인데, 최종 목표는 원하는 여성 캐릭터의 사랑 고백을 받는 것이다. 주 캐릭터는 원하는 여성 캐릭터의 사랑을 받기 위해 여러 가지 다양한 능력 수치를 올려야 한다. 주 캐릭터의 능력치는 체력, 학력, 매력 등으로 상당히 세분되어 있고 각 능력치를 어떻게 올리느냐에 따라

공략 대상 캐릭터가 등장하기도 하고 아예 등장하지 않기도 한다. 즉 주 캐릭터(플레이어)의 능력에 따라 상대 캐릭터, 또는 보조 캐릭터가 결정되는 것이다. 또한 캐릭터를 세분화하여 해당 능력치에 따라 캐릭터 수를 플레이어가 조절할 수 있다.

게임에서 나타나는 캐릭터 기능의 가장 큰 특징은 캐릭터의 기능이 고정되어 있지 않다는 것이다. 플레이어가 선택하는 캐릭터가 주 캐릭터가 되기 때문에 '어떤 게임에서는 누가 주 캐릭터다'라고 말할 수 없다. 그리고 플레이어 자신이 주 캐릭터가 되어 캐릭터의 능력을 키워나갈 수 있으며, 캐릭터의 능력에 따라 우호적인 보조 캐릭터를 주체적으로 더 설정할 수도 있다. 처음부터 캐릭터의 기능이나 역할이 정해지는 소설이나 영화의 캐릭터와는 사뭇 다른 양상을 보이는 것이다.

전략 **1** 영웅 스토리 중에서 하나를 선택하여 스토리 라인을 작성하고 주 캐릭터의 역할을 알아보자.

전략 **2** 영화나 애니메이션, 게임 스토리 중에서 하나를 선택하여 주 캐릭터와 보조 캐릭터의 관계도를 그려보고 그들의 역할을 파악해보자.

전략 **3** 캐릭터의 기능이 고정되지 않고 상황에 따라 여러 가지 모습으로 나타나는 스토리를 찾아보고, 캐릭터의 역할이 비고정적인 이유를 설명해 보자.

제6장 캐릭터의 성격

흔히 어떤 사람에 대해 이야기 할 때 '그 사람 성격은 ~해'라고 이야기 한다. 특정 사람의 성격은 때로 그 사람 자체를 의미하기도 한다. 그런데 사람의 성격은 말로 설명되는 것이 아니라 그 사람의 행동 양식, 말투, 삶의 방식 등으로 표현된다. 따라서 성격은 숨겨질 수 있는 것이 아니라 우리의 삶을 통해서 고스란히 드러나게 된다.

그런데 우리 주변에서 흔히 접하는 '성격 테스트'를 보면 한 사람의 성격이 전형적으로 한 유형으로 나타나는 것이 아니라는 것을 느낄 수 있다. '성격 테스트'의 질문 문항에 대해 이걸 체크해야 하나, 저걸 체크해야 하나 한두 번 고민해 보지 않은 사람은 없을 것이다. 이는 상황에 따라 사람의 행동양식이 변할 수 있음을 암시하는 것이다. 내향적인 것 같은데 어떤 상황에서는 외향적이고, 아주 신중한 사람 같은데 어떤 면에서는 즉흥석이고 직설적이며, 차가우리만큼 이성적인 면이 있는가 하면 한편 따뜻한 감성도 가지고 있는 것이 일반적인 모습이다.

그렇다면 이런 행동 양식을 통해 사람의 성격을 운운할 수 있을까? 상황에 따라 변하는 행동 양식으로 사람의 진정한 성격을 가늠할 수는 없다. 사람의 본성은 스스로 단단히 봉해 놓은 커다란 동굴 속에 숨어 있기 때문이다. 그렇기 때문에 때로는 스스로의 본성이나 성격조차 모르는 경우들이 있다. 사람의 진정한 성격은 그 사람이 극단의 상황에 처해 있을 때, 거센 외부의 압력에 직면해 있을 때 선택하는 행동 양상을 통해서 알 수 있는 것이다.

사전에서는 성격을 '개인을 특징짓는 지속적이며 일관된 행동양식'이라고 정의하고 있다. 그렇기 때문에 주로 개인이 그가 속한 집단 내의 다른 사람과 구별되는 특정한 행동과 관련이 되며, 어떤 주어진 상황에서 어떤 행동을 할 것인가 예상을 가능하게 한다. 그렇지만 단순히 밖으로 드러나는 행동의 지속적이고 총체적인 모습이 그 사람의 성격은 아니며 오히려 그 행동을 지배하고 유인하는 역동적인 정신 조직이 성격의 본질이라고 볼 수 있다. 그렇다고 하여 성격이 개인의 차원으로서만 이해될 수 있는 성질의 것은 아니다. 사회에서의 개인의 역할 및 상태를 규정하는 모든 성질의 총합도 사회적 의미의 성격으로 볼 수 있다.

스토리의 세계는 특정한 상황, 특정한 사건을 다루기 때문에 이때의 캐릭터의 성격은 바로 이러한 특정한 상황 속에서 일관적으로 흐르는 등장인물의 행동 양식을 통해서 드러난다. 따라서 성격이란 캐릭터의 외모나 일상의 행동양식, 말투 등에서 드러나는 것이 아니라 특정한 상황이나 사건에 캐릭터가 직면했을 때 무의식적으로 나타나는 캐릭터의 행동양식으로 발현된다. 스토리 속에서 전개되는 사건을 통해 독자나 관객은 캐릭터의 진정한 성격을 발견하게 되는 것이다.

그런데 TV 드라마나 영화에서 캐릭터의 성격은 흔히 캐릭터의 외면적인 모습이나 역할 등으로 특징지어지는 경우가 많다. '재벌 2세 캐릭터'니 '아줌마 캐릭터'니 하는 말들이 그것들이다. 이들 용어들은 단순히 해당 역할을 지칭하는 것에서 확대되어 '재벌 2세' 또는 '아줌마'가 갖는 전형적 특성을 포함하는 용어로도 사용된다. 이는 캐릭터의 성격이 등장인물의 내면세계나 심리에 토대를 둔 성격만을 말하는 것이 아니라 특정한 역할에서 드러나는 행동 양식, 외양 등을 지칭하는 말로 확대되었다는 것을 의미한다. 이런 경향은 스토리가 단순히 구술이나 텍스트의 형태로 전달되던 상황에서 영상이나 이미지를 통해 전달되는 양상이 확대되면서 더욱 일반화되었다. '캐릭터'라는 용어가 원래 연극에서 배우들이 맡는 역할을 지칭하는 말이었다는 것을 되새겨볼 만하다.

캐릭터의 성격이 인물의 내면세계나 심리를 통해서 발현되든, 아니면 캐릭터가 가진 역할이나 외양에 의해 발현되든 간에 캐릭터가 가진 성격은 스토리를 이끌어가는 중심축이 된다. 스토리에서 전개되는 사건 양상의 필연성은 대개 캐릭터가 가진 성격에서 기인하게 되기 때문이다. 또한 캐릭터의 성격은 작가가 스토리를 통해서 이야기하고자 하는 중심 생각을 자연스럽게 도출하도록 한다.

01 | 성격의 발현

스토리에서 캐릭터는 특정한 외양을 갖게 된다. 이런 특정한 외양은 캐릭터의 성격이나 행동 양식과 연결되어 스토리 전개의 개연성을 높이기도 한다. 그러나 스토리에서 캐릭터의 외양이 반드시 캐릭터의 성격과 연결되는 것은 아니다.

캐릭터의 외양적 묘사는 인간이 관찰을 통해서 알 수 있는 모든 것을 의미한다. 즉 캐릭터의 나이, 성별, 이름, 외모, 이력, 자라온 환경, 가족관계, 하는 일, 의상, 몸짓 등등으로 어떤 사람의 일상생활을 세밀하게 관찰했을 때 누구나 찾아낼 수 있는 모든 측면을 말한다. 여기에는 캐릭터마다의 독특한 개별성이 보일 수도 있지만 누구에게서나 발견할 수 있는 일반적인 것일 수도 있다.

그러나 캐릭터의 외양이 캐릭터의 성격을 추측하는 단초를 제공할 수는 있지만 그 자체만으로 캐릭터의 성격을 단정 짓는 것은 문제가 있다. 외양적으로 비슷하게 묘사되는 캐릭터일지라도 전혀 다른 성격의 소유자일 수 있기 때문이다. 이는 캐릭터들마다 추구하는 이상이 다르고 가치관이 다르기 때문이다.

캐릭터의 성격은 욕망을 이루려는 캐릭터의 행동양식을 통해서 결정된다. 불교에서는 인간의 욕망을 '오욕칠정(五慾七情)'으로 분류하기도 한다. 돈(재물)에 대한 욕망, 권력에 대한 욕망, 자유에 대한 욕망, 사랑에 대한 욕망 등등, 인간이 추구하는 욕망은 다양하다. 이미 존재했던 이야기나 실제로 있었던 모든 역사적 사건들의 본질을 들여다보면 모두 이 욕망을 이루려는 사람들 사이에 벌어진 일들이다.

욕망에는 그런 욕망을 갖게 만드는 동기가 들어있다. 이 동기로 인해 캐릭터의 욕망은 개연성을 획득한다. 이들 욕망을 성취하려는 캐릭터의 행동 양식은 캐릭터의 성격을 반영하는데, 캐릭터가 추구하는 욕망이 강하면 강할수록, 욕망의 달성을 위한 현실이 부정적이면 부정적일수록 캐릭터의 성격은 분명하게 드러난다. 누군가 어떤 일을 하려는 욕구가 상당히 강한데 그것을 성취하기가 매우 어려운 상황이라면 그자체가 드라마틱한 상황이다. 그리고 스토리 속의 캐릭터는 주변의 환경으로부터 들어오는 강한 억압이나 공격을 극복하기 위해 스토리를 일관하는 강한 목적을 가진 행동을 시작하게 된다. 그리고 그 행동 방식은 캐릭터의 근원적인 성격에 그 뿌리를 두고 있다.

그러나 스토리에서는 여러 가지 모습으로 캐릭터의 성격이 발현된다. 캐릭터가 맡는 역할과 임무를 수행하는 과정에서 발현되기도 하고 캐릭터의 내면세계와 심리를 통해 성격이 발현되기도 한다. 또한 캐릭터의 외양과 행동양식을 통해 성격이 발현되기도 한다. 이는 작가가 스토리에서 캐릭터를 어떻게 그려 나가느냐와 관련이 있지만, 스토리의 전달 매체가 무엇이냐에 따라 관련이 있기도 하다.

(1) 캐릭터의 역할과 임무를 통한 성격의 발현

캐릭터가 맡은 역할과 임무를 통해서 캐릭터의 성격이 발현되는 경우는 영웅 스토리를 모티프로 하고 있는 신화나 설화 또는 이를 바탕으로 이루어진 동화 등에서 흔히 나타난다. 이런 유형의 스토리에 등장하는 캐릭터들에서 겉으로 드러나지 않는 내면과 심리는 중요한 요소가 아니다. 다만 역할과 임무를 수행하는 행동을 통해서 캐릭터의 성격이 나타난다.

동화 <하얀 티티새> 이야기를 보자.

아들 셋을 둔 늙은 왕은 다시 젊어지기 위해 세 아들에게 '하얀 티티새'라 불리는 영묘한 새를 가져오라고 한다. 하얀 티티새를 가져오는 아들에게 왕위를 물려준다는 약속과 함께. 두 형은 하얀 티티새를 찾으러 가다가 쾌락에 빠져 아버지와의 약속을 잊고 방탕한 생활을 한다. 마지막으로 막내가 하얀 티티새를 찾으러 가던 중 위기에 처한 여우를 구해준다. 여우는 그 보은으로 도움이 필요하면 언제든지 자기를 부르라고 하면서 하얀 티티새가 있는 동굴을 가르쳐 준다. 그리고 동굴 입구를 지키고 있는 용을 물리치는 방법을 가르쳐 준다. 그러면서 자기를 만나기 전에 아무도 도와주지 말라고 한다. 막내는 동굴로 가던 중에 사기죄에 몰려 처형을 당할 위기에 처한 두 형을 보게 된다. 두 용을 물리친 막내는 하얀 티티새를 얻게 되고, 막내는 하얀 티티새에게 두 형을 구해달라고 한다. 막내는 두 형을 구해주었지만 두 형은 하얀 티티새를 얻기 위해 막내에게 거짓말을 하여 막내를 갱 속으로 떨어뜨린다. 그리고는 하얀 티티새를 가지고 궁으로 간다. 여우의 도움으로 동굴에서 빠져나온 막내는 평민의 복장을 하고 궁으로 간다. 평민의 복장을 한 아들을 왕은 알아보지 못하고, 막내는 왕에게 청하여 하얀 티티새의 경비를 맡게 된다. 하얀 티티새는 왕에게 두 용을 처치하고 자기를 손에 넣은 사람을 데리고 와야 왕이 젊어질 것이라고 말한다. 결국 막내는 하얀 티티새의 도움으로 왕에게 진실을 알릴 수 있게 되었고, 왕은 두 아들을 처형하고 막내에게 왕위를 물려준다.

<하얀 티티새>에서 막내왕자는 티티새를 가져오는 임무를 맡고 그 역할을 성실히 수행한다. 그 과정을 통해 쾌락의 유혹에 쉽게 빠지지 않으며 온순하고 순진한, 그러면서 타인의 불행을 그냥 보아 넘기지 않고 도와주려고 하는 막내의 성격이 드러난다.

게임에 등장하는 캐릭터들도 역할과 임무를 통해 캐릭터의 성격을 드러낸다. 이는 많은 게임이 영웅 스토리를 기반으로 하고 있다는 것과 관련이 있다. 게임 속의

캐릭터는 주어진 미션을 수행하고 퀘스트를 달성하는 기능적인 인물이기 때문에 캐릭터의 심리적 특징이나 정서적 변화를 이끄는 캐릭터의 내면세계, 이를 토대로 드러나는 성격 등을 보여주는 것은 본질적으로 불가능하다. 따라서 게임에서 부여된 역할과 임무를 수행하는 행동으로 캐릭터의 성격이 발현될 수밖에 없다.

(2) 캐릭터의 내면세계와 심리를 통한 성격의 발현

소설의 세계에서 캐릭터의 성격을 규정하는 것은 캐릭터의 내면세계 곧 심리이다. 캐릭터의 내면세계는 스토리의 사건 속에서 일어나는 갈등에 대한 캐릭터의 행동 양식을 결정하기 때문에 결국 캐릭터의 내면세계는 스토리를 이끌어가는 중심축이 된다.

따라서 독자는 스토리 속의 캐릭터가 어떤 행동을 했을 때 그런 행동을 하게 된 내면의 동기가 무엇인지, 그 동기가 개연성을 갖는지, 인물이 이루고자 욕망하는 것이 인간의 보편적인 욕망에 근거한 것인지를 토대로 하여 캐릭터의 성격을 파악하게 된다. 즉 캐릭터의 내면적 욕구와 동기에 바탕을 두고 나타나는 행동을 통해 인물의 내면세계를 읽어내는 것이다.

그런데 시각화된 이미지가 아닌 텍스트화 된 스토리에서 캐릭터의 행동을 통해 캐릭터의 내면세계를 읽어낸다는 것은 행간을 읽어내는 능력을 의미한다. 여기에서 인간의 내면세계를 읽어내는 독자의 자의성을 확보된다. 독자는 인물의 행동, 인물의 정서적 상태, 지적 상태, 심리 상태 등을 분석하여 캐릭터의 마음이 어떻게 움직이며 어떻게 드러나는가에 따른 분석을 한다. 그리고 이러한 분석은 캐릭터의 성격을 알아내는 데 중요한 단서들을 제공한다.

이효석의 소설 <메밀꽃 필 무렵>에 등장하는 '허 생원'의 행동은 허 생원의 내면세계를 드러내 준다. 허 생원은 나이 많고 보잘 것 없는 장돌뱅이다. 소설에서 허 생원이라는 캐릭터는 허 생원의 나귀처럼 나이 많고 볼품없어 '계집'에게 전혀 관심을 받지 못할 상황의 캐릭터이다. 그러나 스스로의 모습에 체념하는 듯한 그의 속에도 사랑에 대한 욕망이 숨어 있다. 그 욕망은 충줏집을 보고 농탕질 치는 동이에 대한 어이없는 분노로 나타나고, 암놈을 보고 암 샘을 내고 있는 자신의 나귀를 보고 괜한 무안함을 갖는 것으로 나타난다. 또한 작품의 끝 부분에서 동이의 등에 더 업히고 싶어하는 마음을 갖는 것, 허 생원의 나귀가 새끼를 얻었음을 흐뭇해하는 말투에서는 가족으로의 귀소 본능, 떠돌이 장돌뱅이에서 정착하고자 하는 허 생원의 내면적 욕망을 보여준다. 작가는 이들 캐릭터의 행동을 통해 인간 본연의 욕망을 드러낸 것이다.

이렇듯 텍스트를 통해 전달되는 스토리에서 캐릭터의 성격은 사건 속에서 드러나는 행동의 동기가 되는 인물의 내면세계와 심리를 통해 발현된다.

(3) 캐릭터의 외양과 행동을 통한 성격의 발현

스토리가 텍스트를 벗어나 영상을 통해 전달되면서 캐릭터의 외양이나 구체적인 어떤 행동이 상징적으로 캐릭터의 성격을 드러내는 경우가 많아졌다. 그래서 TV 드라마나 영화에서 배우들의 특정한 외양이나 행동 유형은 특정한 성격을 규정짓는 것으로 전형화 되기도 하였다. 연극이나 영화에서 어떤 등장인물의 독특한 개성과 특징적인 성격을 능숙하게 표현해 내는 배우를 '성격 배우'라 하는데 이들은 '깡패, 수전노, 정신병자, 사기꾼' 등과 같은 특정 등장인물이 갖는 독특한 전형성을 적절히 소화해내는 각별한 연기력을 갖춘 배우이다. 그런데 이들은 종종 일정한 유형의 역할을 연기함으로써 그 후엔 특정 역할에 맞는 외모와 연상 작용에 의해 계속해서 유사한 배역을 맡게 된다. 이는 배역의 인상과 행동이 캐릭터의 성격을 은유적으로 상징화하였기 때문이다.

캐릭터의 외양과 행동을 통하여 캐릭터의 성격이 발현된다는 것은 시각적 이미지가 성격을 결정하는 데 중요한 역할을 한다는 것을 의미한다. 텍스트 형식으로 전달되는 스토리에서 캐릭터의 성격을 드러내기 위해서는 직접적으로 서술되거나 특정 사건을 통해 나타나는 캐릭터의 행동 양식을 독자가 읽어내는 방식으로 파악되었다.

그러나 영상을 매체로 하는 스토리에서 캐릭터의 성격은 관객의 눈에 들어오는 캐릭터의 이미지나 단편적인 행동이 곧바로 캐릭터의 성격으로 상징화된다. 따라서 영상을 통해 전달되는 스토리에서 캐릭터의 외양과 행동을 특징화하는 것은 스토리의 성공 여부에 중요한 관건이 되었다.

약간 어눌하면서도 굼뜬 행동은 캐릭터의 어리숙함이나 순진함을, 뚱뚱한 몸매에 기름기 흐르는 얼굴, 잠시도 쉬지 않고 이리저리 돌리는 눈망울은 탐욕스러움을 상징한다. 역삼각형 얼굴에 뾰족한 턱, 그리고 마른 몸매는 신경질적이고 까다로운 성격을, 별거 아닌 일에도 얼굴을 붉히고 눈을 내리까는 행동은 캐릭터의 소심함을 표현한다.

그래서 새로운 TV 드라마 또는 영화를 제작할 때 캐릭터의 성격을 가장 잘 드러낼 배우를 찾는 일은 작품의 성공을 위해 중요한 과정이 되었고, 해당 배역을 맡은 배우는 자신의 일상생활조차 맡은 배역처럼 해나가는 수고를 마다하지 않는다. 이는 작은 행동 하나하나조차도 캐릭터의 성격을 발현하는 데 영향을 미칠 수 있기 때문인 것이다.

이미지 중심, 대중 중심의 상상력을 중시하는 애니메이션의 경우에는 특히 캐릭터의 외모나 행동이 성격의 발현에 중요한 역할을 한다. 애니메이션은 캐릭터의 외양이나 행동을 이미지화 하게 되는데, 이때 은유의 방식을 통해 성격적 요소를 캐릭터에 압축시킨다. 그리고 캐릭터의 정신적 가치도 이미지화 한다. 따라서 이미지를 보자마자 어떤 캐릭터인지 파악이 될 정도의 전형적이면서도 개성적인 무엇이 있어야 한다.

사이버 공간에서 사람들이 꾸며나가는 아바타도 외양의 이미지를 통해 성격을 발현시키는 도구이다. 사람들은 아바타를 통해 자신을 표현하고자

캐릭터의 외양은 캐릭터의 성격을 드러내주기도 한다.
〈제주도의 돌하르방-"웃다가 울다가", 유강철 사진〉

한다. 그래서 마치 현실세계에서 자신의 외모를 치장하듯 아바타를 꾸며 나간다. 사람들은 주어지는 여러 가지 옷, 장식품, 헤어스타일 등을 자신의 취향에 맞게 선택하여 자신의 이미지에 맞는 아바타를 만들어냄으로써 가상의 세계에 자신을 재현하다. 아바타는 곧 자신의 분신이 되고, 아바타의 외양과 이미지는 '나'를 드러내는 또 다른 '나'가 되는 것이다.

02 | 캐릭터의 유형

(1) 전형의 캐릭터

소설이나 드라마, 영화에서 캐릭터의 전형성을 확보하는 일은 중요한 일이다. 왜냐하면 특정 집단, 특정 부류의 사람들에게서 가장 일반적으로 나타나는 본질적인 특성을 캐릭터가 재현해 주어야 하기 때문이다. 전형성은 캐릭터의 성격 또는 역사에 관한 일련의 가치 판단, 평가, 가정들을 표상한다. 그렇기 때문에 사람들은 이러한 전형성을 통해 어떤 사건, 대상, 경험 등을 구조화하고 이해하며 다양하고 복잡한 역사적·사회적 현상들을 일반적인 범주들로 단순화시키고 조직화한다. 또한 전형성은 인간집단들을 일정한 방식에서 유사성을 가지는 것으로 묘사하고 규정하는 작용을 한다. 그렇게 함으로써 특정 캐릭터에서 유사하게 확인되는 특성이나 차별적 특성에 주의가 모아지게 되고, 이것은 강한 정서적 호소력을 갖게 하여 캐릭터에 대한 공감을 불러일으킨다.

그러나 TV 드라마나 영화 등 영상을 매체로 하여 전달되는 스토리에서의 전형성은 드라마나 영화에 자주 출현하는 동안 관객에게 익숙해진 등장인물의 유형을 지칭하기도 한다. 그래서 융통성 없고 거만한 행정관리, 카리스마적인 독재자, 현실에 어둡고 깡마른 학자, 아름답고 유순한 여주인공 등 고정되고 상투적인 형태로 나타난다. 그리고 때로 이러한 상투성은 뻔한 스토리를 낳게 하는 원인이 되기도 한다.

'백마 탄 왕자' 캐릭터는 오랫동안 동화 속 남자의 전형을 보여주는 캐릭터였다. 마법에 걸린 공주를 구하기 위해 동굴을 지키고 있는 포악한 용을 무찌르고 마녀의 성의 모든 함정을 돌파하고 마침내는 사악한 마녀와 한판 대결을 벌여 공주를 구해 내는 그야말로 정의롭고 용감하고 강하고 멋진 캐릭터이다. 이들은 자신이 원하는 것(미녀 또는 공주를 얻는 것)을 위하여 목숨을 거는 모험도 두려워하지 않는다. 그리고 마침내는 영웅이 된다.

'백마 탄 왕자' 캐릭터는 단순히 동화의 세계에서 끝나는 것은 아니다. TV 드라마에서 변형된 왕자 캐릭터는 무수히 반복되고 있다. 이들은 소위 '재벌 2세' 캐릭터이다. 가진 것 없고 별 볼 일 없는 평범한 여성에게 어느 날 갑자기 등장하여 주위의 온갖 반대와 핍박, 조롱에도 불구하고 결국은 그 여성을 자신의 여자로 만드는 멋진 남자. 이들은 대부분 겉으로는 비인간적이고 안하무인이고 자기보다 못한 사람을 무시하는 것 같지만 속으로는 정의롭고 인간적이며 마음 따뜻한 남자로 그려져 뭇 여성들의 가슴을 두근거리게 한다.

'백마 탄 왕자' 캐릭터의 상대역인 '신데렐라'형 캐릭터도 캐릭터의 전형을 보여준다. 예쁘기는 하지만 가진 것 없고 허드렛일이나 하는 여자, 마음 따뜻하고 인간미 넘치며 맡은 일을 성실하게 하지만 처한 상황을 벗어날 가능성이 전혀 없는 그런 여자, 그래서 남자의 구원 혹은 도움을 필요로 하는 여자. 어느 날 '백마 탄 왕자' 덕분에 보잘것없는 재투성이에서 왕비로 신분이 상승되는 횡재(?)를 하는 캐릭터도 여전히 우리 주변에서 흔히 볼 수 있는 캐릭터이다.

'캔디형 캐릭터'도 흔히 등장하는 캐릭터이다. "외로워도 슬퍼도 나는 안 울어. 참고 참고 또 참지, 울긴 왜 울어"라는 만화 <캔디>의 주제곡에서도 알 수 있듯이 '캔디형 캐릭터'는 어려운 처지, 비관적인 상황에서도 절망하지 않고 꿋꿋하게 살아가는 캐릭터이다. 또한 의지력 강하고 성실하며, 멋대로인 듯하지만 내심 따뜻한 마음을 가진 성격의 소유자이다. '캔디형 캐릭터'는 TV 드라마에서 흔히 등장하는데,

이는 서민들의 삶을 소재로 한다는 명분 속에서 주인공의 특성을 주제와 관련시키기에 용이하기 때문일 것이다. TV 드라마 <내 이름은 김삼순>에서의 '삼순', <열아홉 순정>에서의 <량국화> 등이 '캔디형 캐릭터'에 해당된다.

우리나라에서 전통적으로 내려오는 <현모양처> 캐릭터도 전형성을 보여준다. 한 구석에서 남자의 보조자로, 그림자로 머물러 있는 여자들의 꿈은 착하고 자애로운 아내와 어머니가 되는 것 그것뿐이다. 이들은 가족을 위해 끊임없이 희생하며 성스럽고 순수한 성격으로 그려진다.

지금은 많이 퇴색되었지만 단순 무식하고 아주 현실적이며, 아무리 작은 것이라도 이익이 되는 일에 체면·양심 다 버리고 뛰어드는 '아줌마 캐릭터', 냉정하고 비인간적이고 원칙주의자이며 남자에게는 눈길 한번 주지 않는 콧대 높은 '독신 커리어 우먼' 캐릭터들도 전형의 캐릭터에 속한다.

(2) 전형을 깨는 캐릭터

전형성을 갖고 있는 캐릭터는 그 캐릭터의 역할이 반복적이고 행동들은 예측이 가능하다. 그렇기 때문에 캐릭터의 행동 양식은 뻔한 스토리로 이어지기 쉽다. 그러나 아주 잘 생기고 멋진 신사 강도라면? 예의 바르고 미녀인 마녀라면? 정말 못생기고 못된 공주라면? 그것도 세 번째 공주라면? 이런 가정들은 우리의 눈길을 단번에 사로잡는다. 이유는 간단하다. 우리가 상식적으로 생각하는, 또는 우리가 들어서 알고 있던 이야기들 속의 캐릭터가 아니기 때문이다. 상식이라니? 그렇다 바로 캐릭터의 진형이다. 많은 경우는 캐릭터의 전형 속에서 캐릭터의 성격을 파악한다. '강도, 마녀, 공주'가 가지고 있는 캐릭터의 전형성이 우리 머리를 지배하고 있다. 그런데 그 전형을 깨뜨렸으니 우리의 눈길을 사로잡을밖에.

시선을 사로잡았다는 것은 스토리에 관심을 가진다는 것이다. 어떤 이야기가 펼쳐질까? '예의 바르고 미녀인 마녀'는 스토리에서 어떤 역할의 캐릭터를 하게 될까? 미셸 오슬로 감독의 애니메이션 <프린스 & 프린세스>에 나오는 '마녀의 성'은 캐릭터의 전형을 멋지게 깨고 있다. 끔찍한 마녀의 성에 들어가 마녀를 무찌르는 청년에게 공주를 신부로 맞이할 수 있도록 하겠다고 왕은 선언한다. 공주를 얻기 위해 마녀의 성을 공격하는 많은 왕자들. 한 사람은 커다란 말뚝으로 성문을 공략하고, 또 한 사람은 사람들을 동원하여 더 큰 말뚝으로 공격을 하고, 또 다른 사람들은 대포로, 큰 망루에 군사를 태워 공략하는 방법으로, 불화살 등으로 공격을 하지만 누구도 마녀를 당해내지 못한다. 이를 구경하던 마을의 한 청년이 드디어 마녀의 성으로 가는데, 그는 허리춤에 찼던 작은 칼마저 버리고 그야말로 맨몸으로 마녀의 성문 앞에 선다.

마을 사람들은 눈이 휘둥그레지고. 청년 '똑똑똑' 노크를 하고 "들어가도 될까요?" 그토록 굳세게 닫혀있던 성문이 열리고, "환영합니다" 마녀의 인사.

전형이 깨지는 순간이다. 마녀라는 이유로 배척하고 폭력으로 성을 부숴 마녀를 없애려고 했던 남자들과는 달리 그는 편견과 불의에 상처받은 마녀를 한 사람으로 존중하고 손을 내민 것이다. 마녀는 청년에게 성을 구경시켜주는데, 마녀의 성에는 세계 각국의 책과 그림이 전시되어 있는 도서관, 각종 기계 설계도를 전시해 놓은 방, 그리고 기계실, 멋진 호수, 약초와 야채를 키우는 온실 등 온갖 것들이 갖추어져 있다. 너무도 아름다운 마녀의 성, 그리고 고상한 취미를 가지고 있으며 예의 바른 마녀. 마녀가 흉악한 가면을 벗자 너무도 아름다운 모습에 청년은 마녀에게 반한다. 그때 밖에서는 왕이 행차하여 마녀의 성에 들어간 청년을 부르며 공주와 결혼할 것을 허락한다는 소식을 전한다. 그러나 청년은 주저 없이 "저는 마녀를 사랑합니다." 라고 한다. 마을 사람들의 조롱에도 불구하고 신분 상승, 권력의 대리 표현인 '공주' 라는 보상보다는 사랑을 용감하게 선택하는 청년. 역시 우리의 전형을 깨는 캐릭터이다.

MBC 드라마 〈내 이름은 김삼순〉도 전형을 깨는 캐릭터의 모습을 보여준다. 이 드라마는 스물아홉 살의 제빵사와 스물일곱 살 청년사업가의 계약연애를 그린 로맨틱 드라마인데, 주인공 삼순(김선아 분)은 예쁘지도 않고 젊지도 않은, 거기에다 다소 엽기적인, 그야말로 노처녀 뚱녀이다. 방앗간 집 셋째 딸로 집안 배경 또한 평범 그 자체이다. 이런 노처녀 뚱녀와 명석한 두뇌, 빛나는 외모의 준재벌 2세가 사랑을 한 다는 것은 우리의 상식을 뛰어넘는다. 이런 상식을 삼순도 잘 알고 있다. 그렇기에 진헌(현빈 분)에게 일부러 잘 보일 이유도 없고, 그렇기에 계약 연애를 받아들일 수 있었던 것이다.

애니메이션 <슈렉>에서 '슈렉'과 '피오나' 공주 캐릭터도 '마법에 걸린 공주를 구하는 멋진 왕자'의 전형을 깬다. 마법에 걸려 해가 지면 보기 흉한 못생긴 모습으로 변하는 말 못할 비밀을 간직한 채 용의 성에 갇힌 피오나 공주는 그녀를 구해줄 멋진 기사와 그의 사랑의 키스를 기다리고 있다. 그러나 그녀를 구출하려 한 수많은 용감한 기사들은 성공하지 못하고 못 생기고 뚱뚱한 외모의 초록 도깨비 슈렉이 우연찮게 구하러 간다. 파콰드 영주에게 피오나 공주를 데려가는 과정에서 서로 사랑하게 된 슈렉과 피오나 공주는 파콰드 영주의 속셈을 알아채고는 서로의 사랑을 확인한다. 마침내 피오나 공주와 슈렉은 사랑의 키스를 한다. 그러나 아름다운 공주로 변할 것이라는 관객의 기대를 무참히(?) 저버리고 피오나 공주는 밤낮을 가리지 않는 완전한 초록 괴물이 된다. 전형이 무참히 깨지는 이 장면에서 관객의 환호성은 터진다.

전형을 깨는 캐릭터는 독자나 관객들의 관심을 끌어 스토리의 재미를 더한다. 또한 '그래서 어떻게 될까?'를 상상하는 독자나 관객들의 호기심이 발동되어 스토리에 몰입할 수 있게 한다.

그러나 전형성을 깨는 것이 단순히 캐릭터에만 머물러서는 안 된다. 진정한 새로움은 전형의 스토리에 비전형적인 캐릭터를 등장시킬 때, 또는 전형적인 캐릭터를 비전형적인 스토리 속에 등장시킬 때 만들어지기 때문이다.

(3) 디자인되는 캐릭터

소설이나 영화의 스토리에서처럼 저자에 의해 일방적으로 만들어진 캐릭터는 그 성격 또한 일방적으로 독자나 관객에게 전달된다. 독자나 관객은 스토리나 캐릭터의 성격 창조에 수동적인 존재이며, 작가에 의해 이미 만들어진 캐릭터를 향유할 뿐이다. 그러나 게임에서는 플레이어에 의해 캐릭터가 디자인되기도 한다. 즉 게임 스토리 속의 캐릭터를 플레이어인 내가 만들어갈 수 있는 것이다.

MMORPG에서는 플레이어가 캐릭터를 창조할 수 있는 기회를 부여한다. 이때 플레이어에 의해 만들어진 캐릭터는 플레이어의 분신이다. 플레이어는 자신의 분신인 캐릭터를 수많은 요소들을 선택하고 조합하여 가상공간에 만드는 것으로부터 게임을 시작한다. 그렇게 만들어진 캐릭터는 플레이어의 게임 능력에 따라 특정한 역할을 하고 특정한 능력을 가진 캐릭터로 육성된다.

캐릭터를 육성시키는 데 있어서 아이템의 확보는 중요하다. 아이템은 게임 상에서 무기, 돈, 음식물, 힘의 수치 등을 형상화해서 그것을 얻었을 때 힘이나 생명력, 무기 등의 힘을 올려주는 역할을 하는데, 다양한 유형의 아이템을 통해 플레이어가 어떤 아이템을 획득하느냐에 따라서 캐릭터의 외양이나 특성, 능력 등을 변형시킬 수 있다. 플레이어 자신의 특성과 능력에 맞춰서 캐릭터를 꾸며 나가게 되는 것이다. 따라서 플레이어마다 고유한 캐릭터를 만들어갈 수 있게 한다.

플레이어와 캐릭터가 동일시되는 이유는 플레이어가 스스로 생성시키고 성장시킨 캐릭터이기 때문에 캐릭터에 플레이어의 주관적인 의미를 형성하여 캐릭터를 감정적·정서적으로 교감하는 존재로 인식하기 때문이다.

전략 1 캐릭터의 외모나 행동이 캐릭터의 성격을 반영하는 예를 TV 드라마나 영화, 애니메이션에서 찾아보자.

전략 2 소설, 영화, 드라마, 애니메이션 중에서 전형성을 갖는 캐릭터와 그 전형성을 깨는 캐릭터를 찾아보자.

제 7 장 캐릭터 설계

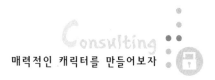

Consulting

매력적인 캐릭터를 만들어보자

　스토리를 만들어가기 위해서는 우선 스토리를 이끌어 가는 적절한 캐릭터를 창조해야 한다. 캐릭터의 외모나 성격, 행동 양식 등은 스토리 전개와 밀접한 관련을 맺고 있기 때문이다. 따라서 어떤 캐릭터를 창조하느냐에 따라 이야기의 성공 여부가 결정된다고 해도 과언이 아니다. 캐릭터를 창조하는 하는 일은 그만큼 중요한 작업이다.

　캐릭터를 창조하는 일은 새로운 인물을 만들어내는 일이다. 따라서 캐릭터의 창조는 한 순간의 기발한 생각으로만 만들어지는 것은 아니다. 제대로 된 캐릭터를 창조하기 위해서는 캐릭터를 자신과 동일시하는 일이 무엇보다 중요하다. 작가 자신이 캐릭터가 되어 보기도 하고 캐릭터와 대화를 나누기도 하며 자신의 분신으로 삼아야 한다. 일상생활을 하면서 만나게 되는 모든 상황에서 '내 캐릭터는 이런 상황에서 어떻게 행동할까?, 내 캐릭터는 이런 상황에서 어떻게 반응할까?'를 생각해 보아야 한다. 작가가 자신이 만들 캐릭터 그 자체가 되었을 때 생동감 있고 현실감 있으며 누구에게나 공감을 얻는 캐릭터를 창조할 수 있다.

배우들이 드라마의 배역을 제대로 소화하기 위해 일상생활에서조차 그 배역인 것처럼 행동하고 말하고 오직 그 캐릭터만을 생각하며 모든 생활을 하는 것도 캐릭터 자체를 현실감 있게 재현하기 위해서다.

캐릭터는 스토리의 전개와 밀접한 관계를 갖는다. 따라서 캐릭터는 스토리와 유기적 관계를 가져야 한다. 캐릭터는 스토리에서 의미 있는 가치를 구현하는 주체자이다. 때문에 캐릭터가 가진 욕망을 이루기 위해 의미 있는 변화를 이끌어 내는 캐릭터이어야 한다. 또한 캐릭터가 행동이나 성향에 양가성이 있을 때 풍성한 스토리의 구성이 가능해 진다. 억압의 굴레에서 빠져나오려 애쓰면서도 다른 상황에서는 억압을 스스로 자행하는, 폭력적인 것에 지독한 알레르기 반응을 보이면서도 다른 상황에서는 스스로 폭력을 자행하는 등 캐릭터의 양가성은 독특한 캐릭터를 만들어 스토리를 풍성하게 할 수 있다. 그리고 사건의 발생 가능성을 내포한 캐릭터를 창조해야 한다.

미셸 오슬로 감독의 애니메이션 <프린스 & 프린세스>에서는 캐릭터의 창조와 이야기를 만드는 과정을 압축적으로 보여준다. 그리고 이 과정은 애니메이션 오픈송(open song)에서 시적으로 표현된다.

우리는 상상의 나래를 펴고
꿈같은 영화를 만든다네.
이런 사람이 될까?
저런 사람이 될까?
그림을 그려서 무엇인 될 건지 정하면
이야기를 만들고 그 주인공도 되어보고
이제 시작할 시간이야. 시작해 보자.

01 | 캐릭터의 본질 찾기 : 욕망

캐릭터 창조를 위한 캐릭터 설계에서 가장 먼저 고려해야 할 것은 캐릭터의 욕망을 결정하는 것이다. 캐릭터가 어떤 욕망을 가졌는지, 그리고 그 욕망이 어떤 동기에 의해 만들어졌는지, 캐릭터의 최종적인 목표가 무엇인지를 결정하면 스토리의 전체 방향이 결정되기 때문이다. 따라서 캐릭터를 움직이는 원리인 욕망을 설정한 다음에 캐릭터의 구체적인 특성들을 설정하는 일이 필요하다. 그렇다고 해서 캐릭터의 욕망을 1개로 단순화시켜서는 안 된다. 인간은 본질적으로 '돈, 사랑, 권력, 자유' 등에 대한 다원적 욕망을 가지고 있기 때문이다. 욕망을 단순화시키면 캐릭터가 단면화될 위험성이 있다.

캐릭터가 욕망을 성취하기 위하여 하는 행동 양식은 캐릭터의 성격으로 표현된다. 그러나 그 성격은 처음부터 캐릭터에 부여되기보다는 상황의 변화나 특정 사건을 경험함으로써 발현되도록 하는 것이 개연성을 얻을 수 있다. 평범한 일상생활의 모습에서는 캐릭터의 본성이 드러나지 않기 때문이다. 아무런 위기의식 없이 일상을 살아가다가 어느 날 갑자기 닥친 위기, 이 위기는 캐릭터의 욕망을 일깨운다. 그리고 캐릭터의 본질적인 성격이 욕망을 이루려는 행동양식으로 나타난다.

애니메이션 <니모를 찾아서>는 소심하기 이를 데 없는 아빠 물고기 말린이 잃어버린 아들 니모를 찾아 모험을 떠나는 스토리이다. 말린이 소심하게 된 이유는 말린 부부가 애지중지 기르던 알을 상어의 공격으로 한순간에 잃어버리고 아내마저 죽음을 맞이하면서 세상은 도처에 위험이 도사리고 있는 곳이기에 절대 조심해야 한다고 생각하기 때문이다. 그래서 기적처럼 남겨진 한 개의 알에서 태어난 니모를 말린은 지느러미 한끝 다칠세라 과잉보호를 한다. 호기심 많은 니모는 늘 세상에 나가 자유롭게 활동하고 싶어 하는데, 어느 날 아빠의 말을 거역하고 배 밑으로 헤엄쳐 간

니모는 아빠가 보는 앞에서 치과의사에게 붙잡힌다. 한순간에 잃어버린 아들을 찾아 소심한 말린은 바다 속 모험을 떠나게 된다.

말린의 욕망은 사랑을 회복하는 것이다. 그리고 그 동기는 부성애이다. 부성애는 니모가 곁에 있을 때는 니모의 호기심 많음을 질책하고 니모를 쫓아다니며 잔소리하는 소심한 성격의 형태로 나타나지만 막상 니모를 잃어버린 후에는 아들을 찾아 위험천만한 세상으로 스스로 나가는 적극적인 성격으로 나타난다. 잃어버린 아들을 찾는 것이 유일한 목표인 아버지에게 세상은 더 이상 위험하기 때문에 나가서는 안 되는 저 멀리 있는 세상이 아닌 것이다.

<니모를 찾아서>에서 캐릭터의 욕망과 동기, 목표는 분명하다. 그리고 그 욕망과 동기, 목표는 보편성을 가지고 있다. 일상을 벗어날 수밖에 없게 만든 위기 상황은 캐릭터의 성격을 분명히 드러나게 하는 장치가 된다.

02 | 캐릭터 시놉시스 작성

캐릭터의 욕망이 결정되고 욕망을 갖게 된 동기, 목표가 설정되면 스토리의 기본 축은 구성이 된 셈이다. 이런 기본 설계를 바탕으로 구체적인 캐릭터를 설계해야 한다. 구체적인 캐릭터를 설계하기 위해서는 우선 그 캐릭터에 맞는 시놉시스를 작성해야 한다. 캐릭터 시놉시스에는 해당 캐릭터에 대한 캐릭터의 외양적 묘사와 더불어 캐릭터의 성격이 함께 드러나도록 해야 한다. 외양적 묘사에는 캐릭터에 대한 기본 정보뿐만 아니라 외양적 모습, 특성, 경향, 습관, 특성 상황에서의 행동 양식 등등 모든 세부적인 모습들을 담아내는 것이 좋다. 캐릭터가 나름의 개성과 독자성을 가진 캐릭터로서의 의미를 갖게 되는 것은 스토리를 통해서이다. 따라서 구상된 스토리를 토대로 캐릭터의 역할에 대해서도 시놉시스가 작성되어야 한다.

다음 글에 대한 캐릭터 시놉시스의 예를 보자.

안녕하세요? 저는 사람들의 미래를 점 쳐 주는 도깨비 팽돌이랍니다. 과학이 첨단을 달리는 21세기에 무슨 점치는 도깨비냐고요? 요즘에도 점치는 사람들이 있냐고요? 밥벌이가 되겠냐고요? 사실은 저도 제 가업을 이어나가야 하는 입장에서 고민을 참 많이 했답니다. 21세기에 점쟁이로 정말 밥벌이를 할 수 있을지…….

그런데 참 이상한 일이지요. 제 나이 199살인데, 20세기를 거쳐 21세기 초에 이를 때까지는 손님들이 자꾸 줄어들더니만 21세기 중반을 넘어서면서 팽돌이를 찾는 사람이 늘어나데요. 온갖 과학적인 방법을 동원하여 자신의 미래를 점 쳐 보던 사람들이 그래도 구관이 명관이라고 연륜과 경험을 겸비한 제가 보여 주는 미래가 더 믿을 만하다지 뭐예요. 컴퓨터로 미래를 점쳐 보니 다 거기서 거기라나 뭐라나……. 요즘 사람들 저를 보고 '팽도사'라 한답니다.

제 가문은 대대로 점쟁이를 했답니다. 할아버지는 점치는 일보다는 사람들과 어울려 노는 것을 더 좋아했다고 합니다. 때로는 마음 착한 가난한 사람들에게 도깨비 방망이를 선물해서 가족들의 생계를 막막하게 하기도 했다고 하네요. 또한 어진 사람들, 착한 사람들이 미래에 당할 어려운 일을 미리 예방해 주기도 하고 운명을 바꾸어 주기도 하여 사람들로부터 큰 인기를 얻었다고 합니다. 사람들 사이에서는 정이 많기로 유명했지만, 도깨비들 사이에서는 주제를 모르는 도깨비라고 눈총을 많이 받았더랍니다.

아버지는 할아버지의 점치는 일을 물려받아서 그것을 가업으로 키우셨습니다. 점쟁이 서당을 만드셔서 많은 점쟁이 도깨비를 교육시키기도 했고요. 물론 20세기가 들어서 소위 서양의 과학이 밀려들면서 점쟁이 도깨비의 미래가 불투명해지고 그래서 많은 도깨비들이 이직을 했지만, 아버지는 우리 도깨비 세계에서 점쟁이 교육자로 큰 공헌을 하셨습니다.

20세기 후반 컴퓨터가 사람들의 생활필수품이 되면서 점쟁이 도깨비는 위기를 맞았지요. 사람들이 이상하게 생긴 컴퓨터를 마치 신주단지 모시듯, 마치 신을 믿듯 그렇게 신뢰를 했거든요. 컴퓨터가 있으면 모든 것을 다 할 수 있는 것처럼 생각하는 듯했습니다. 그러면서 자신의 미래를 컴퓨터로 점치기 시작했어요. 온갖 미래를 예측할 수 있는 프로그램들이 나와서 사람들을 현혹했지요.

그런 상황에서 많은 고민을 했던 저 팽돌이는 결심을 했습니다. 우리 가업을 이어가면서 뭔가 사람들에게 새로운 개념의 점쟁이로 이미지 쇄신을 해야만 한다고……. 시대가 변하면 사람도 변하듯 사람과 시대가 변하면 도깨비도 당연히 변해야겠지요. 그래서 저도 사람들의 구미에 맞는 21세기형 점쟁이 도깨비로 변신을 했습니다.

저는 긴 망토를 입고 다닙니다. 그러나 망토는 단순히 나를 우아하게 보이기 위한 옷이 아닙니다. 제 망토를 활짝 펼쳐 볼까요? 자 보십시오. 이 망토에는 수십 개의 모니터가 있습니다. 이 모니터를 통해서 미래를 궁금해 하는 사람들에게 미래를 보여주지요. 단순히 말로 사람들의 미래를 점쳐주는 것이 아닙니다. 21세기는 영상의 시대잖아요. 저는 여러분의 미래를 망토의 모니터를 통해 살아 있는 영상으로 보여드립니다. 21세기형 점쟁이 도깨비답지 않습니까?

자, 여러분! 여러분의 미래가 궁금하십니까? 저 팽돌이 도사에게 오십시오. 여러분의 확실한 미래를 보여드리겠습니다.

전주대학교 김잔디·양지운·한광덕·김현진 작품

캐릭터의 기본 정보	• 이름 : 팽돌이 • 별명 : 팽도사 • 나이 : 199살 • 성별 : 중성(성(性)의 변동이 가능) • 종족 : 도깨비

캐릭터의 외양	• 키 : 100 • 의상 ─머리에 둥근 모자를 쓰고 늘 긴 망토를 두르고 다님. 　　　─수시로 망토의 색상을 바꾸어 사람들의 이목을 끔. 　　　─망토를 펼치면 망토 안쪽에 여러 개의 모니터가 달려 있음. • 외모 : 동그란 얼굴, 좀 마른 체형, 똘망똘망한 눈
캐릭터의 이력	• 아버지의 서당에서 점치는 법을 교육 받음. • 가업을 물려받아 전통적인 방법으로 점쟁이 노릇을 하다가 가산을 탕진함. • 20세기에 들어와 컴퓨터가 유행하자 컴퓨터 기술에 몰입함. • 인간들 틈에서 경영기법 및 인간심리학을 수업함. • 21세기형 점쟁이 도깨비 사업 아이템 창안
캐릭터의 특징	• 모험을 즐기며 새로운 것에 대한 호기심이 많음. • 낙천적임. • 인간과 함께 지내는 것을 즐김. • 두려우면 얼굴 모양이 네모로 변하고, 화가 나면 세모로, 기분이 좋으면 타 원형으로 변함.
가족관계	• 할아버지 ─생존해 있지 않음. 　　　　　─인정 많은 도깨비 　　　　　　─인간세계에서 더 인정을 받음. • 아버지 : 옛것을 고집하는 고지식한 교육자 • 누나 : 세상에 존재하는 생물들의 생리에 대한 지식이 해박함.
하는 일	• 점쟁이
배경 스토리	• 첨단 기술을 이용하여 사람들의 미래를 점쳐주고 액운을 피하게 해주는 팽 돌이는 사람 세계에서 아주 용한 점쟁이라고 소문이 난 점쟁이 도깨비이다. 어느 날 이 팽돌이에게 어린 꼬마가 와서 자신의 미래를 보여 달라 한다. 그러나 어쩐 일인지 팽돌이 망토의 모니터가 아무런 화면도 보여주지 않은 채 직직거리기만 한다. 다음 날 다시 찾아오라고 한 뒤 꼬마를 돌려보내자 모니터는 아무 이상 없이 제대로 작동이 된다. 그 다음 날도, 그 다음 날도 꼬마는 찾아와 미래를 보여 달라고 졸라대는데 그 때마다 모니터는 이상 반응을 보인다. 하루 일을 끝내고 도깨비 나라로 돌아가던 팽돌이는 강가에 서 혼자 서 있는 꼬마를 발견하고는 호기심에 꼬마의 뒤를 몰래 따라가는 데…….
캐릭터의 행동	• 역할 : 스토리의 주 캐릭터
보조 캐릭터	우호적 캐릭터　　　　누나, 해마 적대적 캐릭터　　　　마우스몬스터, 헤드셋몬스터

03 | 캐릭터 설계

역사적 사건이나 설화의 이야기 중 우리에게 잘 알려진 인물상은 종종 시대적 조류를 타고 드라마나 영화의 새로운 캐릭터로 등장하는 경우가 많다. 이때 기본적인 캐릭터의 욕망은 원래 인물이 지녔던 욕망을 유지하고 있는 경우가 많지만 그러한 욕망을 갖게 된 동기나 목표는 순전히 작가의 상상력에 의해 시대나 사회 상황에 맞게 재창조된다. 이렇게 재창조된 스토리는 원래의 이야기를 알고 있는 독자나 관객의 호기심을 유발한다. 캐릭터의 변화를 통해 예측 가능한 것들을 상상하고 시간적·공간적 배경이 판이한 상황 속에서 캐릭터가 어떻게 행동할 것인지에 대한 기대를 갖게 하기 때문이다.

2005년 봄, 시청자의 눈길을 사로잡았던 <쾌걸 춘향>은 그 좋은 예이다. '춘향' 하면 떠오르는 이미지, 갑갑한 한복에 치마를 둘러쓰고, 오로지 사랑을 얻기 위하여 시대의 제도와 관념에 목숨을 걸어야 했던 그 춘향이가 한복과 치마를 벗어던지고 배꼽티에 청바지를 입은 엽기 발랄한 모습으로 탄생된 것은 시청자의 눈길을 사로잡기에 충분했다. 그렇다고 해서 <쾌걸 춘향>이 변학도의 수청을 거부하고 꿋꿋하게 정절을 지킨 열녀의 본보기로 재탄생된 것은 아니다. '쾌걸 춘향'은 이 시대 20대의 재기발랄함을 가지고 있으면서도 분명한 가치관과 목표의식을 통해 자신의 삶을 적극적으로 개척해 나가는 캐릭터이다. 그러나 스토리는 춘향을 통해 이 시대 사람들에게 진정한 사랑의 가치를 발견하게 한다. 본질로 들어가면 원래의 <춘향전>에 등장하는 '춘향'과 동일하다고 볼 수 있다. 21세기 사랑의 본질이 바뀌었다고 생각하는 세태 속에서 '쾌걸 춘향'은 그 본질을 다시 들여다보게 한다.

<춘향전>이나 <쾌걸 춘향>에서 캐릭터 춘향의 욕망은 사랑 얻기이다. 그러나 <춘향전>에서의 춘향은 정절을 지키며 이몽룡의 사랑을 수동적으로 기다릴 수밖에

없는 캐릭터라면 <쾌걸 춘향>에서의 춘향은 주체적으로 자신의 삶을 꾸려나가면서 이몽룡의 가치관이나 삶에까지 적극적으로 관여하여 제멋대로인 철부지 이몽룡을 인간답게 만드는 캐릭터이다. 바보 온달을 훌륭한 장수로 키워낸 평강공주 캐릭터의 변형으로 춘향이 다시 태어난 것이다. 그렇기 때문에 두 작품에서 욕망을 성취하려는 동기와 목표는 다른 양상으로 펼쳐진다.

이제 우리에게 너무나 잘 알려져 있고, 그래서 누구나 그 줄거리를 꿰고 있는 <심청전>을 토대로 애니메이션을 만든다고 가정하고 주인공 캐릭터 '청이'를 설계해 보자. 바다에 빠진 심청이 다시 아버지를 만나게 되기까지 겪게 되는 갖가지 모험과 사건을 다루는 어드벤처 애니메이션 <청이의 모험>, 이 이야기 속의 캐릭터를 어떻게 하면 매력적인 캐릭터로 탄생시킬 것인가?

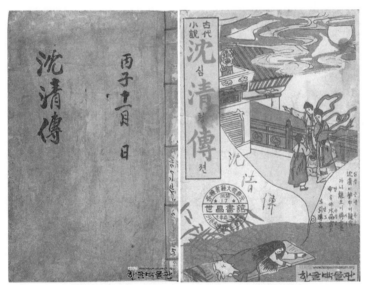

『심청전』, 이태영·홍윤표 교수 소장본, 디지털한글박물관

전략 **1** 위 '팽돌이' 시놉시스를 바탕으로 '팽돌이'의 욕망, 동기, 목표를 설정해 보자.

전략 **2** 다음의 배경 스토리를 토대로 심청의 욕망과 동기, 목표를 설정해 보자

배경 스토리

심 봉사 부부는 늦도록 자식이 없다가 심 봉사 50줄에 겨우 딸 하나를 얻었다. 그러나 아이의 엄마는 아이를 낳고는 죽는다. 심 봉사는 딸 청이를 젖동냥으로 겨우 키워낸다. 어느 날 시주를 왔던 스님으로부터 공양미 삼백 석만 부처님께 시주하면 눈을 뜰 수 있다는 말에 솔깃하여 스님에게 그렇게 하겠다고 약속한다. 아버지의 원을 풀기 위하여 청은 공양미 삼백 석에 뱃사람에게 팔려가 인당수에 제물로 바쳐진다. 심청은 아버지의 눈을 뜨게 해달라고 간절히 기도하고 바다로 뛰어든다. 바다에 뛰어드는 순간 심청은 이상한 기운을 체험하게 되고 바다 속을 자유롭게 유영하는 존재가 된다. 심청이 다시 아버지를 만나기 위해서는 바다 어디엔가 있다는 연꽃궁을 찾아 연꽃 위에 올라앉아야 하는데. 망망대해에서 여러 물고기들과 새들의 도움을 받으며 온갖 어려움과 난관, 위기를 극복하고 마침내 연꽃궁을 찾아가지만……

전남 곡성군 심청마을의 심청 캐릭터

(1) 캐릭터의 기본 정보(이름, 별명, 나이 등등)

(2) 캐릭터의 외양(키, 얼굴형, 외양, 머리 모양 등등)

(3) 캐릭터의 습관 및 특성(두려워하는 것, 좋아하는 것, 싫어하는 행위, 습관, 상황에 따른 행동 양상 등등)

(4) 캐릭터의 매력(다른 캐릭터를 유인할 수 있는 매력)

(5) 스토리에 등장하는 보조 캐릭터(우호적 캐릭터와 적대적 캐릭터로 구분하여 설명)

• 우호적 캐릭터(캐릭터의 종류, 성격, 특성 등등)

• 적대적 캐릭터(캐릭터의 종류, 성격, 특성 등등)

제 4 부

세계관의
표출

제 8 장 세계관의 유형

제 9 장 시간적 배경

제10장 공간적 배경

제 8 장 세계관의 유형

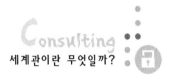

Consulting
세계관이란 무엇일까?

세계관(世界觀 world view)은 일반적으로 세계 전체에 대한 통일적 이해를 말한다. 따라서 세계관은 주체적·실천적 계기를 자주 강조하게 되며, 단순한 객관적 대상 이해에 만족하지 않고, 보는 주체의 실천적 파악에까지 나아간다. 결국 세계관은 개인의 인생관과도 깊이 연관되어 있다고 할 수 있다. 세계관이 문화의 중심에 자리 잡고 있을 때 세계관은 우주의 본질에 대하여, 그리고 우주 안에서 차지하는 인간 위치의 본질에 대한 가정이다. 그러므로 세계관에 대한 우리의 태도는 우주와 인간의 문제 제기와 그에 대한 해답의 개념체계를 연상케 한다. 하지만 대부분의 사람들은 그들의 세계관을 잘 표현하지 못한다. 왜냐하면 세계관이란 우리들의 관념 속에 있는 인간과 사회와 존재에 대한 가정들이 불분명하기 때문이다. 세계관은 이 세상에 대한 명확한 견해가 아니라 이 세상에 대한 기본적인 태도와 감정이다. 이러한 태도와 감정은 대부분 인생의 초기에 학습하며, 시간이 지나도 잘 바뀌지 않는다. 고대 부족 국가에서는 구성원들의 대부분이 동일한 세계관을 공유하고 있었다. 왜냐하면 그들은 거의 똑같은 방식으로 사회화되어 있었기 때문이다. 그러나 현대사회에서는 다양한 세계관을 찾아 볼 수 있다. 그 까닭은 현대사회는 내부적으로 이질적인 문화들로 이루어져 있고, 사회화의 관행들(socialization practices) 역시 매우 다양하기 때문이다.

01 나는 누구인가?

나 개인에 대하여 과연 나는 누구이며 어떤 존재인가? 인생의 의미에 대하여 인생의 주요목적은 무엇인가? 가치규범에 대해 — 어떻게 우리는 도덕적 선택을 하는가? 진리에 대해 인간 자신과 우주에 대한 진리를 알 수 있는가? 사랑에 대해 — 사랑은 무엇이며 어디서 발견될 수 있는가? 고난에 대해 고난은 왜 존재하며 어떻게 감당할 수 있는가? 죽음에 대해 — 어떻게 죽음을 맞아야 하나? 불의에 대해 — 악과 불의와 싸울 때 어떤 소망이 있는가?

첫째, 내가 과연 어떤 상태에 처해 있는가?
둘째, 내 존재가치는 과연 무엇인가?
셋째, 나는 과연 누구인가?

인간중심주의적 세계관은 서구의 형이상학적 세계관을 기본가정으로 하고 있다. 왜냐하면, 서구의 형이상학이 전 인류의 세계관을 대표하고 있음과 동시에 사회적 패러다임을 형성하고 있기 때문이다. 더 나아가 이러한 것을 매개로 하여 가치, 신념, 규범, 윤리, 철학 등이 집합을 이루어 인류의 정신적 형상을 이루어 왔다. 다시 말하면, 서구중심의 세계관은 인간중심주의적 세계관을 의미한다. 그러므로 세계관은 무엇보다도 인간의 자연과 초자연에 대한 태도를 결정한다. 또한 세계관은 사회적 행위들의 바탕을 마련해 주는 핵심적인 가치(core values)들과 밀접한 관계가 있다. 즉 바람직한 것과 바람직하지 않은 것, 적절한 것과 부적절한 것, 옳은 것과 그른 것 등에 대한 사람들의 가치 판단과 결부된다. 핵심적 가치들은 신념과 확신을 필연적으로 수반한다.

스토리텔링의 전반에 깔려있는 작가의 세계관은 우리에게 정치, 역사, 사회, 문화들을 포함하며 우리에게 새로운 비전을 제시한다.

02 | 세계관 설정하기

인간의 의식세계와 행동들은 시간과 공간의 틀 속에서 무한한 가능성을 지니고 있다. 게임에 있어서의 세계관은 시간적인 배경과 공간적 배경을 더욱 자세하고 치밀하게 구성하려는 특징을 가지고 있다. 특히 게임 시나리오의 세계관에 내포된 감성은 시간과 공간이 이미 무의식적 또는 의식적인 메시지로 전환되어 게이머의 마음을 움직인다.

자신을 돌아보는 것은 나를 새롭게 발견하고 다시 새롭게 출발하기 위한 전환점이 된다. 미래에 대한 확신과 기대와 희망으로 가득 차 긍정적인 자세로 지금 현재를 살아가는 사람은 삶의 목표와 자세를 다시 점검하고 확인하는 계기를 만들어 줄 것이며, 자신의 현재 모습에 불만을 가지고 있고 미래에 대한 확신도 없어 의기소침해 있거나 절망에 빠져 있는 사람에게는 그 좌절의 늪에서 빠져 나올 수 있도록 자신을 다시 세우게 하는 계기가 될 수도 있다. 세계관은 과거와 미래에 모두 중요성을 부여한다. 현대 산업사회에서는 미래지향적인 측면이 더 강하다. 현대 산업사회는 세계관은 예측이 가능한 몇 년 후의 미래에 초점이 맞추어져 있다. 대학생들은 좀 더 나은 직업을 얻기 위해 끊임없이 매진한다. 원하는 걸 얻기 위해 직장을 옮기기도 하고 때론 훌쩍 나이를 먹기도 한다. 그렇게 하는 이유는 더 나은 미래가 보상해 줄 것이라고 기대하기 때문이다.

전통적인 한국인, 중국인, 일본인들은 몇 십 년 후의 먼 미래에 초점을 맞추기도 한다. 그 결과 이들은 스스로의 삶을 희생하면서까지 자식들에게 헌신하는 것을 미덕으로 여겨 왔다.

03 | 다양한 세계관의 표출

스토리에서는 캐릭터가 어떤 세계관을 택하고 있는가에 따라서 작품의 세계관이 결정된다. 캐릭터 앞에 놓은 문제들, 즉 정치, 종교, 사회, 문화, 교육, 결혼, 돈, 명예, 이별, 죽음, 고통 등에 대해 캐릭터가 부정적이고 소극적인 관점이 아닌 긍정적 세계관을 가지고 들여다보면 주어진 장애는 더 이상 어려움이나 문제를 야기하는 장애물이 아니라 더 나은 상황으로 가게 하는 데 좋은 기회로 이용될 수도 있다. 따라서 스토리는 문제가 될 만한 상황들을 개선하는 캐릭터의 행동으로 나타날 것이다.

그러나 캐릭터가 부정적인 세계관을 가지고 여러 상황들을 들여다 볼 때는 모든 상황, 모든 대상들이 장애물이 되고 갈등을 유발하는 원인으로 작용할 것이다. 따라서 캐릭터의 부정적 세계관은 스토리 속의 문제 상황을 더욱 얽히게 하여 해결책 없는 결말로 이끌어가게 만들 것이다.

캐릭터의 세계관은 스토리에서 직접적으로 드러나기보다는 이야기 속에 스며들어 간접적으로 드러나는 경우가 대부분이므로 주제를 받쳐주는 통일성을 위해서도 정확하고 구체적인 자료 확보가 매우 중요하다. 그리고 이야기에서 다루어지는 작가의 통찰력과 세계에 대한 깊은 이해는 작품의 독창성과 탁월함을 위한 근본적인 요소가 된다.

전략 1 나의 존재가치는 과연 무엇인가?

전략 2 지금까지 자신의 모습을 분석해 보고 자신의 세계관에 대한 리스트를 작성해 보자.

구 분	세 부 항 목
생년월일	
성 별	
언 어	
종 교	
역 사	
가 족	
가 치 관	
계 층	
거 주 지	
가 계 도	

전략 3 다음은 〈십이지 동물동장〉이라는 창작 이야기이다. 열두 마리 동물들의 세계관은 어떠한
지 이야기해 보자.

처음 동물농장의 우두머리인 돼지가 농장 식구를 소집했을 때는 소, 말, 닭, 양, 토끼뿐이
었다. 그들이야말로 인간들에게 착취당하는 짐승들로서 진정한 의미의 농장 주인이 될 자
격이 있다고 판단하였기 때문이었다. 그러자 농장주인의 사랑을 독차지하고 있었던 개와
원숭이가 반발을 하였다. '젖을 내어주고, 털을 뽑아 주며, 알을 빼앗기고, 몸을 갖다 바치
는 것만이 착취가 아니다. 한 조각의 생선뼈를 얻기 위해 밤잠을 자지 못하고 기껏 먹다버
린 과일 조각을 바라며 내키지 않는 아양을 떨어야 하는 비참함을 너희가 아느냐'라고 그
들의 말이 과히 틀리지 않는지라 개와 원숭이 역시 새로운 농장의 식구로 받아들이기로 하
였다. 그러자 어디서 쥐와 뱀이 나타나 농장의 진정한 주인은 자기들이라고 주장하였다. 모
두들 어이가 없었다. 돼지가 대표자격으로 나서며 말했다. '너희들은 농장의 식량을 몰래
축내는 것들이 아니냐. 옥수수를 훔쳐 먹고 달걀을 집어 삼키며, 들판의 어린 양들을 놀래
키는 너희들은 농장식구가 될 자격이 없다. 모두들 그 말에 고개를 끄덕였다. 그러자 쥐가
재빨리 나서며 말했다.' 너희는 진정한 저항정신이 뭔지를 몰라. 너희들 중에 그동안 인간
에게 반항하여 그들에게 겁을 주고, 그들의 식량을 빼앗아 본 자가 있어? 수시로 유격대를
조직하여 습격을 하고 매복을 하면서 그들의 발뒤꿈치에 일격을 가했던 전과를 올려 본 자
가 있느냐 말이다. 인간의 눈치만 살피던 너희들이 과연 농장의 주인이 될 수 있는지 의심
스럽다.'

모두들 쥐의 날카로운 답변에 겁을 먹고 잠잠해졌다. '특히 돼지, 너야말로 탐욕스럽게
너의 밥그릇만 챙기며 인간을 살찌웠던 동물 아니었던가.' 옆에서 시퍼런 눈을 가늘게 뜨고
뱀이 거들자 더 이상 돼지는 아무 말도 못하고 맨 뒷자리로 물러앉고 말았다. 쥐와 뱀은 모
두에게 말했다. '이제 곧 인간들과의 전쟁이 곧 벌어질 것이다. 하지만 집짐승인 너희들과
함께 곧 있을 싸움에 대비한다는 것은 계란으로 바위치기나 마찬가지. 그래서 우리는 인
간과 겨룰만한 용맹하고 위엄 있는 동물, 모든 동물을 대표할 수 있는 우리의 지도자를 모
셔올 것이다.' 사태가 심상치 않음을 감지한 동물들은 웅성거리기 시작했다. 그래서 '모든
털짐승의 우두머리인 호랑이와 비늘 짐승의 우두머리인 용과 깃털 짐승의 우두머리인 독수
리야말로 우리 동물농장을 이끌어 갈 바람직한 지도자라고 생각한다'는 쥐의 말에 아무도
반대를 하지 못했다. 다들 호랑이와 용과 독수리가 농장으로 들어온다는 말에 앞이 캄캄했
지만 영민한 쥐의 논리를 당해 낼 재간이 없었으며, 뱀이 가운데 서서 싸늘한 독기를 품어
내는 데 질려 어쩔 수없이 고개만 끄덕이고 있었다. 그리하여 쥐는 호랑이를 불러오고 뱀
은 용을 불러왔지만 독수리를 불러오기로 한 닭은 독수리를 만나보지도 못한 채 돌아왔다.
도저히 하늘을 날 수 없었기 때문이었다. 이제 동물 농장의 식구는 모두 열둘이 되었다. 그
리고 각자 무기를 들고 곧 있을 인간과의 한판 승부를 준비하고 있었다.

전략 4 다음 글을 읽고 다른 발상법으로 전환시켜 보자.

최근에 벌어진 일련의 상황들 때문에 옥황상제는 염라대왕에게 명퇴를 권했다. 나이를 먹어 눈이 침침하긴 했지만, 염라대왕은 억울했다. 그리고 이 모든 건 바로 한국인들 때문이라고 생각했다.

사실 한국인들은 성형수술과 연예인 따라잡기를 통해 모두가 비슷하게 생겼기 때문에 천당 갈 사람을 지옥으로 보내고 지옥에 갈 사람을 천당으로 잘못 보낼 여지가 많았다. 게다가 지옥으로 보낸 한국인들은 '찜질방'으로 단련된 체력을 바탕으로 오히려 지옥생활을 더욱 즐기고 있었다. 오늘도 지옥에서 들려오는 염라대왕을 좌절케 하는 한마디!!

"얘들아, 유황불 나왔다."

• 염라대왕에 대한 긍정적 유형/부정적 유형으로

• 지옥에 대한 긍정적 세계관/부정적 세계관으로

제 9 장 시간적 배경

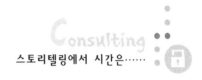

Consulting
스토리텔링에서 시간은……

　스토리텔링에 있어 시간과 공간의 문제는 작품의 타입을 결정하는 요인으로 작용한다. 이들은 시나리오상의 사건들을 구체화시켜주는 요소들이며, 이야기의 서술시점과 이야기 구성에 중요한 변수들로 작용한다. 한 개인의 내면의 이야기에서 시작하고 싶다면 작가는 주인공의 정신의 내부에 이야기를 설정하여 꿈과 생시에 주인공의 생각과 감정을 이야기할 수 있다. 또는 주인공을 둘러싼 가족, 친구, 연인과의 사이에서 벌어지는 갈등을 이야기의 배경으로 선택할 수 있다. 삶에 관한 이야기가 벌어지는 공간은 반드시 그 이야기가 이야기되는 곳이어야 한다. 이야기적 사건은 등장인물에게 주어진 상황들에 대해서 의미 있는 변화를 일으킨다. 이 변화는 갈등(conflict)이라는 과정을 통해 얻어진다.

　이야기를 시작할 때 작가는 자신이 묘사하고자 하는 공간의 한 부분을 선택하여 그 테두리를 정하고 그것을 적당한 거리에 위치시킨 후 묘사한다. 따라서 작가가 구상하는 서사적 연결고리들은 어느 시간에, 어떤 공간에서, 어떻게 전개되는지가 미리

조사되고 구상되어져야 한다. 이때 시간적 배경요소와 공간적인 배경요소는 별개의 서사로 독립할 수 없으며, 통일된 시간과 공간이 서로 맞물려 작품의 서사구조 속에 녹아 있어야 한다.

01 설화, 전설에서의 시간

옛날 나무하러 떠난 총각이 잠깐 신선의 바둑구경을 하고 나니 도끼자루가 썩었더라고 한다. 천상세계 하루가 인간세상 백 년이라고 하니 해가 기울어서 나뭇짐을 지고 집으로 돌아와 보니 모시고 살던 부모님은 타계한 뒤였고 백년가약을 맺었던 처녀도 남의 아내가 되어 손자들을 거느린 늙은 할머니가 되어 있었던 것이다. 그리고 아름다운 기억으로 머릿속에 남아있던 고향은 황폐해졌다고 한다. 그래서 "신선 놀음에 도끼자루 썩는 줄 모른다."는 속담이 생겨났다.

여기에서 말하는 시간이란 현재의 시간이 아니다. 바둑 한판을 두는 동안 신선세계의 시간은 상상을 초월하여 흘러간다. 따라서 이 세계에서는 고통도 현실적인 고난도 아무런 의미가 없음을 알려준다. 여기서 주인공은 본인의 의사와는 관계없이 신선들이 노는 장소에 있었던 것으로 해서 시공을 초월하게 된다. 현실과는 전혀 다른 세계 아무런 고통도 괴로움도 없는 세계, 그것은 인간이 항상 꿈꾸어 오던 세계이기도 하다. 시간의 척도가 우리와 똑같은 개념으로 통할 수 있는 영역은 인간세계뿐이다. 인간세계를 벗어난 천당 혹은 지옥, 바다 속 용궁, 신선들의 세계에서는 하루의 경과가 인간세계의 1년이나 백 년, 때로는 천년에 해당하는 수도 있다. 그리하여 이러한 세계에서 얼마

중국 소주시에 있는 호구산 : 이곳은 신선이 바둑을 두었다는 곳으로, "신선 놀음에 도끼자루 썩는다"라는 전설이 전해지는 곳이다.

를 살다 고향으로 돌아와 보니 이미 몇 백 년이 흘러갔다는 이야기는 민담에서는 보편적으로 나타나는 모티프이다. 시간의 척도가 다른 곳에 있었던 주인공은 자신이 머무른 곳에 있을 당시의 상태를 그대로 유지하는 것이다. 다시 말해서 주인공에게만 신선세계의 시간이 적용된다는 것이다. 하지만 주인공이 수백 년 후의 세계가 어떠한 모습으로 변해 있을 것이라는 구체적인 언급은 없다. 그것은 민담을 구전하는 민중들이 직접 경험해 보지 못한 세계이기 때문이다. 설화나 민담을 전하는 민중들이 경험하는 시간은 현재이기 때문에 민담에서 수백 년 후의 변화된 미래에 대한 모습을 구체적으로 이야기할 수 없는 것이다.

02 | 개연성

모든 작품에는 그럴 수 있을 거라는 개연성이 있어야 한다. 정직한 이야기는 단 하나의 시간과 공간만을 필요로 한다. 새롭게 창조되는 이야기는 없으며, 이들은 이미 역사와 인간의 경험 속에 존재하고 있던 질료들로부터 만들어져 나오는 것이다. 관객들은 의식적으로든 무의식적으로든 작가가 창조해 낸 세계 속에서 일어나는 사건들의 내용과 방식들을 이해하기 위해 그 세계의 법칙들을 알고 싶어 한다. 작가가 다루고자 하는 세계가 넓어질수록 그 세계에 대한 작가의 지식은 완전한 것이 되고 작가의 창조의 폭은 넓어진다. 그러므로 좋은 이야기가 나오기 위해서 얼마나 많은 시간과 노력을 들여 지식을 얻어내는가의 문제는 매우 중요하다. 이러한 연구조사에는 기억에 대한 연구, 상상력에 의한 연구, 사실에 대한 연구 등이 있다. 이야기는 서술형으로 이어지는 집적된 정보가 아니라 의미가 집약된 절정을 향해 관객을 몰아가는 사건들의 설계를 의미한다. 하지만 이러한 연구조사가 작가의 작업을 지연시키는 일을 초래해서는 안된다. 연구조사란 단지 상상력과 창의력을 먹여 살리는 보조수단일 뿐이다. 창의성과 연구조사는 서로에게 영향을 미치고 요구하면서 이야기가 스스로 자기 모습을 갖추고 완성되어 생명력을 가질 때까지 밀고 당기는 역할을 한다.

미야자키 하야오의 '모노노케 히메(원령공주)'를 예로 들어 보자.

'모노노케 히메'는 미야자키 하야오 감독이 최초로 CG와 디지털을 대량으로 활용한 작품으로 아날로그 방식과 디지털 방식의 혼합이라는 새로운 방식을 택한 첫 번째 작품이다. 수작업인 셀 애니메이션을 고집해왔던 미야자키 감독이 CG를 도입하면서도 'CG처럼 보이지 않는 CG', '손으로 그린 듯한 CG'를 위해 셀과 CG를 조화롭게 합성했다. 그 결과 세계적인 소프트웨어 회사인 '마이크로 소프트'사와 함께 새로운 프로그램을 만들어 냈다. 전통적인 방법으로는 표현해 낼 수 없는 삼차원적 감각이 가능해지면서 영화 속 인물들과 사물들의 움직임은 전작과는 다르게 긴박하고 역동적인 화면을 연출해 냄으로써 영화의 스펙터클을 느끼게 했다. CG가 사용된 주요 장면들은 재앙신의 움직이는 촉수들과 죽어서 해골이 되는 장면, '데다라'신의 투명한 몸 속의 흐르는 별들, '야쿠르'에 탄 '아시타카'의 질주, 마지막 부분의 산 전체에 식물의 싹들이 자라나는 장면 등 여러 부분에 사용되어 표현할 수 있는 영역을 더욱 넓혔다. 특히, '야쿠르'를 탄 '아시타카'의 질주 장면은 CG 작업의 장점인 실제 속도감과 삼차원적 공간으로 역동적인 느낌을 잘 살렸다.

미야자키 감독은 완벽에 가까운 작업과 사실감을 살리기 위해 '모노노케 히메' 숲의 재현을 위해 직접 야외 촬영에 임했다. 15명의 스태프와 함께 미야자키 감독이 찾아간 곳은 '신들의 숲'의 배경이 되는 '야쿠시마'. 일본에서도 조엽수림(광택이 나는 잎들을 가진 나무를 말하며 도토리나 잣 등의 열매를 가지고 있는 상록 활엽수)이 남아있는 최후의 장소이다. 미술감독인 오가 카즈오의 팀은 주인공 '아시타카'가 사는 '에미시'족의 마을을 그리는데 참고하기 위해 너도밤나무의 원시림이 남아 있는 시라카미 산지를 다녀왔다. 그 결과 '모노노케 히메'의 주요 배경은 자연의 모습 속에 녹아 들어가 사실감과 함께 우리가 쉽게 볼 수 없는 신비한 원시림의 모습까지 보여줌으로서 영화 전체의 신비감을 더해 주었다. 그리고 숲의 신비한 모습을 완성시키기 위한 효과음에 있어서도 실제 깊은 산 속의 공기소리를 녹음하여 사용했다.

나무들이 내는 희미한 소리를 효과음으로 사용함으로써 아무소리 없이 고요하지만 편안하면서 안정적인 느낌의 숲 속 정경을 완성, 완벽하게 표현하는데 성공한다. 이토록 철저한 사전 준비와 노력들은 영화의 완성도를 위한 미야자키의 완벽성을 보여주며, 과연 걸작을 만들어내는 거장의 모습으로 전 세계의 찬사를 받을 만하다.

원령공주의 배경이 된 야쿠시마의 '이끼의 숲'.
유네스코의 세계자연유산에 등록되어 있는 곳이기도 하다.

3 │ 상호작용성

자신의 욕망과 담론을 적극적으로 표출하는 글쓰기의 영화는 차이들의 놀이, 욕망의 차이화를 가능케 하는 새로운 세대의 시도이다. 그런 점에서 최근에 선보이는 새로운 영화가 에세이와 같은 형식을 가지고 기존의 독립영화와는 다른 영역을 만들고 있다는 점에 주목해야 한다. 그 중 가장 두드러진 것은 가족사적인 테두리 안에서 해체적으로 구성되는 필름의 편린들을 선보이는 것이다. 위준석 감독의 <나쁜 여자의 최후>(2003, 10분)는 '어머니'의 존재를 객관성과 주관성 사이를 오가며 구성한다. 화자의 위치는 마치 어머니와 동시대적인 인물인 듯하면서도 친근감과 배신감을 동시에 표출하면서 거리두기에 성공하고 있다. 최주영 감독의 <매일 하루>(2001, 31분)는 디지털 카메라로 일기를 써내려가듯이 카메라를 든 주인공의 일상과 연대기적인 기록을 선보이고 있다. 결혼식, 임신한 아내, 정원의 나무, 부모님, 오토바이, 새로 태어난 아이 등 그것은 흔한 기록이지만 다이어리와 같은 형식을 통해 내밀한 일상화가 되어버린다. 이런 점에서 한국의 독립영화 진영 내에 출현한 에세이 필름 혹은 글쓰기로서의 영화는 공적인 의무보다는 사적인 상상력과 욕망의 토로에 훨씬 더 밀착되어 있다.

그리하여 이들 영화에서 새로운 배치는 끊임없이 재편집될 가능성을 열어두며 완결되지 않은 채 열린 영화가 된다. 인간이 개발한 테크놀로지는 단지 기술적 차원에서만 활용되는 것은 아니다. 인터렉티브 영화나 모바일 영화 등은 이야기에 대한 인간의 욕구를 새로운 방식으로 충족시켜 준다. 이러한 디지털 테크놀로지가 가져온 가장 큰 변화는 바로 상호작용성(interactivity)을 들 수 있다. 상호작용성은 이야기의 범위에도 많은 변화를 가져왔는데, 대표적으로 컴퓨터 게임은 영화나 소설과는 달리 이야기가 종료되는 시간이 유동적이고 이야기 속의 내용도 누가 게임을 했느냐에 따라 달라진다. 이제 이야기는 다른 사람이 들려주거나 보여주는 것이 아니라 실제로 벌어지는 사건을 목격하거나 혹은 스스로 이야기를 만들어감으로써 얻게 되는 개인적인 체험이 된다. 게임 안에서 우리는 이야기의 주인공이 되기도 하고 이야기의 전개과정을 선택할 수 있는 스토리텔러가 되기도 하며 동시에 그 이야기의 독자나 관객이 되기도 한다. MMORPG에서 배경 이야기는 게이머가 그 이야기에 관여하게 되는 출발점이자, 게이머의 상호작용 행위에 서사적 의미를 부여해주는 장치이다. 전통적인 이야기물에서도 배경이야기는 수용자로 하여금 진행되고 있는 이야기의 맥락과 인물들 간의 관계를 이해할 수 있도록 보조하는 장치이다. 하지만 MMORPG에서 게이머는 배경이야기를 통해 자신이 관여하게 될 이야기의 내용이 무엇인지, 주어진 목표는 무엇인지를 파악하여 이야기를 시작하게 된다. 즉 MMORPG 게이머에게 게임의 세계에 대한 정보를 줌으로써 게이머를 허구적 세계로 흡입하는 것이다. 대부분의 MMORPG에서는 전체이야기의 배경을 암시해주는 동영상으로 게임이 시작하거나 혹은 게임 초기 화면에서 문자를 통해 게임의 허구적 세계에 대해 설명해 준다. 이러한 배경이야기는 게이머가 관여하게 될 세계가 어떤 상황이며, 또는 궁극적으로 게이머가 해결해야 할 과제는 무엇인지, 그리고 목표를 알려줌으로써 게이머에게 이야기 속의 역할을 맡고 또 그 이야기에 참여하도록 하는 것이다.

04 | 제2의 창작

셰익스피어의 「한 여름 밤의 꿈」은 그동안 연극, 영화, 뮤지컬 등 다양한 장르에서 우리에게 소개 된 바 있다. 여기에서는 우리나라의 한 극단에 의해 한국적으로 새롭게 만들어진 작품을 소개하고자 한다.

셰익스피어의 「한여름 밤의 꿈」은 아테네의 귀족과 서민들, 그리고 요정이라는 세 세계가 숲에서 한데 모여 서로 친근한 관계를 맺으면서, 낭만적이고 몽환적인 세계가 펼쳐진다. 요정들의 숲 속에서 벌어지는 신비스러운 이야기. 각자의 사랑 때문에 숲 속에 들어오게 된 두 쌍의 연인이 장난꾸러기 요정 퍼크의 실수로 이상한 사건에 휘말리게 되면서 벌어지는 일들이 흥미진진하게 펼쳐진다.

극단 '여행자'가 한국인의 정서에 맞게 각색하여 만든 「한 여름 밤의 꿈」은 좀 특별하다. 등장인물부터 한국의 전설에서 차용한 이미지인 '도깨비'들과 항, 벽, 루, 익 등 별자리들이 사랑하는 연인들로 등장하여 극의 재미를 더한다. 대사 역시 마치 한국의 전래동화를 읽는 듯한 느낌으로 편안하게 표현된다. 줄거리는 다음과 같다.

> 해질녘, 마을 어귀 고목 주위로 도깨비(돗가비)불이 돌아다니며
> 춤과 악(樂)을 좋아하는 돗가비들의 흥겨운 군무와 노래가 시작된다…
> 몰래 만나 서로 사랑을 키워 온 항(亢)과 벽(壁), 그러나 벽은 아버지가 정해준

정혼자(루)에게 억지시집을 가야하고, 마침내 둘은 야반도주하기로 결심한다.

벽이의 정혼자 루(婁)도령을 짝사랑하는 익(翼)이를 우연히 만난 벽이는 그 사실을 말하게 되고, 익이는 벽이를 사랑하는 마음을 단념시키려고 루도령에게 그들의 도망사실을 알리게 된다.

그러나 일은 꼬이고 꼬여만 가고 루도령은 벽이를 찾아 나서는데…

한편 바람둥이 도깨비 가비는 늘 처자들 뒤꽁무니만 쫓아다닌다. 이에 화가 난 도깨비의 우두머리이자 가비의 아내 돗(火)은 가비를 혼내주고 그 버릇을 고치려 한다…

그녀의 동생인 실수투성이 빗자루 도깨비인 두두리(豆豆里)는 돗의 명을 받고 독초 향으로 사람을 홀린다는 들꽃, 은방울 꽃 향기로 가비와 항을 사랑에 빠지게 한다. 이때 떠돌이 약초꾼 아주미가 우연히 산길을 가다가 장난기가 발동한 두두리의 눈에 띄어 도깨비 씨름, 암퇘지 탈바가지 등 골탕을 먹는다.

그러나 두두리의 실수로 정작 홀려야 할 사람이 뒤바뀌고 마는데…

그믐밤 깊은 산 속 사람과 도깨비, 한바탕 사랑의 소동이 벌어진다.

텍스트란 예술작품의 감각적 표면을 일컫는 말이다. 우리가 보고 듣는 것, 말과 행동, 보조 텍스트는 겉으로 드러나거나 행동으로 가려진 생각과 감정을 말한다. 보이는 그대로의 것은 없다. 따라서 작가는 동시에 이중으로 진행되는 이야기를 써야 한다. 첫째로는 삶의 감각적 표면, 즉 시각과 소리, 행위와 말을 글로 묘사해야 한다. 둘째로는 내면의 의식적이고 무의식적인 욕망의 세계를 창조해야 한다. 현실에서도 그렇듯 허구의 세계에서도 살아있는 가면으로 진실을 가려야 한다. 사람들이 누구나 속으로는 전혀 다른 생각과 감정을 품고도 그들이 처한 상황에 따라 말하고 행동해야 한다. 따라서 주인공의 실제 생각과 감정은 그들이 하는 말과 행동 뒤에 숨어 있다. 텍스트와 대비되거나 모순적인 내적인 삶으로서 보조 텍스트는 항상 존재하게 된다. 이런 가정 하에서 배우는 다층적인 작품을 창조해 냄으로써 관객으로 하여금 텍스트 너머 눈빛, 목소리, 몸짓 뒤에 숨 쉬고 있는 진실을 볼 수 있게 해 준다.

셰익스피어의 원작에 등장하는 요정들을 술과 여자, 춤과 농악을 좋아한다는 우리 전래의 도깨비로, 보텀과 사랑에 빠지는 티타니아를 각각 떠돌이 약초꾼 아주미란 여인네와 가비라는 남자 도깨비로 설정을 바꾸었다.

원래 도깨비가 성별이 명확한 것은 아니므로 편의상 어리석은 남자의 버릇을 바로잡는 슬기롭고 현명한 한국여인을 모델로 하여 여자 도깨비 '돗'을 우두머리로 설정했다.

> ……1597년(선조 30년) 일본은 이중간첩으로 하여금 가토 기요마사(加藤淸正)가 바다를 건너올 것이니 수군을 시켜 생포하도록 하라는 거짓 정보를 흘렸다. 이를 사실로 믿은 조정은 이순신에게 명하여 그를 생포하라고 했으나, 이순신은 일본의 계략임을 간파하여 출동하지 않았다. 가토 기요마사는 이미 여러 날 전에 조선에 상륙해 있었다. 이순신은 이로 인하여 적장을 놓아주었다는 모함을 받아 파직당하고 서울로 압송되어 투옥되었다. 사형에 처해질 위기에까지 몰렸으나 우의정 정탁의 변호로 죽음을 면하고 도원수 권율의 밑에서 두 번째 백의종군을 했다.……

라이센더	허미아를 사랑하는 청년	vs	항(亢)	벽을 사랑하는 청년 (동궁청룡칠수)
허미아	라이센더와 사랑하는 처녀	vs	벽(壁)	항을 사랑하는 처녀 (북궁현무칠수)
디미트리어스	허미아를 사랑하는 청년	vs	루(婁)	벽을 사랑하는 청년 (서궁백호칠수)
헬레나	디미트리어스를 사랑하는 처녀	vs	익(翼)	루를 사랑하는 처녀 (남궁주작칠수)

전략 **1** 시간적 배경이 두드러지는 설화이나 우화들을 찾아서 이야기를 적어보자.

전략 **2** 우리가 알고 있는 설화 중 하나를 택해 작품에서 나타나는 시·공간적 배경을 적어보자.

전략 **3** 우리가 어릴 적부터 들어 왔던 〈나무꾼과 선녀〉 이야기를 현대적 시간과 공간으로 바꾸어 재구성해보자.

위 시놉시스를 발단−전개−위기−절정−결말로 구분하여 다시 써보자.

발 단	
전 개	
위 기	
절 정	
결 말	

제 10 장 공간적 배경

01 | 새로운 공간 창출

현대는 개인의 여가 시간이 많아지면서 테마의 시대가 도래했다. 테마공간은 특정 주제와 이야기를 설정하고 이에 따라 필요한 모든 요소와 환경을 구성하여 운영하는 공간이다. 따라서 이런 테마 공간일수록 영속성을 지니는 이야기 소재를 갖추어야만 꾸준히 인기를 얻을 수 있다. 디지털시대는 감성을 담고 있는 이야기의 시대로써 이를 다음과 같은 세 가지 특징으로 설명할 수 있다.

첫째, 인터넷은 익명성이 보장되는 자유로운 시공간, 독특한 사이버 커뮤니티의 연대감 등의 특징을 담은 감성공동체이다

둘째, 무한경쟁은 본인의 의지와는 상관없이 기술의 발전 속도에 순응하며 살아가야 하는 현대인들의 숙명이 내포된 것으로써 속도전의 주류속에서 인간은 이와는 반대되는 과거의 이야기(노스탤지어)를 그리워하게 된다.

셋째, 영상성의 시대특징은 디지털 정보통신의 발달로 영상물의 제작이 손쉬어진 변화를 말한다.

02 | 새로운 커뮤니케이션의 용어들

21세기를 디지털의 시대라고 한다. 디지털 시대의 인터넷, 모바일 등 새로운 테크놀로지의 등장은 우리의 삶을 다양하게 변화시키고 있다. 언제 어디서든 쉽게 정보를 취득하고 공유할 수 있는 유비쿼터스는 우리들이 사고하고 사용하던 기존의 방식에서 벗어나 새로운 욕구와 또 다른 방식의 커뮤니케이션을 창출하고 있다. 이제 사회는 텍스트 커뮤니케이션에서 이미지 커뮤니케이션으로 변화하고 있다. 이미 청소년들 사이에서는 카메라폰이나 디지털 카메라의 사용이 일상화 되었으며 '미니홈피'나 '블로그' 등에서 일기를 쓰듯 사진을 올려놓고 그것을 통해 친구들과 소통하는 달라진 대화방식을 즐긴다. 또한 미니홈피, 블로그 등 1인 미디어 정착을 토대로 남의 글이나 사진을 퍼오는 일을 즐기는 '펌킨족'의 등장 이후 '퍼뮤니케이션 (permmunication)'은 사회 문화적 현상을 넘어서 마케팅의 주요한 방식으로 발전하고 있다. 펌킨족은 '펌+KIN+族'의 합성어로서, '펌'을 즐기는 사람들을 뜻하는데, '펌'에 '즐기는'을 뜻하는 인터넷 속어 '킨(KIN : 세로로 세우면 한글 '즐'이 된다는 점에 착안한 용어)'을 합성한 것이다. 그들의 빈번한 '펌' 덕분에 인터넷 어딘가에 묻혀 있을 수 있는 이야기들이 인터넷 커뮤니케이션의 주요 콘텐츠로 발굴되어 더 많은 대중에게 입소문으로 소개되고 확산된다. 그들은 인터넷 커뮤니케이션의 화두를 처음 만드는 사람들은 아니지만 그 화두를 대중적 의제로 설정시켜주는 의사 진행자이며, 유행의 맹아를 거대한 트랜드로 바꿔주는 트랜드 세터(trend setter)인 셈이다. 최근에는 자신의 일상을 사진이나 동영상 드라마로 제작하는 '밈프족(Making myself In Motion Picture, MIMP)'도 인기를 얻고 있다. 디지털 기기의 발전으로 사진, 영상 콘텐츠를 간편히 제작할 수 있어 전문적 생산자와 비전문적 소비자의 구분이 사라지고 있다는 것이다.

무명의 기타리스트였던 한 청년이 기타로 캐논 변주곡을 로큰롤 버전으로 연주한 동영상이 미국의 U-튜브 사이트에 올라 전 세계적으로 커다란 주목을 받게 되면서 UCC 스타가 되었다. 최근에는 에스엠 엔터테인먼트사가 동영상 UCC 커뮤니티 업체인 다모임을 인수한 것을 비롯해서 게임, 음악 등 다양한 엔터테인먼트 분야에서 UCC를 통해 사용자와의 접점을 넓히려는 노력이 확대되고 있다. UCC(User Created Contents, 사용자 제작 콘텐츠)란 언론사 등이 아닌 일반인이 휴대전화나 디지털 카메라 등을 이용해 직접 제작하고 편집한 사진, 동영상 등의 콘텐츠를 말한다. 방송가에서도 UCC를 통한 시청자의 참여를 유도하는 프로그램이 신설되고 이미 UCC 관련 동영상으로 인해 방송사의 저작권 문제로 논쟁이 뜨거운 상황이다. SBS TV '사랑에 미치다'는 네티즌들이 드라마의 영상을 이용해 만든 뮤직 비디오 중 우수한 작품을 뽑아 매주 드라마 끝부분에 방송한다. KBS2의 '스펀지'의 '셀프 스펀지' 코너도 대표적인 예다. 프로그램제작에도 활용된다. KBS2 '개그콘서트'의 인기코너 '마빡이'는 시청자가 올리는 재미있는 동작을 담은 동영상 UCC를 올리면 출연진이 이 중 재미있는 것을 골라 직접 방송에서 보여준다. 케이블 TV도 예외는 아니어서 CJ 케이블넷은 지난해부터 다음 커뮤니케이션과 제휴, 주문형 비디오(VOD)방식을 통해 UCC동영상을 TV로 볼 수 있는 서비스를 하고 있다. 하지만 저작권의 문제는 여전히 UCC의 아킬레스건으로 작용한다. 지난해 분석한 UCC 현황에 따르면 순수 창작물은 16.4%에 그치고 있다. UCC 10개 중 8개 정도가 저작권을 침해한 것이다. 더 큰 문제는 UCC를 만드는 사람들이 저작권을 소홀히 여기는 데 있다.

열풍을 넘어 이제는 UCC의 세상이 된 이 매체의 특성은 다음과 같다.

① **사회 이슈 생성의 촉매제** : '죽음의 입시 트라이앵글'은 2008학년도 입시 제도를 비판하며 학생들이 수능, 내신, 논술이라는 죽음의 트라이앵글에서 헤오나

오지 못하고 있는 세태를 날카롭게 꼬집었으며, 이 동영상 UCC는 사회적 이슈의 출발점이 되었다.

② **패러디 문화의 진화** : 주요 내용을 편집 또는 패러디한 동영상들이 인기를 끌고 있다. 기존 단순 편집과 자막 처리에 불과했던 패러디 동영상은 점차 CF나 영화 속 상황을 실제로 따라해 보는 등 하나의 놀이 문화로 자리잡았다. 독일 월드컵, 월드베이스볼 클래식 등의 스포츠 경기는 올 한 해 동영상 UCC 성장의 기폭제가 되었다.

이러한 현상에 대해 많은 문화 평론가들은 자신의 이야기를 소통하고 공유하길 좋아하는 젊은 세대들의 수평적 문화 콘텐츠 확산 심리를 언급하며, 오늘날 인터넷을 통한 젊은 세대의 소통 방식으로 정의한다.

이는 새로움의 창출이 이전에 없었던 새로운 것을 개발, 발견하는 것 외에도 기존의 것을 융합, 변환, 풍자화한 '낯설기' 역시 새로운 문화창출의 형태라고 볼 수 있다.

인터넷으로 대표되는 정보기술의 발달로 인간이 시공간의 제약을 뛰어넘은 지 이미 오래다. 역동적인 교차 편집이나 시공간을 잘 비틀어 연결시킨 화면, 시간과 캐릭터 사이의 관계가 붕괴되면서 시공간과 캐릭터는 점점 추상화된다. 여기서부터 행위와 상황의 거울 이미지가 결정적인 역할을 한다.

정보 사회는 인간의 삶과 세계에 대한 의미의 재편을 요구하고 있다. 세계는 급격하게 변하고 있다. 동구권의 몰락으로 세계의 정치 구도의 개편, 국가 대 국가의 사유를 넘어서는 테러 전쟁, 생태계의 파괴와 환경문제, 유전공학 등으로 인한 종래 인간 개념의 변화 등. 여기에 디지털 네트워크는 우리에게 새로운 시공간의 개념을 제시하고 국가 단위의 사고를 유연하게 변모시키고 있다. 웹이 나온 이후로 온라인으로 신문을 보고 물건을 주문하고 돈을 보내는 생활의 변화가 일어난 것처럼 웹2.0 서비스도 웹의 변화만 이끌지 않는다. 오프라인의 산업에도 상

당한 영향을 미칠 전망이다. 먼저 오프라인의 생활과 정보, 인맥을 웹에 그대로 연동되는 시스템이 퍼질 것이다. 또한 기존의 영업, 유통, 광고 전략도 크게 변하게 될 것이다. 새로운 매체가 출현해 기존 언론의 판도를 다시 한 번 흔들 것이다. 사용자부터 매체, 검색, 광고, 권력의 변화가 2007년에 빠르게 일어날 것이고 이런 변화는 정치 사회 문화 경제 전 분야에 영향을 미칠 것이다. 향후 변화에 대처하기 위한 준비가 필요한 시점인 것이다.

웹2.0 서비스 이후로 많은 개념 변화가 있었고 시장 변화가 뒤따랐다. 광고는 구글 광고처럼 긴 꼬리가 기존산업을 흔들고 있다. 검색광고는 과거처럼 영역을 차지하던 배너광고를 지배하던 대기업의 손에서 수많은 중소상인과 지역 상인에게도 광고 기회를 주었다. 애드센스와 같은 네트워크 광고는 분산형 광고 시장을 개척하면서 개인들이 광고주인 동시에 광고 게시자가 되는 시대를 열었다. 또한 구글의 입체 지도, 카트라이더 게임 안의 광고처럼 정적 페이지에서 동적 페이지로 광고영역이 이동하고 있다. 반면 검색도구막대나 그리스몽키처럼 광고를 안 보는 기술도 등장해 새로운 광고기법의 개발이 과제로 떠오르고 있다. 당장 2007년에는 RSS(원격 교환 방식, remote switching system), 메타정보와 같은 새로운 형식의 배포방식에 대한 광고기법 개발이 빠르게 진행될 전망이다.

사람들의 정보 습득 과정은 신문에서 웹과 메신저를 거쳐, 게임 속 공간으로 확장되고 있으며 사이트를 찾아가는 중앙집중식 정보에서 RSS를 통해 구독하는 분산형 시스템으로, 방문에서 구독 형태로, 문장 검색에서 낱말 검색으로 바뀌고 있다. 또한 정보 자체의 가치뿐만 아니라 정보에 이르는 과정의 가치가 중요한 개념으로 떠오를 것이다.

이처럼 사용자는 종이신문에서 인터넷신문, 포탈뉴스를 거쳐 메타사이트, 구독기, 게임서비스로 정보 수집처가 변화하고 있다. 방문이 구독 형태로 되면서 개별 사이트에서 모듬 사이트로 정보를 취득하는 형태로 바뀌고 있고, 시선은 종이에서 SMS를 거쳐, 사진으로 이동하고 있다. 기기는 PC에서 휴대전화, 모바일기기로 계속 확장되고 있다.

03 | 온라인 게임의 공간적 특성

온라인 게임은 MUD(Multi User Dungeon)/MUG(Multi User Graphic)라는 이름으로 등장하였으며 네트워크를 통해 직접 서버에 연결함으로써 동시에 여러 사람들이 함께 즐길 수 있는 게임이다. 우리나라에서 롤플레잉 온라인 게임들이 인기를 얻고 있는데는 다음과 같은 특징을 갖는다.

첫 번째, 인공지능 컴퓨터가 아닌 사람과 사람이 게임을 하도록 되어 있다. 이는 게임의 기본적인 특성으로 플레이어 스스로가 게임 세계가 계속적으로 변화하고 발전하게 만든다.

두 번째, 사람과 사람 사이의 다양한 전략, 전술이 가능하다. 일정한 규칙에 따라 프로그래밍된 게임에 비해 온라인 게임은 플레이어 개개인의 전략과 전술에 따라 그 승패가 결정됨으로 예측할 수 없는 복잡한 상황들이 발생하게 되고 이에 따라 다양한 결과들을 만들어 낸다.

세 번째, 게임 내에 공동체가 형성된다. 익명성을 지닌 많은 사람들이 온라인상에 모여 게임을 하게 됨으로써 플레이어간에 커뮤니티가 발생하게 되고 이들은 게임과 게임 내에 형성된 커뮤니티에 대한 소속감을 갖게 된다.

네 번째, 효율적인 게임 서비스가 이루어지고 있다. 게임에 대한 지속적인 업데이트와 각종 이벤트 개최, 전문적인 운영을 통해 플레이어들이 오랜 기간에 걸쳐 게임을 즐길 수 있다.

롤플레잉게임(RPG : Role Playing Game)은 플레이어가 주어진 하나의 역할을 맡아 이를 수행해 나가는 게임으로 높은 자유도를 특징으로 한다. 플레이어를 대신하는 게임내의 캐릭터는 플레이어의 능력과 플레이 시간에 따라 성장하므로 게임을 지속적으로 계속 해야만 남보다 뛰어난 레벨업 등의 특징으로 인해 중독성이 강하다. 우리나라 온라인 게임의 주류를 형성하고 있지만 비슷한 게임 시스템과 기획으로 인해 몇몇 대형 게임업체만이 시장을 주도하며 군소 업체간의 경쟁이 치열하다. 대표적인 게임으로 <리니지1,2>, <뮤>, <A3>, <아크로드> 등이 있다.

컴퓨터를 상대로 혼자 하는 게임이 아닌 다수의 플레이어들과 커뮤니티를 형성하고 게임 세계를 변화시켜 나간다는 측면에서 하나의 거대한 가상 사회를 형성하게 된다. 플레이어들은 그 가상 사회에서 자신을 표현하고 다른 사람들과의 관계를 형성해 나가게 되는데 이러한 현상은 주로 레벨업을 통한 캐릭터의 성장과 길드와 같은 공동체의 형태로 게임상에 표현된다. 이러한 특징을 기본적으로 제공하면서도 가장 중요한 게임요소로 다루는 것도 이러한 이유 때문이다. 롤플레잉(RPG)의 개발의 최종 목적은 플레이어가 또 하나의 자신으로 표현되는 캐릭터를 관리하고 실제적인 커뮤니티를 형성하게 함으로써 가상의 게임 세계에서 만족감을 느끼게 하는데 있다.

(1) 롤플레잉 게임의 공간적 특성

다사용자 온라인 롤플레잉 게임의 공간은 수천 명의 게임머들이 동시에 게임을 진행하는 하나의 환경(environment), 혹은 Poster의 표현처럼 '스크립트(script)없는 무대'에 비유될 수 있다. 게이머들은 이 공간속에서 직접 자신의 캐릭터를 만들고 이를 조정하여 게임 속의 다양한 경험을 통해 게임의 줄거리를 만들어 가게 된다.

롤플레잉 게임의 게임공간은 기본적으로 어드벤처 머드게임의 특성을 그대로 차용한 전투중심의 공간이라 할 수 있다. 하지만 게임 내의 구체적인 설정은 게임의 세계관과 설정, 그리고 제작사의 가

치관에 따라 달라지며, 이런 설정들이 그 게임을 다른 게임들과 구별시켜 주는 특성이 되는 것이다. 게이머들은 이렇게 설정된 게임공간 속에서 그 세계의 규범과 가치체계에 따라 행동하며 게임 공간 속의 경험을 지속하게 된다.

(2) 물리적 세계의 모의(simulation)

사이버스페이스에 대한 담론에서 가장 두드러지게 나타나는 논의 중의 하나가 바로 공간 은유(Space Metaphor)이다. 이것은 가상현실 논의에서 시작된 것인데, 여기서 가상현실은 탐험하고, 식민화하고, 개발하기 위해 무한히 펼쳐진 새로운 공간으로 개념화된다. 이런 관점에서 롤플레잉 게임의 공간은 어떤 배경을 바탕으로 탐색(Navigation)과 조작(manipulation)을 통한 게이머의 통제가 작용한다는 점에서 공간적이다.

온라인 롤플레잉 게임의 공간은 톨킨(Tolkien)류의 판타지(fantasy)문학을 재매개하고 있다. 이는 롤플레잉 게임이 톨킨류의 판타지 세계를 직접 경험하고자 하는 뜻에서 출발한 테이블 토크 플레잉 게임에서 시작됐음을 알 수 있다. 하지만 판타지를 배경으로 한 게임의 공간이 단순히 하나의 허구, 즉 판타지로만 존재한다면 게이머들에게 실재감과 현장감을 줄 수 없고, 게임에의 몰입 역시 발생하기 힘들다. 이에

게임공간은 물리적 세계의 모의(simulation)를 통해 실재감과 현장감을 획득하려 노력한다. 재매개 이론에서 살펴보았듯이 가상현실 공간은 실재감을 창조하기 위해 우리의 시각적 경험과 비슷하게 설계된다.

컴퓨터 기술의 발전에 따라 게임의 그래픽이 더 세밀해지고, 평

면적인 2D에서 입체감을 중시하는 3D로 변화하는 경향은 게임 공간을 현실과 유사한 외형을 갖춘 공간으로 모의하려는 노력을 잘 보여준다. 뿐만 아니라 현실 세계의 물질적 한계나 특성들을 게임 공간 속에 재현함으로써 더욱 게임 공간의 실재감을 높여주게 되는데, 현실 세계의 시·공간의 메타포가 바로 그것이다.

'R2'는 중세 시대를 배경으로 여러 기사단 세력들이 가상 지역인 '콜포드' 섬의 천하통일을 목표로 벌이는 치열한 전투를 테마로 하고 있으며 레벨 및 지형지물에 대한 제약이 없어 게이머들의 자유도를 극대화한 것이 특징이다.

롤플레잉 게임의 세계는 시작도 끝도 없는 지속적인 세계이다. 게이머들은 시작함과 동시에 낮과 밤, 과거, 현재, 미래로 이어지는 시간의 흐름을 경험하게 되는데 이는 현실 세계의 시간을 모의한 게임 공간만의 독립된 시간이다. 게이머가 게임에 접속하면 접속 시점에 따라 낮일 수도 있고 밤일 수도 있다. 즉 개인이 게임 공간 속에 존재하지 않아도 게임 내에서 시간은 계속 흐르고 있는 것이다.

롤플레잉 게임 공간은 현실 세계에서 사람들이 생활하는 공간인 마을과 사냥과 채집의 공간인 자연 공간의 구분을 그대로 따르고 있으며, 공간을 이동하기 위한 교통수단이나 텔레포트와 같은 마법이 존재한다.

롤플레잉 게임의 게임공간은 외형적으로 게임 제작사가 제공하는 판타지 공간이지만 그 속의 많은 특성을 현실 세계의 모습들을 모의한 공간으로 느끼게 함으로써 게임 속에 더욱 몰입시키기 위한 장치로 기능한다고 할 수 있다.

04 | 다양한 서사구조

스토리텔링이란 '세상을 감성적으로 인식하고 발화하는 담론 구조'로 정의할 수 있다. 미국의 9·11사건 역시 고도의 상징성을 내포한 스토리텔링으로 해석될 수 있다. 이러한 스토리텔링 구조가 문화의 다양한 표현 형태로 발전, 융합할 수 있는 것이 디지털 스토리텔링인 것이다. 만화, 영화, 게임, 문학, 테마파크, 출판, 건축, 디자인, 연극, 오페라, 만화, 등의 각양각색의 분야의 미디어에 적합한 서사구조를 갖춘 스토리텔링을 조직하는 것이 21세기 문화산업의 경쟁력이 될 것이다. 이러한 이야기의 원인이 되는 매체가 디지털이다. 예를 들어 양평과 경희대 국문과가 투자, 연구하여 황순원의 '소나기' 테마파크를 양평강변에 건축할 예정이다. 문학작품인 '소나기'가 테마파크라는 디지털 기술 속에 새로운 스토리텔링 구조를 갖추는 것이다.

이러한 디지털 스토리텔링의 핵심은 디지털 매체 특성에 맞는 서사구조를 개발하는 것이다. 똑같은 주제라도 이를 연극, 게임, 만화, 디자인, 시나리오, 문학 등 어떤 디지털 매체에 담는 방식에 따라서 전혀 새로운 해석이 가능하고 작품이 탄생하게 된다. 영화에서 미장센, 조명과 같은 영상 스타일의 문제는 영화의 시각적인 특성을 반영한 것이다.

컴퓨터 게임 역시 관련기술의 발달에 힘입어 영화의 그래픽에 필적할 만한 영상이 창조되는 등 시각적인 측면이 강조되고 있다. 그러나 영화가 배경을 묘사한다면 컴퓨터 게임은 우리가 움직여 돌아다닐 수 있는 가상공간으로서 영상이 제시된다. 영화에서 관객들에게 제시되는 이야기 공간은 화면 위에 실제로 드러나는 세계의 일부분일 뿐이다. 그러나 그 부분적 이야기 공간이 함축하고 있는 것은 극중 인물이 볼 수 있는 모든 것이며 관객에게는 화면을 벗어난 모든 것, 극중 인물에 의해 암시되는 것이다. 실제 생활은 영화와 달리, '카메라에 비춰진 만큼'이라는 공간 제한의 틀이 없으며 단지 우리의 시야가 도달할 수 있는 범위에 따른 점층적인 한계만이 있을 뿐이다. 실제 생활에서는 카메라가 강제하는 공간만을 보는 것이 아니라 고개를 돌리는 단순한 행위를 통해 주변의 사물들과 공간을 파악할 수 있다. 게임 실행자들은 이러한 실재생활과 같은 공간 인식을 MMORPG에서도 경험할 수 있다. MMORPG에서 게이머는 캐릭터를 통해 게임의 세계, 즉 영상 속을 둘러보아야만 그 공간을 파악할 수 있으며 영화에서처럼 카메라에 의해 이루어지는 영상 틀에 의한 규격화와 절단은 존재하지 않는다. MMORPG와 같이 다양한 공간이 이음새 없이 하나의 가상공간으

로 혼합되는 디지털 영상은 연속성과 공간성이라는 디지털 영상 미학의 좋은 예라
할 수 있다.

05 | 타임머신의 등장

스트레스가 극심할 때 "나만 빼고 다 멈춰버렸으면" 하고 생각하거나 과거를 돌
아보며 "그 때로 돌아가 한 가지만 고칠 수 있다면"이라고 희망한 일, 또 현실이 못
견디게 고단할 때 "몇 년만 건너뛰었으면"이라고 상상해본 적이 누구에게나 한번쯤
있을 것이다. 시공간의 이동이 자유로운 영화에서 타임머신이 자주 등장하는 것은
사람들의 이런 소망을 잘 알기 때문이다.

자동차('백투더퓨처'), 손목시계('타임머신 : 클락스토퍼'), 공중전화부스('엑설런트
어드벤처'), 옛날 일기장('나비효과') 등 판타지 영화의 소재로 등장하는 타임머신은
매번 기발한 아이디어를 뽐냈다. 최근 개봉작 속의 새로운 타임머신들을 보면 시간
여행에 대한 상상력이 여전히 무궁무진하다는 것을 알 수 있다.

'데자뷰'(2006. 12. 개봉)의 타임머신은 다소 거창하다. 아인슈타인의 '웜홀' 이론
을 바탕으로 하는 점은 2003년작 '타임 라인'과 유사하다. 우주 공간 연구원들이 우
연히 시공간을 겹치는 방법을 알아내 만들었다는 '백설공주'라는 이름의 이 기계는 4
일 하고도 6시간 전의 일정 반경 이내를 화상으로 낱낱이 살펴볼 수 있다. 사람이 그
시간 속으로 갈수도 있지만 엄청난 에너지와 위험이 수반된다. 그러나 주인공(덴젤
워싱턴)은 과거의 화면에서 죽음에 직면한 여자를 보고 그를 구하기 위해 과거행을
택한다. 문명의 이기에 대한 인간의 상상력의 극치를 보여주는 이들 영화 속 타임머
신이 언젠가 현실로 나타날지는 알 수 없는 일이다.

전략 **1** 다음 작품에 나타난 공간적인 배경을 적어보자.

모노노케히메, 월령공주

고대의 일본… 필사적으로 숲을 지키려는 대자연의 신들과 인간들과의 피할 수 없는 싸움이 시작된다.

북쪽의 끝, 에미시족의 마을에 어느 날 갑자기 재앙신이 나타나 마을을 위협한다. 이에 강한 힘을 소유한 에미시족의 후계자인 '아시타카'는 결투 끝에 포악해진 재앙신을 쓰러뜨리지만 싸움 도중 오른팔에 저주의 상처를 받고 죽어야 할 운명에 처하게 된다. 결국, 재앙신의 탄생 원인을 밝혀 자신의 저주를 없애기 위해 서쪽으로 길을 떠난 '아시카타'는 여행 중에 '지코'라는 미스테리한 수도승을 만나 재앙 신이 생겨나게 된 이유가 서쪽 끝에 있는 '시시'신의 숲과 관련이 깊다는 이야기를 듣게 되고 한시 바삐 서쪽으로 향한다.

한편, 서쪽 끝 '시시'신의 숲 건너편에 위치한 '타타라'마을의 군주 '에보시' 일행은 식량을 수송하던 중 거대한 들개의 신 '모로' 일행에게 습격을 당해 큰 타격을 입지만 강력한 무기인 총포를 사용하여 위기를 모면한다. 때 마침 '시시'신의 숲의 계곡을 지나던 '아시타카'는 물살에 떠밀려온 '에보시'의 부하들을 구하게 되는데 먼발치서 자신을 지켜보는 들개 신 '모로'와 그의 옆에서 '모로'의 곁에서 상처를 치료해주는 신비스러운 소녀를 보게 되고 묘한 느낌을 받게 된다. 자신이 인간임을 부정하는 모노노케히메 '산'… '아시타가'와의 운명적인 만남을 갖게 된다… 귀빈 대접을 받으며 '타타라'마을에 머물게 된 '아시타가'는 재앙신이 '에보시'의 총에 맞은 멧돼지신이었다는 사실과 재앙신의 저주가 숲을 파괴하려는 인간들 때문이라는 것을 알게되고 깊은 실의에 빠진다. 순간, 적의 침입을 알리는 북소리가 울려 퍼지고 '아시타카'는 총을 든 사수들과 함께 현장으로 달려가는데 마을을 습격하고 있는 '원령공주'가 바로 '아시타카'가 숲에서 만난 소녀임을 알고 당황하게 된다. 분노에 가득 찬 눈으로 으르렁거리며 사람들을 공격하던 '원령공주'는 '에보시'의 목을 노리며 달려오지만 총포로 무장한 '에보시'의 부하들은 그녀를 향해 총구를 겨누는데… 순간, 망설이던 '아시타카'는 '원령공주'를 구해 마을을 빠져나간다.

숲과 산을 짓밟아 터전을 넓히려는 인간들과 그들의 야욕에 분노의 재앙신으로 변한 멧돼지를 비롯한 대자연과의 처절한 사투… 그리고, 그 전쟁의 중심에서 자연의 편에 선 '원령공주'와 그녀의 목숨을 구해 숲으로 들어온 '아시타카'… 두 사람은 이제 어느 편에 설지를 결정을 내려야만 하고 인간들은 최강의 군대를 동원하여 '시시'신의 숲으로 진격을 시작한다.

전략 2 다음 중에서 한 가지를 선택하여 판타지 소설을 만들어 보자.

1. 과거 / 2. 근미래(5년 ~ 20년) / 3. 미래

참고 : 영화 글레디에이터의 공간적 배경은 로마, 시간적배경은 A.D. 180년경

"메밀꽃 필 무렵"의 배경은 강원도 봉평 장터와 봉평에서 대화에 이르는 메밀꽃이 흐드러진 밤길. 메밀꽃 핀 개울가는 단순한 자연적 정경에 그치는 배경이 아니라, '인생의 인연'을 상징하여 작품 주제에 직접 관여함.

※ 영화에 있어서 배경이나 인물은 현실적으로 실재하는 것이지만, 애니메이션의 경우는 실재의 부재, 즉 시뮬라크르의 세계임을 강조한다. 따라서 실재인물에 가까운 주인공은 매력적인 캐릭터를 형성하지 못한다.

제 5 부

스토리와 플롯의 진화

제11장 될성부른 스토리

제12장 스토리밸류 높이기

제13장 플롯과 스토리텔링

제11장 될성부른 스토리

Consulting

무슨 일을 겪었나요?

우리는 흔히 '성공 스토리의 주인공은 뭔가 다르다'거나 '어느 탤런트의 러브 스토리가 세상에 공개됐다'는 말을 듣곤 한다. 뿐만 아니라 많은 사람들이 '신데렐라 스토리'니 '노컷 스토리', '비하인드 스토리', '라이프 스토리', '전쟁 스토리', '사용자 스토리', '영화 스토리', '코믹 스토리', '메이플 스토리', '토이 스토리', '중세 스토리' 등과 같이 '스토리'가 붙은 말들을 쉽게 입에 올린다. 이때 '스토리'란 어떤 일이 일어나는 과정을 일컫는 의미를 갖는다.

우리는 보통 어떤 일을 시작하려고 마음을 먹는다. 대부분의 사람들은 어떤 일을 실행하기에 앞서 생각을 먼저 하는 것이다. 마음을 먹고 나서는 대개 자신이 시작하려고 하는 일을 먼저 해 낸 사람들의 이야기를 듣고 싶어 한다. '그가 그 일을 시작하게 된 동기는 무엇이었나?', '본격적으로 어떻게 그 일을 시작할 수 있었지?', '그리고 무슨 일이 일어났지?', '그런 일에 대해서 어떻게 반응했지?', '그래서 결과적으로 어떻게 됐지?' 이러한 궁금증은 이미 어떤 일을 해낸 사람들의 이야기 속에서 내가 하려는 일의 경과를 예측할 수 있다는 기대감의 소산이다.

그러기에 무언가를 해냈거나 경험한 사람들은 새롭게 비슷한 일을 시작하려는 사람들에게 '나는 이러이러한 일을 했는데 이렇게 됐지'라거나 '나도 그런 적이 있었지' 또는 '세상일은 다 그런 거야'라는 말을 해주게 된다. 즉 우리의 삶에는 일정한 단계, 다시 말하면 무슨 일을 하는 중에 누구나 반드시 거치게 되는 일련의 과정이 있다는 것이다. 그것은 인류가 오랜 세월동안 체험을 통해서 알게 된 것이거나 반복적인 학습에 의해서 '당연히 그럴 것'으로 인식하고 있는 것이다. 이것 때문에 사람들은 '그 스토리는 그럴싸하다'거나 아니면 '그 스토리는 말이 안 돼'라는 평가를 내릴 수 있다. 이렇게 스토리는 우리 모두에게 친숙하면서도 쉽게 떠올릴 수 있는 일화(逸話)의 세계이다.

01 | 스토리의 정의

(1) 스토리와 인포메이션의 차이

스토리텔링에는 스토리(story)와 인포메이션(information)이라는 두 개의 작은 범주가 있다. 스토리와 인포메이션은 둘 다 '의사소통을 전제로 이루어지는 행위'라는 점에서 공통점을 갖는다. 그러나 스토리는 '옛날 옛날 아주 먼 옛날에…'로 시작하거나, '언젠가 이런 일이 있었지…' 또는 '어떤 마을에서…'로 서두를 꺼낼 수 있는 이야기이다. 반면 신문에 나온 기사문이나 TV의 9시 뉴스에 나오는 사건 보도는 스토리와 마찬가지로 시간과 장소가 등장하면서 '언제 어디서 무슨 일이 있었다.'라는 식으로 구성되기는 하지만, 스토리라는 용어는 대신 '인포메이션'이라고 구분해서 달리 지칭할 수 있다.

철학자이자 문예이론가인 발터 벤야민은 『문예이론』에서 스토리적인 것과 인포메이션적인 것의 경계와 차이를 비교적 선명하게 구분한 바 있다. 벤야민에 의하면,

스토리는 즉각적으로 검증할 수 없는 먼 곳이거나 현재로부터 시간적으로 멀리 떨어진 때 발생한 사건으로서, 흥미를 불러일으키는 이야기를 말한다. 반면 '오늘 아침 8시 전주에 있는 한 아파트에서…', 혹은 '지난 밤 자정 무렵 미국의 캘리포니아주에서는…' 식으로 기억이 생생하면서 누구나 검증하기 쉬운 시간과 장소를 거론하는 이야기는 '인포메이션'이라 하여 스토리와 구별할 수 있다. 이것을 표로 정리하면 다음과 같다.

스 토 리	인포메이션
먼 곳에서 일어난 흥미로운 이야기	가까이에서 일어난 검증 가능한 이야기

스토리가 유도하는 효과는 '듣는 이에게 기억되는 것'이다. 그러기 위해서 스토리는 듣는 이가 단지 듣는 것에서 그치지 않고 그 느낌을 공유하면서 오랫동안 기억하기를 바란다. 사람들의 기억을 오랫동안 유지시키기 위해서는 사건이나 사물과 함께 체험했던 사람의 온기, 즉 사람의 흔적을 전달하고 전달받아야 한다. 어떤 사람이 몸소 체험한 이야기는 듣는 사람에게 흥미를 불러일으키는 동시에 감각적인 반응을 일으킨다. 즉 이야기가 몸으로 전달되고 몸으로 기억되는 것이다. 그렇기 때문에 어떤 사람이 자신의 체험 내용을 다른 사람에게 들려주었을 때, 그 전달 내용은 오랜 시간 동안 생명력을 갖게 된다.

인포메이션은 듣는 이를 자극하는 데 목표를 둔다. 그래서 보도문이나 신문의 헤드라인, 뉴스 등은 주로 자극적인 언어와 선정적인 영상을 사용한다. 스토리가 사람의 흔적을 전달하는 데 치중하는 반면, 인포메이션은 사건이나 사물의 순수한 실체를 전달하는 데 더 비중을 둔다. 그 결과 인포메이션은 어떤 사건의 실체가 전달된 순간부터 잊혀지기 시작한다. '지진으로 천 명의 사람들이 목숨을 잃었다'라는 인포메이션의 경우, 사람들은 그 소식을 접하게 된 순간만 놀랄 뿐 점점 놀람의 강도가 약해졌다가 일주일쯤 지나면 놀라운 일도 아닌 것처럼 감각이 무디어지면서 그 소식을 잊게 된다. 스토리와 인포메이션의 특성을 정리하면 다음과 같다.

스 토 리	인포메이션
듣는 이에게 기억되는 것이 목표	듣는 이를 자극하려는 의도
오랜 시간 전달내용의 생명력 유지	전달된 순간부터 생명력 쇠퇴
사건과 사물에 얽힌 사람의 흔적을 전달	사건과 사물에 관한 순수한 지식을 전달

인포메이션은 사건이나 사물에 대한 순수한 지식을 전달하려는 의도를 가지기 때문에 어떤 사실을 전달하는 행위를 통해서 성립한다. 반면 스토리는 어떤 사건을 겪은 사람의 경험을 전달하고자 하기 때문에 주인공이나 화자를 형상화하고, 바로 그 형상화된 인물을 통해 발신자의 상상을 표현한다. 인포메이션이 듣는 이, 즉 수신자를 감각적으로 자극하는 데 반하여, 스토리는 수신자의 정서적인 충만함을 지향하게 된다. 이상의 내용을 도표화하면 다음과 같다.

스 토 리	인포메이션
발신자는 자신의 상상을 표현한다.	발신자는 사실만을 전달한다.
수신자의 정서적인 충만함을 지향한다.	수신자의 감각적인 자극을 지향한다.

스토리와 인포메이션을 구분할 수 있는 구체적인 예를 들어보자. '텔레비전을 보려면 전기가 들어와야 한다.'라는 내용은 인포메이션이다. 이 인포메이션을 스토리로 바꾸면 다음과 같다.

> 미경이와 창수는 집으로 돌아왔다. 날이 어두워지고 있었다. 집에 들어서자마자 창수는 형광등 스위치를 올렸다. 집안은 여전히 어두웠다. 미경이는 텔레비전을 켜고 소파에 앉아 텔레비전이 나오기를 기다렸다. 미경이와 창수는 한참동안 기다렸다.
> "왜 이렇게 안 나오지? 오늘따라 너무 오래 걸린다."
> "아, 참 전기가 안 들어오는구나. 오늘 저녁에 축구 시합 보기는 다 틀렸다."
> 창수는 짜증을 내며 신경질적으로 창문을 열어 젖혔다.

또 다른 예를 보자. 여기서는 '스토리가 있는 광고 이야기'를 통해 스토리의 효과를 살펴보기로 한다. 인포메이션은 다음과 같다.

> 광고명 : 레쓰비
> 광고주 : 롯데 칠성음료
> 광고주제 : 레쓰비 커피의 맛은 부드럽다.
> 광고문구 : 레쓰비의 부드러운 그 느낌에 반했다.

이 광고는 다음과 같이 구현되었다.

> 한 남자가 지하철을 타고 어디론가 가고 있다.
> 서 있던 그 남자는 바로 앞에 앉아 있는 여자를 발견한다.
> 남자는 지하철 손잡이를 거듭 고쳐 잡으며 어쩔 줄 몰라 한다.
> 옆에 크고 붉은 악기 케이스를 놓고 앉아 있던 여자도 남자를 발견한다.
> 여자는 안절부절 못하고 두 손으로 음료수 캔을 만지작거린다.
> 조심스레 음료수를 마시던 여자는 자리에서 일어선다.
> 여자는 지하철을 내리면서 남자를 돌아보더니
> "저 이번에 내려요."
> 라고 말을 건넨다.
> 남자는 여자의 말을 듣는 순간, 환한 미소를 지으며 급히 여자의 뒤를 따라 같이 내린다.
> 둘은 나란히 음료수 자판기 앞에서 캔을 마신다.
> 드디어 남자가 입을 연다.
> "전 두 정거장이나 지났어요."
> 여자와 남자가 밝게 웃는 모습과 함께 광고 문구가 나온다.
> '부드러운 그 느낌에 반했어요.'

이 광고는 '레쓰비'라는 음료수에 그것을 마시던 사람들의 있음직한 체험을 섞어 광고의 내용을 스토리화한 것이다. 음료수가 부드럽다는 메시지를 효과적으로 전달하기 위해 이 광고에서는 음료수의 맛을, 부드러운 시선과 감미로운 말이 오가는 러브 스토리의 느낌과 동일한 것으로 은유화하고 있다. 이로 인해 음료수의 맛은 달거나 쓴 미각이 아니라 '부드럽다'는 촉감으로 변화하면서 듣는 이에게 감각적으로 전달된다. 이로써 소비자들은 러브 스토리를 연상하면서 음료수의 맛을 온몸으로 느끼게 되는 것이다.

성경이나 불경 등 어렵고 딱딱한 종교의 교리를 담고 있는 책들도 인포메이션이 아닌 스토리의 형식과 내용을 차용하고 있다. 성경이나 불경 등은 여러 성현들의 일화를 모아놓은 책이라 해도 과언이 아니다. 그래서 성경이나 불경이 '성경 이야기', '불경 이야기'로 일컬어질 수 있는 것이다. 설교나 설법도 구체적인 우화나 예화를 들어 이야기의 형태로 펼치는 경우에 청중들의 반응과 호응이 더 높아진다고 한다. 이렇게 이야기는 누군가의 경험에 기반을 두고 있는 것이다.

이상에서 살펴본 바와 같이 인포메이션은 기능적인 의미를 전달하는 것으로 끝이 난다. 그러나 스토리는 듣는 이로 하여금 어떤 일이 벌어진 상황을 상상하도록 유도하면서 정서적인 의미까지 드러내고자 한다. 이와 같이 스토리의 속성은 개인의 내밀한 경험이나 체험을 중시하는 것이다. 어떤 것을 머리로만이 아니라 존재 자체로 이해하게 하는 이러한 스토리의 속성은 듣는 이, 즉 청중으로 하여금 즐거움을 느끼게 하는 매우 중요한 요소이다.

최근 문화콘텐츠 산업에서는 인포메이션보다 스토리를 훨씬 더 선호한다. 그것은 인포메이션만으로는 삶의 총체를 파악하기가 불가능하다는 깨달음이 있었기 때문이다. 스토리는 어떤 사건을 겪은 경험을 통해 걸러진 이야기이기에 삶을 전체적으로 파악할 수 있을 뿐 아니라 감성적이고 직관적인 사유를 통해서 어느 누구나 쉽게 향유할 수 있는 큰 장점을 가지고 있다. 그러기에 다분히 대중성을 지향하는 문화콘텐츠 산업에서는 스토리가 생산성과 밀접하게 연관될 뿐만 아니라 그 생명력을 연장하는 주요 관건이 되기도 한다.

(2) 역사·사회·문화적 맥락을 가진 기억의 재현

인류는 짐승을 사냥하거나 농사를 지으며 살던 원시시절로부터 시작하여 최첨단의 초고속 인터넷과 더불어 살아가는 오늘날에 이르기까지 누군가 실제 경험했던 이야기를 보고 들으며 지내왔다. 용감한 사냥꾼 이야기라든지, 가뭄을 극복한 이야기, 대홍수 이야기, 영웅 이야기, 귀신 이야기, 과부 이야기, 홀아비 이야기, 드라큘라 이야기, 집안 이야기, 가문 이야기, 장터 이야기, 우물가 이야기, 무사 이야기, 명의(名醫) 이야기, 약초 이야기, 병원 이야기, 화장실 이야기, 목욕탕 이야기, 음식 이야기, 바보 이야기, 꿈 이야기, 침실 이야기, 해킹 이야기, 게임 이야기 등이 그것이다. 이렇게 이야기는 그 범위가 무척 넓다. 우리는 이러한 이야기에 둘러싸여 살아왔고 살아간다.

이야기, 달리 말하여 스토리란 넓은 의미로는 허구(fiction)로 구조화되기 이전, 즉 플롯이 첨가되지 않아, 아직 정교하게 픽션이 되지 않은 상태의 전체 줄거리라는 의미를 가진다. 다음은 영화 <러브 스토리>의 줄거리 일부이다.

> 인테리어 디자이너인 수인은 재료 구입차 들렀던 벼룩시장에서 성우를 만난다. 자판기에서 커피를 뽑은 것도 모르고 접촉사고를 구경하고 있던 성우는 수인의 짐을 들어주고 수인은 성우에게 명함을 건넨다. 수인에게 호감을 느낀 성우는 전화로 데이트를 신청하고 수인도 성우가 싫지 않아 만남의 횟수가 늘어간다. 선배의 가구점 개업식에 처음으로 성우를 동반한 수인은 성우의 무신경하고 눈치 없는 점이 마음에 들지 않는다. 개업식에서 나온 후, 두 사람은 다투고 수인은 가버린다….
>
> ● ● ● 1999년, 배창호 감독, 영화 <러브 스토리>의 줄거리 일부

위의 이야기는 일어난 일의 줄거리를 사건이 일어난 순서대로 전달하는 일종의 해설과 같은 방식을 취하고 있다. 이러한 사건 해설을 넓은 의미의 스토리(story)라고 하는 것이다.

스토리의 전개(exposition)는 '다음에 무슨 일이 일어날 것인지'에 대한 궁금증과 호기심에 대한 대답으로 펼쳐지게 된다. 좀더 구체적으로, 금연 스토리를 예로 들어보자. 누군가 금연을 하기로 마음먹고 그것을 성공적으로 수행했을 때 사람들은 보통 다음과 같은 질문을 던지게 된다. '왜 금연을 시작하게 됐나요?', '기존의 습관을 어떻게 바꿨나요?', '그랬더니 어떤 증세가 있던가요?', '그래서 어떻게 극복했나요?', '그 결과 어떻게 되었죠?' 이 물음에 대한 답이 바로 금연 스토리가 전개되는 양상이다.

스토리는, 실에 꿰어 놓은 구슬처럼, 손에 잡힐 듯이 선명하고 구체적인 사건들을 시간의 순서에 따라 연속적으로 이어 놓은 것이다. '실'이 하나의 목걸이가 되려면 꿰어지는 구슬들을 목걸이다울 수 있는 것으로 잘 선택해야 한다. 이 때 선택되는 사건들은 인류 보편적이고 합법칙성을 가진 일련의 경과 과정을 드러내는 것이어야 한다. 그래서 스토리의 전개는 역사적 맥락이나 사회적 맥락과 무관하지 않으며 더 나아가 문화적 맥락 속에서 이루어진다고 할 수 있다. 즉 스토리 전개의 이면에는 어떤 공동체의 다수가 공유하고 인정하는 어떤 '맥락'이 자리 잡고 있다는 것이다.

성공적인 스토리의 열쇠는 스토리를 만드는 화자와 듣는 청중 사이에 연대감이 형성되는 것이다. 화자와 청중 간의 연대감을 달리 말하면 스토리에 대한 신뢰라고 할 수 있다. 그래서 스토리의 내용은 '나'와 '너', '나'와 '그'의 체험이 소통될 수 있는 현상(the status quo) 중심적인 사건으로 이루어진다. 소통된다는 것은 기존의 질서에 바탕을 둔 상호간의 기대가 서로 부합한다는 의미이다. 스토리의 화자는 세세한 배경정보의 연쇄를 통해서 신뢰를 쌓아가게 된다. 그렇기 때문에 스토리란 인간이 세계를 인식하는 방식이라고도 말할 수 있다.

특히 문화콘텐츠의 스토리는 향유자 중심으로 전개된다. 향유자는 자신에게 가장 익숙한 형태의 이야기를 선호한다. 예컨대 할리우드의 많은 영화들 중, 다수의 백인들 속에 낀 단 한 명의 흑인은 영웅이기보다는 체제에 위협이 되는 악당이거나 체제에 의해 위협을 받는 희생자인 경우가 압도적이다. 이와 같이 문화콘텐츠에서는 어떤 사회에서 일어나는 당대의 현상을 고수하거나 강화하는 스토리가 성공을 보장받는 경우가 많다.

옛날 옛적이 배경이었던 <나무꾼과 선녀 이야기>는 21세기에 들어서면서 <보일러공과 대통령의 딸>로 바뀌어야만 향유자의 관심을 끌 수 있다. 옛날 옛적의 난방종사자는 나무꾼이지만 현대의 나무꾼은 특별히 나무에 관심이 많은 '나무 애호가'의 의미로 변질되고, 오히려 보일러공이 옛날의 나무꾼과 같은 의미를 담고 있기 때문이다. '선녀' 또한 '옥황상제의 딸'이라는, 즉 당대 최고 권력가의 자녀라는 사회적 의미를 갖고 있기 때문에 현대에는 대통령의 딸로 바뀌어야 사회적 맥락의 차원에서 수긍할 수 있게 된다.

일본에 한류열풍을 불러일으켰던 드라마 <겨울연가>에 등장한 최지우의 목걸이는 문화적 맥락을 가진 스토리 전개의 중요성을 보여준다. 10회 방송 때 배용준은 최지우에게 프로포즈하면서 폴라리스 형상의 목걸이를 건네주었다. 향유자들은 처음에 최지우의 목걸이가 좋아 보이는 정도로만 느꼈다가 점차 '폴라리스' 형상에 담긴 문화적 의미를 알게 되면서 그 목걸이에 더 깊은 가치를 부여하게 되었다. 그 후로 최지우 목걸이에 대한 수요가 폭발적으로 증가함은 물론 <겨울연가>의 주제인 '영원한 사랑', 또는 '변함없는 사랑'의 의미가 더욱 빛을 발하게 되었다. 폴라리스는 다음과 같은 의미를 갖는다.

> 길을 잃었을 때는 폴라리스만 찾으면 된다. 다른 별들은 계절이 바뀔 때마다 자리를 옮기지만 폴라리스만큼은 절대로 움직이지 않기 때문이다. 폴라리스는 언제나 항상 그 자리에 그대로 있는 유일한 별이다.

최지우의 목걸이는 반짝반짝 빛나는 폴라리스, 즉 북극성의 형상을 화이트골드와 다이아몬드를 사용하여 표현한 제품이다. 이 목걸이는 제일 큰 별에만 다이아몬드를 촘촘히 세팅하여 포인트를 주고 다른 작은 별들은 고리로 연결되어 몸의 움직임에 따라 잔잔하게 흔들리도록 디자인 되었다. 이 폴라리스 목걸이는 밤하늘의 신비와 함께 그 중에서도 가장 빛나는 북극성의 가치를 표현해낸, 인포메이션에 바탕을 둔 문화 상품이 되었다. 이렇게 <겨울연가>는 스토리가 전개되는 과정에서 작은 소품을 통해서까지 '변치 않는 사랑'의 주제를 강화시켜 나간 것이다. 이에 이 드라마는 재방송에 재방송을 거듭해도 시청자가 줄지 않는 놀라운 생명력을 얻게 되었다.

02 | 스토리의 진화

최근에는 디지털 기술과 이로 말미암은 패러다임의 변화로 인해 스토리와 인포메이션의 이질적인 두 가지 형태의 결합이 가능해졌다. 물과 기름처럼 서로 크게 다른 스토리와 인포메이션은 하나로 합쳐지면서 '스토리 인포메이션'이라는 새로운 장르의 출현을 맞이하게 된 것이다. 스토리 인포메이션의 대표적인 예로는 '리얼리티 쇼'를 들 수 있다. 리얼리티 쇼는 사실적인 것에 스토리가 가미된 것으로 기존의 스토리보다 훨씬 더 큰 쾌감을 이끌어 내고 있는 실정이다.

리얼리티 쇼는 굳이 연예인이라든지 유명 인사만을 고집하지 않고 일반인들을 동원하여 사전 각본이 전혀 없는 상태에서 이들의 생생한 인간적인 모습을 보여주는 데 그 목적이 있다. 생존 게임, 오디션, 짝짓기 게임 등으로 시작된 리얼리티 쇼는 이제 외모 개선, 성격 개조, 부부 간의 성생활 변화, 가족 문제 해결, 불륜 고백 등 사생활 침해 내지 인권 문제의 부작용을 낳을 정도로 은밀한 사적 영역까지 하나의 볼거리 프로그램으로 제공하고 있다.

리얼리티 쇼는 1987년부터 미국에서 본격화되었다. 미국의 NBC-TV에서는 시나리오 작가들이 파업에 들어가자 임시방편으로 직업 배우와 각본이 필요 없는 언솔브드 미스터리(unsolved mistry)를 방영했다. 뜻밖에 이 프로그램이 성공하자 미국의 여러 방송사들은 저렴한 제작비와 프로그램 포맷을 수출할 수 있는 경제적 이점에 주목하고 다양한 리얼리티 쇼 프로그램들을 제작하기 시작했다.

리얼리티 쇼 중 하나인 '어메이징 레이스'를 살펴보기로 하자. 이 쇼는 실제 16명의 사람들을 동원하여 이들을 진짜 섬에 가두어 놓고 일정기간 동안 이 곳에서만 생활하게 못 박아 놓는 데서부터 시작한다. 쇼의 세트장은 오프라인 상에 존재하는 실제 섬인 셈이다. 이들은 매번 혹은 매일 주어지는 하나의 미션을 놓고 이를 통과하면 살아남고 그렇지 못하면 아웃되어 섬을 떠나게 된다.

'어메이징 레이스'는 매 회마다 공간을 바꾼다. 이렇게 공간을 바꾸면 스토리는 매 회 비슷하게 반복될 수밖에 없다. 그러나 전체적으로 스토리의 큰 줄거리는 같을지라도 시간이 바뀌거나 공간이 바뀌면 스토리의 세부 전개는 당연히 달라지기 마련이다. 여기서 스토리 작가는 스토리의 포맷만 설계하면 된다. 스토리의 세부 전개는 출연자 스스로가 만들어나가기 때문이다.

한국에서의 리얼리티 쇼 프로그램은 1983년 6월 30일 KBS-TV의 <누가 이 사람을 아시나요>로부터 시작된 셈이다.

KBS-TV의 '누가 이 사람을 아시나요' 방송 장면

이 프로그램은 해마다 의례적으로 기획했던 6 · 25특집프로그램의 하나였다. 타이틀은 매우 건조하게도 '특별생방송-이산가족을 찾습니다'였고, 방송시간도 시청률이 별로 높지 않은 밤 10시가 넘은 시간이었다. 그런데 뜻밖의 사태가 발생했다.

단 90분 길이의 단발성 특집 방송을 내보낸 후, 예상 외로 많이 밀려드는 시청자들의 문의와 연장 방송 요청 때문에 방송국 측에서는 새벽 3시까지 방송을 연장해야 했고 급기야 이후 모든 정규방송을 중단하고 장장 138일 간 생방송으로 내보내기에 이르렀다.

시청자들은 출연자들의 생생한 전쟁 증언과 전쟁이 끝난 이후에도 계속되어 온 가족의 참상에 놀라움과 공감을 표시했다. 이 방송은 가족을 찾는다는 뚜렷한 목적을 가진 이산가족들에게뿐만 아니라 여가 시간에 그저 시간을 때우기 위해 TV를 바라보는 단순 시청자들에게까지 인기가 높았다. 이에 방송국 측에서는 이산가족의 사연에 따라 30초, 1분씩 따로 시간을 할애하여 자세한 사연을 이끌어내기도 했고, 상봉 가능성이 높다고 예측되는 가족을 수소문해서 스튜디오로 초대하는 방식을 채택하기도 했다. 이 프로그램은 우리와 같은 분단국가인 독일 TV ZDF는 물론 일본 NHK, 미국 CBS 등 40개국이 넘는 방송사를 통해 전 세계에 소개한 20세기 최고의 휴먼 드라마로 돌변했다. 이 프로그램은 애초에 리얼리티 쇼로 기획된 것은 아니지만 리얼리티 쇼의 효과를 낸 것이다.

한국에서 본격적으로 시작된 리얼리티 쇼는 MBC-TV의 <몰래 카메라>라고 할 수 있다. 이 프로그램은 사회자의 인사말에 이어 많은 보조진행자들이 소개된다. 사회자와 보조진행자들은 이미 짜인 각본대로 움직이고 초대받은 유명 연예인 한 사람만이 각본 없이 자신의 소신대로 행동을 하게 된다. 상식을 벗어나는 황당한 상황 설정 속에서 한 연예인이 어떻게 행동하는가를 지켜보는 것이 이 프로그램의 재미다. 향유자들은 이미 알려진 연예인에 대한 공식적인 인포메이션과 함께 연예인 스스로 만들어가는 사적이고도 인간적인 측면의 내밀한 스토리를 동시에 즐기게 된다. 사회자는 스토리 얼개의 기획자이고 보조진행자들은 스토리의 전개과정 중에 삽입되는 극적 구조의 한 장치로 기능하며 출연한 연예인은 스토리의 세부를 채우는 역할을 하는 것이다.

한국에서는 리얼리티 다큐 형식이 유행한 바 있다. 2000년대 초반에 방영되었던

KBS-TV의 <이것이 인생이다>, <영상기록 병원 24시> 등이 그것이다. 이 프로그램들은 실화를 바탕으로 하여 매회 한 인물을 중심으로 고난을 극복한 사례를 출연자 본인의 육성과 대역을 동원한 각색을 혼합하여 재현하였다.

이상에서 살펴본 바와 같이 스토리는 향유자들의 다양한 취향에 따라 끊임없이 재생, 변형, 복합되고 있다. 이제 인류는 스토리를 유희의 한 방편으로 삼아 문화생활 중의 하나로 소비하고 있는 것이다.

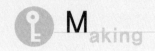

전략 **1** 다음 주어진 인포메이션을 토대로 스토리가 있는 광고를 만들어 보자.

만복사지	만복사지는 남원의 기린산(麒麟山)을 북쪽에 두고 남쪽은 넓은 평야를 앞에 둔 동산에 있다. 가람의 배치는 1탑 3금당식(金堂式)으로, 본탑을 중심으로 북·동·서에 각각 금당이 있고 그 북쪽과 남쪽에 강당·중문이 있다. 이런 배치는 특히 고구려의 1탑 3금당식과 다른 차이점을 보이는데, 즉 서쪽 금당터가 북·동 금당터보다 규모가 크다.
만복사지 오층석탑	보물 제 30호로 높이가 5.5m에 이른다.
만복사지 석 좌	보물 제 31호로 높이가 1.4m에 이른다.
만복사지 당간지주	보물 제 32호로 높이가 3m에 이른다.
만복사지 석 인 상	문화재로 지정되지는 않았으나 만복사지 당간지주 바로 앞에 위치하여 만복사와 석인상에 얽힌 다양한 이야기가 전해지고 있다. 

저포놀이	백제 때에 있었다는 놀이로, 저(樗)와 포(蒲)의 열매로 주사위를 만든 데에서 이름이 유래하였다. 중국에서 가장 오래된 놀이의 하나로 우리나라에서는 일찍이 소멸되어 그 상세한 것은 알 수 없으나, 윷과 비슷한 놀이로 전해지고 있다. 윷과 비교해보면, 저포는 360자의 반상(盤上)에 여섯 말을 붙이고, 다섯 목편(木片 : 나무 조각)을 던지게 되었으나, 윷놀이는 29개의 동그라미 윷판에 네 말을 붙이고, 네 목편을 던지는 것이다. 주사위의 위는 검고 아래는 흰데, 5개를 던져 그 사위를 본다. 그 가운데 5개가 모두 검게 나오는 노(盧)가 가장 좋으며, 다음으로 치(雉)·독(犢)·백(白)의 순으로 되어 있다. 이러한 좋은 사위가 나오면 주사위를 계속하여 던질 수 있으며 남의 말을 잡거나 관문을 지날 수도 있다. 그러나 개(開)·새(塞)·탑(塔)·독(禿)·궐·효(梟)와 같은 나쁜 사위가 나오면 그렇게 하지 못한다.
만 복 사 저 포 기	김시습이 지은 한국 최초의 한문소설집 ≪금오신화(金鰲新話)≫에 수록된 5편 중 한 편이다. 내용은 남원의 떠돌이 노총각 양생(梁生)이 만복사(萬福寺)에서 부처와 저포놀이를 하여 이기자 소원이었던 배필을 얻었으나, 알고 보니 그녀는 어느 귀인(貴人)의 죽은 딸이 현신한 영혼이어서, 실망한 양생은 그 후 지리산으로 약초를 캐러 간 후 소식이 끊겼다는 줄거리이다.

전략 2 다음은 전라도 남원을 무대로 하여 남성의 정절을 그린 우리나라 최초의 한문소설 중 하나인 〈만복사저포기(萬福寺樗蒲記)〉의 대강 줄거리이다. 아래의 줄거리에 만복사, 저포, 남원 지형과 관련된 인포메이션을 추가하여 한 편의 광고를 만들어 보자.

1	전라도 남원에 사는 총각 양생은 일찍 부모를 여의고 만복사의 구석방에서 외로이 지내며 배필 없음을 슬퍼하던 중 부처와 저포놀이(나무주사위놀이)를 해서 이긴 대가로 아름다운 처녀를 얻었다.
2	그 처녀는 왜구의 난에 부모를 이별하고 정절을 지켜 3년간 궁벽한 곳에 묻혀서 배필을 구하던 터였는데, 둘은 부부관계를 맺고 며칠간 열렬한 사랑을 나누다가 다시 만날 것을 약속하고 헤어졌다.
3	양생은 약속한 장소에서 기다리다가 딸의 대상(3년상)을 치르러 가는 양반집 행차를 만나, 자기와 사랑을 나눈 여자가 3년 전에 죽은 그 집 딸의 혼령임을 알았다.
4	여자는 양생과 더불어 부모가 베푼 음식을 먹고 나서 저승의 명을 거역할 수 없다며 사라지고 양생은 홀로 귀가했는데, 어느 날 밤 여자의 말소리가 들리기를, 자신은 타국에 가 남자로 태어났으니 당신도 불도를 닦아 윤회를 벗어나라고 했다.
5	양생은 여자를 그리워하면서도 다시 장가들지 않고 지리산으로 들어가 약초를 캐며 지냈는데, 그 생의 마친 바를 아는 이는 아무도 없었다.

제 12 장 스토리밸류 높이기

Consulting
왜 끌리죠?

　끌리는 사람은 1%가 다르다고 한다. 사람들이 따르고 싶어 하고 주변에 많은 사람들이 모여드는 호감형 인물들은 대체로 다른 사람들의 처지에 잘 공감해주는 경우가 많다. 공감이란 상대방의 감정을 순식간에 속 깊이 알아채는 능력이다. 다른 사람의 감정을 정확하게 파악하는 능력은 세일즈를 비롯한 사업으로부터 정치, 방송, 교육, 심지어 회사에서의 승진에 이르기까지 모든 일에서 성패를 좌우한다. '눈치가 빠르면 절간에 가서도 젓갈을 얻어 먹는다'는 속담은 공감의 중요성을 다시 한 번 일깨워 준다. 마찬가지로 대중의 호감을 받고자 열망하는 문화콘텐츠 산업에서는 대중의 감정을 정확하게 파악하고 그에 공감하는 콘텐츠를 개발해야 하는 것이다.

　호감형 인물들의 또 다른 공통점은 인간적인 약점이 많은 사람들이라고 한다. 완벽한 사람들은 다른 사람들에게 열등감을 느끼게 하고 시기심을 불러일으키기 때문에 호감형의 대열에 끼지 못한다는 것이다. 마찬가지로 결점을 드러내지 않는 사람들은 위선적이고 인간미가 없다는 의심을 받기가 쉽다. 반면 허점을 보이는 사람은 상대로 하여금 우월감을 느끼게 함으로써 경쟁대상자로 여겨지지 않기 때문에 쉽게 거리감을 좁힐 수 있다는 것이다. 대중들이 쉽게 다가올 수 있는 호감형 스토리를 만들기 위해서 우리는 지금까지 만들어진 수많은 소설, 영화, 만화의 주인공들이 한결 같이 인간적인 약점을 가진 사람들이었음을 새삼 상기해 볼 필요가 있다. 또 사람들은 자기와 비슷한 점이 많은 사람에게 호감을 느낀다고 한다. 유유상종(類類相從), 동기상구(同氣相求), '초록은 동색', '가재는 게 편'이라는 말이 있는 것처럼 자기와 비슷한 정서와 가치관을 가진 사람들끼리는 서로 좋아하기 마련이라는 것이다. 누군가와 좋은 관계를 맺으려면 자신과 상대의 유사성과 공통분모를 찾아야 한다. 마찬가지로 문화콘텐츠 산업이 성공하려면 향유자가 호감을 느낄 수 있도록 대중의 보편적인 유사성과 공통분모를 바탕으로 한 스토리를 개발하지 않으면 안 된다.

성공적인 문화콘텐츠 생산은 시대가 달라지고 장소가 달라져도 많은 사람들이 좋아할 수 있는 스토리를 만들어내는 것과 밀접한 관련이 있다. 사회에서 호감형 인물이 필요한 것처럼 문화콘텐츠산업에서는 '호감형 스토리'가 절대적으로 필요하다. 호감형 스토리만이 대중의 사랑을 받을 수 있기 때문이다.

01 | 이야기의 원형 찾기

(1) 네버 앤딩 스토리(never-ending story)

이야기는 변하는 부분과 변하지 않는 부분으로 구조화되어 있다. 영화나 소설과 같은 오프라인 상의 선형적 콘텐츠에서는 이야기의 변하는 부분이 무엇보다 중요했다. 선형적 콘텐츠에서는 이야기가 어떻게 변했는가에 따라 작가의 독창성과 개성이 드러났고 이것이 작품의 성패를 좌우했다.

그런데 게임과 같이 온라인 상에서 소통되거나 만화, 드라마, 애니메이션 등과 같이 비록 오프라인 상에서이기는 하지만 전세계를 대상으로 모든 사람들에게 어필해야하는 문화콘텐츠 산업에서는 한 작가의 두드러진 창작성을 드러내는 이야기의 특수성이 큰 위력을 발휘하지 못한다. 문화콘텐츠 산업을 위해서는 인류 모두에게 감동과 재미를 줄 수 있는 이야기의 변하지 않는 부분이 더욱 절실하게 요청된다. 이야기의 변하지 않는 부분을 달리 말하면 이야기의 보편성이라 할 수 있다.

이야기의 구조

```
┌─────────────────────────────────────────────────┐
│  [ 이 야 기 ]                                      │
│                                                   │
│  ┌──────────────────┐      ┌──────────────────┐  │
│  │   변하는 부분      │      │  변하지 않는 부분  │  │
│  │  (이야기의 특수성) │  +   │  (이야기의 보편성) │  │
│  │        ↓          │      │        ↓         │  │
│  │   작품의 독창성    │      │   이야기의 원형    │  │
│  └──────────────────┘      └──────────────────┘  │
└─────────────────────────────────────────────────┘
```

이야기가 변하는 것은 시대적 특수성이나 이데올로기의 편향성 등에 의해서이다. 그런데 이야기 중에는 세월이 변하고, 시대가 바뀌고, 사람이 달라져도 여전히 많은 사람들이 좋아하는 이야기가 있다. 그러한 이야기들을 열거해보면 다음과 같다.

<춘향전>에 나오는 이몽룡과 성춘향의 신분을 초월한 사랑이야기, <흥부전>의 흥부나 <심청전>의 심청과 같이 사회적 신분이 달라지는 이야기, <꼬리가 아홉 달린 구미호>처럼 마음대로 자기 몸을 감추거나 쉽사리 다른 개체로 변할 수 있는 둔갑 이야기, <성경>에 등장하는 예수처럼 죽었다가 다시 살아나는 부활 이야기, <잠자는 숲 속의 공주>에서처럼 초자연적 능력을 발휘하는 마법 이야기, <주몽>이나 <충무공>처럼 보통 사람으로는 엄두도 못 낼 큰일을 이루어 대중으로부터 칭송을 듣고 존경을 받는 영웅 이야기, <북두칠성이 생겨난 이야기>처럼 광물을 비롯한 동식물의 유래담이나 인물의 출생담 등이 그것이다.

이러한 이야기들은 동서고금을 막론하고 어디에나 있어 왔고 오늘날에도 여전히

인기를 누리고 있다. 특별히 한 시대를 풍미할 정도로 막대한 인기를 누렸던 작품들에는 위와 같은 이야기가 곳곳에 배치되어 있다. 이렇게 변함없이 대중들의 관심을 이끌어내는 이야기를 이야기의 원형이라 부른다.

문화콘텐츠에서는 이야기의 보편적인 매력과 가치를 추구하기 때문에 이야기의 원형에 대한 깊은 이해를 필요로 한다. 이야기 산업 분야에서 세계적으로 큰 영향력을 발휘하는 제작업체들은 대부분 이야기의 원형을 조사하고 탐구하는 연구소나 단체를 두고 있다. 현재 이야기 산업의 메카로 부상하고 있는 미국과 일본의 경우가 그 단적인 예라 할 수 있다. 미국의 경우는 디즈니 MGM 스튜디오가, 일본의 경우는 하야오의 지브리 스튜디오, 쇼치쿠의 시나리오 연구소 등에서 집중적으로 전세계의 이야기를 대상으로 이야기의 원형을 연구하고 있다. 이제 이야기 생산을 재능 있는 개인의 영감이나 천재성에 전적으로 의지하던 시대는 끝이 났다. 오늘날 문화산업과 결합된 이야기예술에서 이야기의 생산은 공학의 차원에 들어선 것이다.

(2) 의미작용의 기본 구조

이야기의 가장 기본이 되는 구조적인 틀은 그간에 있어 온 다양한 스토리의 분석을 통해 연역적으로 살필 수 있다. 구조주의 서사학자인 그레마스는 <구조 의미론>에서 이야기에 보편적으로 6개의 배역이 나타난다고 보고 기능적인 관점에서 다음과 같이 도식화했다.

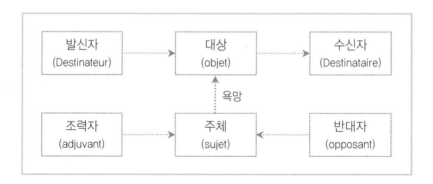

여기서 주체는 욕망의 대상을 찾아 나서거나 아니면 다른 어떤 '가치 있는 대상'을 찾아 나서는 주인공이다. 이런 의미에서 주체와 대상은 욕망의 관계로 정의된다. 주체가 욕망의 대상을 찾는 탐색의 과정에는 도움을 주는 조력자와 방해를 하는 반대자가 개입하게 마련이다. 예컨대 샤를 페로(Charles Perrault)의 <신데렐라>에서 신데렐라가 욕망의 대상인 왕자님을 보러 무도회에 가려고 할 때, 신데렐라는 주체이고 왕자님은 대상이 된다. 더 나아가 신데렐라가 무도회에 갈 수 있도록 마법의 지팡이로 도움을 주는 대모는 조력자가 되는 반면 많은 일거리를 주어 신데렐라를 괴롭히는 계모와 그 딸들은 반대자가 된다.

발신자는 이야기 속에 등장하는 가치 체계의 관리자이다. 발신자는 어떤 가치 체계에 입각해서 주체를 탐색의 길로 인도하고 그의 행동을 평가한다. 이 과정에서 진짜 주인공과 가짜 주인공이 판별되고 그 결과에 따라 상과 벌이 배분된다. 진짜 주인공이란 발신자가 지니고 있는 가치 체계에 부합하는 자가 되고 가짜 주인공이란 그에 반하는 자가 되는 것이다.

예컨대 <신데렐라>에서 발신자는 대모가 된다. 대모는 신데렐라의 착한 마음씨를 높이 평가하여 그녀에게 행복한 삶을 살 수 있도록 유도하는 한편, 계모와 그 딸들에 대해서는 그들의 악한 마음씨와 못된 성질을 나쁘게 평가하여 그들에게 불행을 안겨주는 심판자이자 가치의 재분배자로서 기능한다. 대모는 선과 악의 기준을 설정하고 그 가치가 무엇인지에 대해 정의내릴 수 있게 해주는 객관적 잣대의 역할을 하고 있는 것이다.

위와 같은 논리로, 수신자는 다시 주체가 된다. 발신자는 어떤 가치 체계에 의해 수신자를 평가하게 되는데 주체는 발신자의 가치 체계에 부합하는 자이고 그러기에 주체는 자신이 원하는 대상에 일정한 가치를 부여하게 되기 때문에, 마땅히 수신자로 기능할 수밖에 없게 된다. 그래서 <신데렐라>이야기의 주인공인 신데렐라는 주체이자 수신자라고 할 수 있다.

또 다른 예로 <흥부와 놀부> 이야기를 살펴보기로 하자. 이 이야기에서 흥부와 놀부, 두 주인공은 물질을 욕망하는 주체이다. 이 때 대상은 두 주인공이 추구하는 가치인, '물질'이 되는 것이다. 두 주인공이 물질을 얻고자 탐색의 과정에 접어들었을 때, 조력자는 두 주인공이 공히 '제비'인데, 반대자는 흥부의 편에서 보면 놀부이고 놀부의 편에서 보면 제비가 된다. 놀부에게 있어 제비는 조력자이자 반대자인 모순 되는 상황이 발생하는 것이다.

한편 발신자는 제비가 된다. 왜냐하면 제비는 흥부와 놀부, 두 주인공을 평가하는 심판자의 역할을 할뿐 아니라 선과 악으로 구분되는 평가에 따라 상과 벌을 배분하여 가치를 재분배하고 있기 때문이다. 제비의 심판 결과에 따라 흥부는 욕망의 대상이었던 물질적 풍요를 얻게 됨으로써 흥부는 진짜 주인공이 되고 놀부는 가짜 주인공으로 구별되어 결국 수신자는 흥부로 귀결되고 만다.

이야기가 풍부해지기 위해서는 위에 설명한 기본적인 배역 외에도 여타의 다른 배역들이 필요하다. 그레마스에 의하면 모든 이야기에는 긍정적인 것과 부정적인 것이 나타나는데 각각의 복합항이 있을 때 이야기가 더욱 풍성해진다고 한다. 다시 말하면 긍정적인 것에는 긍정과 비슷한 '긍정적 복합항'이 있고 부정적인 것에는 부정과 비슷하게 약간 부정적인 '부정적 복합항'이 있을 수 있다. 이렇게 긍정적인 것과 부정적인 것 사이에는 긍정에 설 수도 있고 부정에 설 수도 있는 복합항이나 중립항이 있을 때 이야기가 더욱 흥미진진하게 전개될 수 있다. 이러한 이야기의 원리를 도표로 제시하면 다음과 같다.

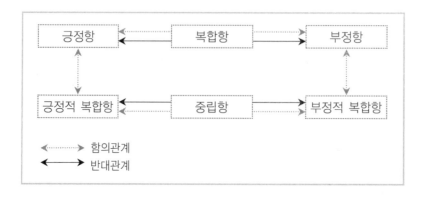

<춘향전>을 예로 들면 주인공 춘향이와 그녀를 괴롭히는 변학도의 관계에서는 긍정과 부정이 발생한다. 긍정항에 춘향이가 있다면 긍정적 복합항에는 춘향이 편에서 춘향이를 도와주는 월매와 향단이가 있다. 반면 부정항에 춘향이를 괴롭히는 변학도가 놓인다면 부정적 복합항에는 변학도의 명령에 따라 움직이는 이방이나 기생 나향이가 위치하게 된다. 이 때 이몽룡은 긍정에 설 수도 있고 부정에 설 수도 있는 복합항에 놓이게 된다. 이몽룡은 춘향이를 부정적 상황, 즉 곤경에 처하게 만든 부정적 인물이면서 동시에 주인공 춘향이가 욕망하고 추구하는 긍정적 대상이기 때문이다. 한편 중립항에는 이몽룡과 춘향이 사이를 오가는 방자가 놓이게 된다. 방자는 이몽룡과 춘향이의 협조자이면서 수시로 모든 등장인물과의 관계에서 객관적인 평가자의 역할을 수행하기 때문이다.

02 | 인간 욕망과 스토리밸류(storyvalue)

여러 시대를 거치면서 이야기에는 재미있는 이야기와 재미없는 이야기의 구분이 생기게 되었다. 보통 많은 사람들이 좋아하는 스토리는 스토리밸류가 높다고 표현한다. 재미없는 스토리는 스토리밸류가 낮기 때문에 작품화 과정에서 배제되는 경우가 많다. 이 때 스토리밸류란 스토리에 몰입시키는 강도가 큰 서사, 다시 말하면 강력한 서사를 유발하는 스토리의 원형을 지칭한다. 즉 문화산업에서는 사용자(user)나 관객이 자발적으로 돈을 내면서까지 경험하고 싶어 하는 스토리에 대한 욕망의 강도에 따라 스토리밸류를 다르게 구분하고 있는 것이다.

스토리밸류가 높은 이야기에는 시대와 문화를 초월하는 인간 경험의 보편적 자질이 들어 있다. 그것은 애이브러험 매슬로우(Abraham Maslow)가 주장한 인간의 욕망이나 불교에서 말하는 오욕칠정(五慾七情)과 무관하지 않다.

매슬로우는 인간의 욕망을 5단계로 설명했다. 1단계는 먹을 것이나 거주지를 얻고자하는 생물학적(physiological) 욕구이고, 2단계는 물리적, 생리적 위협이나 감성적, 심리적 압박 등 위험으로부터 벗어나고 싶은 안전(safety)에 대한 욕구, 3단계는 타인과 좋은 관계를 맺어 서로 애정을 나누고 가족이나 집단, 사회에 소속되고 싶은 사회적(social) 욕구, 4단계는 다른 이들로부터 존경이나 칭찬을 이끌어내고 자신의 능력을 인정받고 싶은 자긍심(esteem)에 대한 욕구, 5단계는 자기 개발과 목표 달성을 위해 끝없이 노력하는 자기실현(self-actualization)의 욕구이다.

이에 비해 불교에서 말하는 오욕칠정은 다음과 같다. 오욕은 식욕, 수면욕, 색욕, 재욕, 명예욕의 다섯 가지 욕망을 말하고, 칠정은 기쁨(喜), 성냄(怒), 근심(憂), 두려움(懼), 사랑(愛), 미움(憎), 욕심(慾) 등 사람이 가진 일곱 가지 감정이다.

이상에서 살펴 본 인간의 기본적인 욕망은 스토리를 변화시키는 근본적인 요인으로 작용한다. 특히 캐릭터는 이러한 욕망에 근거하여 움직이고 이에 따라 의미심장한 사건으로 나아가게 된다. 게임, 애니메이션, 영화, 만화 등 문화산업과 결합된 이야기 예술에서 스토리는 인간의 관심을 자극하는 보편적 자질을 담고 있는데, 이는 인류 공통의 무의식과 의식의 차원을 아우르는 본능적 욕망에서 비롯된 이야기에 국한되어 있다고 해도 과언이 아니다. 이에 관하여 몇 가지 예를 들어 설명하면 다음과 같다.

(1) 재욕 : 돈에 대한 욕망

인간의 욕망 중 재물이나 재화에 대한 욕망이 있다. 이때 재물이나 재화는 이에 상응하는 다른 것, 즉 돈이라든지 아니면 지폐, 황금, 다이아몬드, 보물, 문화재, 금궤, 유산, 은행, 회사 등에 대한 욕망으로 구체화할 수 있다.

다음으로는 재물에 대한 이야기를 일상의 이야기와 일탈의 이야기로 구분할 수 있다. 재물에 대한 일상의 이야기로는 '돈을 벌다 → 돈을 쓰다'의 형태가 대표적이다. 그런데 이러한 일상의 이야기는 사람들에게 너무 익숙해서 특별히 관심의 대상이 되지 않기 십상이다.

예외적으로 일상적인 재욕 이야기가 높은 스토리밸류를 가지는 경우가 있다. 예를 들어 MMORPG 게임콘텐츠에서는 광산에서 일을 하거나 무드질을 할 때 꼬박꼬박 임금을 받는다. 사용자는 그 돈을 조금씩 조금씩 차근차근 모아나갔다가 자신이 원하는 아이템을 사는 것으로 그 돈을 소비한다. 이러한 사례는 평범한 사람들의 소박한 재욕과 소비 성향을 재현하는 스토리가 높은 스토리밸류를 가지는 경우이다.

스토리밸류가 높은 이야기는 인간의 일상적인 재욕보다 일탈적인 재욕에서 더 많이 찾을 수 있다. 그것은 일상에서 평범하게 돈을 버는 욕망을 뛰어넘어 순식간에 떼부자가 되거나 일확천금을 꿈꾸는 식으로 짧은 기간 안에 많은 재물을 얻는 것이다. 많은 재물을 단시간에 획득하는 방법으로는 타인으로부터 돈을 얻거나 남의 재물을 뺏는 경우, 투자를 하는 경우, 적금을 드는 경우, 압수를 하는 경우, 상속이나 선물을 받는 경우, 사기를 치는 경우, 도둑질이나 도박을 하는 경우 등이 있을 수 있다.

일탈적인 방법으로 재물을 얻는 경우, 재물을 얻는 주체의 숫자도 스토리밸류에 큰 영향을 미친다. 예컨대 한 명의 도둑이 은행을 터는 이야기보다 여러 명의 도둑이 각각 한 가지씩의 임무를 맡아 조직적으로 목적을 달성시키는 이야기가 더 흥미를 끄는 것이다.

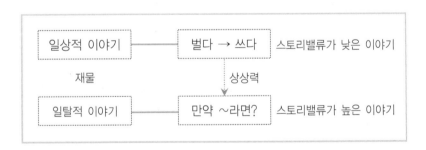

재욕의 다른 한편으로는 '재물을 잃는다'의 형태가 있다. '돈을 잃다'나 '돈을 뺏긴다'의 경우가 그것이다. 그런데 인간의 기본적인 욕망은 재물을 잃는 것이 아니라 얻는 것이기 때문에 재물을 잃는 스토리는 스토리밸류가 높지 않다.

1969년에 만들어진 우디 알랜(Woody Allen)의 영화 <돈을 갖고 튀어라>를 비롯하여 1995년 김상진 감독이 만든 같은 이름의 영화 <돈을 갖고 튀어라>, 고단수 사기꾼들의 재치 넘치는 사기 행각을 보여주는 영화 <스팅>, 은행 강도를 다룬 <내일을 향해 쏴라> 등의 인기는 향유자들의 재욕 스토리에 대한 선호를 짐작할 수 있게 한다.

(2) 명예욕 : 출세에 대한 욕망

명예욕의 특징은 타자에 의해서만 조절이 가능하다는 것이다. 어떤 사람의 명예욕을 충족시켜주거나 부족하게 하는 데는 행동 주체뿐만 아니라 반드시 상대가 필요하다. 명예욕을 충족시키는 방법으로는 주체와 상대 간의 경쟁을 유도하는 경우가 있고, 레벨업을 통해서 가능한 경우가 있다. 명예욕의 성취여부는 행동 주체에 의해서 결정되는 것이 아니라 전적으로 행동 주체를 바라보는 관찰자에게 달려 있다. 관찰자만이 행동 주체에게 명예 지수를 부여할 수도 있고 하지 않을 수도 있기 때문이다.

명예욕을 활용한 가장 좋은 이야기 방법은 집단 안에서 경쟁을 유도하는 것이다. 이 경우는 집단 안의 누가 바라보는 관찰자가 되느냐에 따라 명예 지수가 상대적으로 왔다갔다하는 변화를 부여할 수 있으며 아울러 집단 안의 사람들 신분에 차이를 두어 명예를 단계화할 수 있는 등 다양한 이야기가 가능하게 된다.

한류 열풍을 불러일으켰던 작품 중의 하나인 드라마 <대장금>의 경우는 행동 주체인 장금이가 세 가지 소원을 이루어가는 과정을 담고 있다. 장금이의 소원은 첫째, 자신의 어머니의 명예를 회복시키는 것, 둘째, 자신의 어머니를 구한 한백영의 누명을 벗기는 것, 셋째, 궁궐 최고 상궁의 명예를 얻는 것이다.

장금이 어머니 박명이는 최상궁이 대왕대비의 음식에 독을 넣는 장면을 목격하고 이를 발설했다가 오히려 억울한 죽음을 당한 인물이고, 한백영은 박명이가 마시게 될 사약에 해독제를 넣어 장금이 어머니를 구한 인물로 역시 최상궁에 의해 억울한 누명을 쓰고 귀양을 갔다가 죽은 인물이다. 이렇게 <대장금>에서는 장금이의 부모 세대 인물들을 서로 반목하는 대립관계 내지 경쟁 관계로 설정해서 스토리의 전개에 긴장감을 불어넣었다. 뿐만 아니라 행동 주체인 장금이도 궁중에서 같은 수랏간 일을 보고 있는 연생, 창이와 함께 금영, 영로와 맞서는 대결 구도 속에 놓인다. 드라마의 후반에 이르러 장금이는 대장금의 칭호를 받고 자신의 꿈을 이루어 낼 때까지 최상궁·열이 의녀와 대결하는 입장을 벗어나지 못했다. 이렇게 <대장금>은 드라마의 시작부터 끝까지 등장인물들이 갈등 구조 속에서 자신의 명예에 대한 욕망을 충족시키기 위해 부단히 애쓰는 모습을 보여준 것이다.

인간의 명예욕을 극명하게 보여주는 또 다른 작품이 있다. 1985년 밀로스 포만 감독의 영화 <아마데우스>가 그것이다. 이 영화의 간단한 줄거리를 소개하면 다음과 같다.

> 1823년 눈보라치는 밤, 한 노인이 자살을 시도하다 실패하여 수용소에 수감된다. 노인은 수용소를 찾아온 신부에게 자신의 죄를 고백한다. 노인은 자신이 요세프 2세의 궁정 음악장인 살리에르임을 밝힌다.
>
> 살리에르는 우연한 기회에 모짜르트의 공연을 보고 그의 천재성에 감탄한다. 그러나 모짜르트가 오만하고 방탕한 생활을 거듭하면서 급기야 살리에르의 약혼녀를 범하자 그는 모짜르트에게 천재성을 부여한 신을 저주하고 모짜르트를 증오하기 시작한다.
>
> 그럴 즈음 빈곤과 병마에 시달리던 모짜르트는 자신이 존경하던 아버지의 죽음에 커다란 충격을 받고 자책감에 시달린다. 이를 본 살리에르는 이것을 이용해 모짜르트에게 아버지의 환상에 시달리도록 하면서 진혼곡의 작곡을 부탁한다. 모차르트는 계속되는 심리적 압박에 결국 죽게 되고 살리에르 역시 나름대로 죄의 대가를 받게 된다.

이 작품은 예술가 스토리를 영화의 전면에 배치하면서도 당대 최고의 음악가인 모차르트의 생애만을 조명하는 평면 구조를 취하지 않았다. 결코 평범하지 않았던 모차르트의 생애나 그의 인생관, 도덕관, 음악관 등은 대중에게 어필하기 쉽지 않은 요소를 무척 많이 가지고 있다. 그럼에도 불구하고 이 영화가 대중적인 인기를 끌었던 요인은 주인공이 유명하다거나 특이해서가 아니라 인간의 근본적인 욕망인 명예욕을 스토리의 근간으로 삼았다는 점이다.

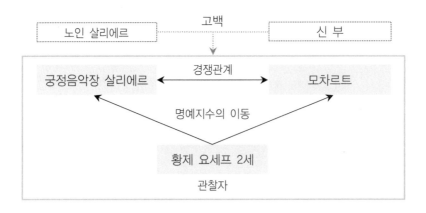

음악적으로는 궁정 음악장 살리에르가 결코 모차르트와 동등한 가치를 갖기 어렵다. 그러나 명예욕의 측면에서는 모차르트나 살리에르가 똑같은 평행선상에 놓일 수 있다. 이 둘에게 명예를 부여할 수 있는 관찰자는 황제 요세프 2세이다. 이를 기반으로 영화의 스토리는 요세프 황제의 시선을 축으로 하여 명예 지수가 모차르트와 살리에르 사이를 왔다갔다 하는 것으로 전개된다. 이에 향유자들은 모차르트 한 개인에 대한 관심보다 두 사람 간의 경쟁의식이 어떻게 싹트는지, 그리고 그 둘 사이에서 명예지수가 어떻게 유동하는지를 살피는 데 더 큰 재미를 느낀다고 할 수 있다.

명예욕을 스토리의 근간으로 삼아 등장인물 간의 경쟁구도를 통해 향유자의 관심을 이끌어낸 작품으로는 데라사와 다이스케의 요리 만화 <미스터 초밥왕>, 황선길 감독의 애니메이션 <태권동자 마루치>, TV드라마 <파리의 연인> 등을 들 수 있다.

전략 1 다음은 옛날이야기인 '콩쥐팥쥐' 설화이다. 이 이야기에서 일어난 사건을 시간 순서대로 정리해 보자.

조선 시대 중엽, 전라도 전주 서문 밖에 최만춘이라는 한 퇴직 관리가 아내 조씨와 이십여 년을 같이 살아왔건만 슬하에 자식이 없어 근심이 이만저만이 아니었다. 이 부부는 치성을 올리기도 하고 불공을 드리기도 하면서 곤궁한 사람에게 적선을 많이 하였는데, 그러는 사이에 하늘이 감동하였는지 하루는 부부가 함께 신기한 꿈을 꾸고 이내 부인에게 태기가 있었다.

열 달이 차자 갑자기 그윽한 향기가 방안에 감돌며 문득 한 옥녀를 낳았으니, 딸아이의 이름을 콩쥐라 지어 애지중지 길렀다. 그러나 그 모친의 천명이 그것뿐이었던지 조물주의 시기함인지 콩쥐가 태어난 지 겨우 백일 만에 조씨 부인이 세상을 하직하게 되니, 최만춘은 뜻하지 않게 중년에 홀아비 신세가 되어 버렸다.

최만춘은 외롭고 쓸쓸할 때면 죽은 아내를 생각하고 눈물을 흘리며 어린 콩쥐를 안고 다니면서 동네 아낙네들의 젖을 얻어 먹었다. 하루 이틀도 아니고 일 년을 그랬으니 그 고생이 어떠하였을 것인가. 철모르는 콩쥐가 젖 찾는 소리를 죽은 어미의 혼이 만약 있어 들었다면 그 흘리는 눈물이 변하여 비라도 되었으리라.

하루는 콩쥐가 으슥한 깊은 밤에 빈방에서 두 팔을 허우적거리며 어미를 찾으니 최만춘의 마음은 그대로 녹는 듯하였다. 그러나 한 해가 가고 두 해가 가니, 쉬지 않고 흐르는 것이 세월이라, 어린 콩쥐의 나이 십여 세에 이르게 되었다. 그러자 그런 고생도 끝이 나고 오히려 이제는 고생이 호강으로 바뀌어 그 딸이 지은 밥을 먹고 그 딸이 지은 옷을 입게 된 것이다.

콩쥐가 열네 살이 되던 해에 최만춘은 배씨라는 과부를 얻어 금슬의 즐거움을 얻게 되었다. 최만춘은 모든 집안일을 배씨에게 맡기고 살림이 어떻게 되어 가는지 몰랐다. 이 때부터 콩쥐는 남 모르게 고생을 하게 되었고 설움이 아니면 날을 보내지 못하는 신세가 된 것이다.

원래 배씨는 시집을 갔다가 팥쥐라는 딸 하나를 낳은 후 남편을 여의고 과부가 되었는데, 좋은 중매쟁이에 의해 최씨의 가문에 들어온 터였다. 그러나 천성이 요사 간악 사특하였으며, 그 딸 팥쥐 역시 마음이 곱지 못하고 얼굴조차 덕스럽지 못하였다. 그런 만큼 터무니없는 모함으로 고자질하기가 일쑤요, 콩쥐가 못 되는 것을 자기가 잘 되는 것보다 상쾌하게 생각하였다. 그리하여 모녀 사이에 소곤거림이 그치면 콩쥐의 신변에는 참혹한 일이 벌어졌으나 그 부친은 한번 배씨가 눈에 든 다음부터는 배씨의 말이라면 팥으로 메주를 쑨다 해도 곧이듣게 되니, 허물없는 콩쥐를 오히려 구박하여 마지아니하였다.

하루는 배씨가 두 딸을 불러 놓고 말하기를,

"시골 사는 계집애가 농사일을 몰라서는 목구멍에 밥알이 들어가지 않으니 콩쥐는 오늘부터 들판으로 김을 매러 다녀라. 팥쥐는 너보다 한 살 덜 먹었고 아직 어린것이라 어찌 김을 맬 수 있으랴만 그렇다고 집에 있으면 콩쥐가 제 자식만 사랑한다 할 것이니, 팥쥐 너도 오늘부터 김을 매러 다니도록 해라."

하고 팥쥐에게는 쇠호미를 주어 집 근처 모래밭을 매게 하고, 콩쥐에게는 나무호미를 주어 산비탈에 있는 자갈밭을 매게 하는 것이었다.

콩쥐는 점심도 얻어먹지 못하고 호미도 나무로 만든 것이라 밭 한 고랑도 못 매어서 호미 목이 부러져 버리니, 마음씨 나쁜 계모로 말미암아 기를 펴지 못하는 콩쥐의 마음이야 어찌 다 형언할 수 있으리오. 집에 돌아가면 호미를 부러뜨린 것도 죄목이 될 것이며 김을 얼마 매지 못한 것도 허물이 될 터이니 저녁은 별 수 없이 굶게 될 형편이었다. 콩쥐는 어리고 약한 마음에 천지가 아득하여져 어찌할 줄을 모르고 울고만 있었다.

그럴 즈음 홀연히 하늘에서 검은 소 한 마리가 내려오더니 콩쥐를 보고 묻는 것이었다.

"너는 무슨 일이 있기에 그토록 우느냐? 내게 자세한 이야기를 해 보아라."

콩쥐가 전후 일을 이야기하자 검은 소가 말하였다.

"그렇다면 너는 곧장 하탕에 가서 발을 씻고, 중탕에 가서 손을 씻고, 상탕에 가서 낯을 씻고 오너라."

콩쥐는 그 말대로 손발과 얼굴을 씻고 한참 후에 돌아왔다. 그러자 검은 소는 좋은 호미와 온갖 과실을 치마폭에 싸 주고는 홀연히 사라져 버리는 것이었다.

콩쥐는 그것을 받았으나 아버지께도 보여 드리고 어머니께도 이야기하며 팥쥐와 똑같이 나누어 먹겠다는 생각으로 하나도 입에 넣지 않았다. 그리고 잠시 동안에 몇 마지기 밭을 매어 놓고 집으로 돌아왔다. 그러나 벌써 문은 굳게 닫혀 있었고, 안에서는 저녁밥을 지어 팥쥐와 함께 앉아 맛있게 먹고 있는 것 같았다.

콩쥐는 과실을 문틈으로 죄다 들이밀고서야 안으로 들어갈 수 있었다. 그러나 그것뿐이라면 오히려 괜찮겠으나 통째로 빼앗긴 그 과실로 말미암아 도리어 콩쥐의 신상에 큰 액운이 덮치게 되었다. 대번에 배씨의 호령이 떨어졌던 것이다.

"콩쥐야, 이 년! 이리 오너라. 네 이 년, 어른이 시켜서 김인지 뭔지 매러 갔으면 일찍 마치고 돌아와서 밥도 먹고 또 다른 일도 해야 할 게 아니냐, 그래 여태껏 무엇을 했느냐? 그리고 과실은 어디서 났단 말이냐? 이게 분명 불공에 쓰는 과실 같은데 저 년이 분명 아무 절 중놈에게 얻은 것이지! 네 그렇지 않고서야 어디서 났단 말이냐? 계집애년이 나이 열댓 살 가까워오니까 벌써부터 지나가는 행인을 홀려 먹는단 말이냐? 이런 일을 너의 아버지께서 알아 봐라! 큰일이 나지 않겠느냐? 애 팥쥐야. 이걸 빨리 먹어 버리고 아버지 눈에 띄지 않게 해라. 눈에 띄는 날이면 언니 년은 죽는 날이다. 언니는 실컷 먹었을 터이니 그만두고 너나 얼른 먹어치워라."

콩쥐는 밥도 얻어먹지 못하고 그 날 밤을 눈물로 새웠다.

그로부터 콩쥐에게는 뜻밖의 일과 새로운 고생만이 끊임없이 닥쳐왔다.

하루는 계모 배씨가 콩쥐에게 새로운 일을 시키는 것이었다.

"오늘은 부엌의 빈 독에 물을 길어다 채워 놓아라."

콩쥐는 그 말대로 물을 길어다 부었다. 그러나 아무리 길어다 부어도 어찌된 독인지 차지를 않았다. 아침부터 진종일 물을 길어 나르다 보니 기운이 빠져서 진땀이 흐르고 고개가 부러지는 것만 같아서 더 물을 길을 수가 없었다. 그렇다고 물을 채우지 않을 수는 없었다. 그래서 다시 방구리를 머리에 얹고 우물로 가려는데 마당 한쪽에서 멧방석만 한 두꺼비 한 마리가 엉금엉금 기어오더니 버럭 소리를 질러 말하는 것이었다.

"콩쥐야, 콩쥐야. 네 암만 물을 길어 부어도 그 독은 밑 빠진 독이라 결코 차지 않을 테니 그렇게 혼자 애쓰지 말고 이르는 대로 해라. 그 독의 틈이 손가락 하나 들락거릴 만하다. 네가 그 독을 조금 기울여 주면 내가 그 속에 들어가 한동안 수단을 부리겠다."

그러나 콩쥐는 백 번 사양하며 듣지 않았다.

"내가 타고난 고생을 어찌 남에게 미룰 수 있겠니?"

그러자 두꺼비가 성을 버럭 냈다.

"나도 그런 생각이 없는 바는 아니나 너같이 마음씨 고운 아이를 너의 계모가 일부러 고생시키려고 하는 것이다. 그런데 나로 말하면 인간과 인연이 깊어 몇 백 년 나이를 누리며 살아오고 있는 터이므로 나 같은 늙은 것이 그와 같은 일을 돌보지 않을 수가 없어서 각별히 온 것이다. 그런데 네가 어찌 거절하여 이 늙은 것의 깊은 뜻을 업신여기느냐?"

이에 콩쥐는 사례하고 그 물독을 기울이자 두꺼비는 엉금엉금 기어 그 밑으로 들어가는 것이었다. 콩쥐가 독을 바로잡아 놓은 다음 물을 길어다 부으니, 과연 몇 차례 안 해서 독에 물이 가득 찼으므로 계모 배씨에게 물독을 채웠노라고 아뢰니, 배씨는 겉으로 좋아하는 모양을 보였으나 속으로는 이상한 생각을 품지 않을 수 없었다.

"저것이 일전에도 난데없는 과실을 얻어오는 게 수상하더니 이번엔 밑 빠진 독에 물을 채워 놓았으니, 아무래도 저 년을 그냥 두었다간 큰일 나겠다. 도대체 저 년이 어떻게 된 계집애이기에 남이 할 수 없는 일을 해내는 것일까?"

이렇게 세월을 보내는데 콩쥐의 외갓집 조씨 댁에서 큰 잔치가 있어 콩쥐를 불렀다. 그러자 염치도 없고 인사도 모르는 계모 배씨는 큰마누라 본가 잔치에 무슨 체면으로 나서려는지 콩쥐는 젖혀놓고 제가 먼저 날뛰는 것이었다.

"콩쥐야, 너는 집이나 보도록 해라. 내가 잠시 다녀올 테니 만약 너도 가고 싶거든 베 짜던 것이나 마치고 말리던 겉피 석 섬만 찧어 놓고 오도록 해라."

그리고는 비단 저고리를 꺼내 입고 싸두었던 진신을 꺼내 신고 한동안 수선을 피우며 맵시를 내더니 팥쥐만 데리고 떠났다.

하는 수 없이 콩쥐는 혼자 처져서 눈물을 흘리며 겉피 석 섬을 마당에 널어놓고 베틀 위에 올라앉아서 짤깍짤깍 짜기를 시작하였다. 그러나 무슨 재주로 한 필 베를 짜며 석 섬 겉피를 찧으랴? 콩쥐는 얼마나 울었던지 정신을 못 차릴 지경이었다. 그런데 이게 웬일인가? 콩쥐가 한 번도 보지 못한 예쁜 여인이 찬란한 비단옷을 곱게 차려 입고 신기한 향내를 풍기며 선명한 모습으로 베틀 앞에 다가서며 콩쥐를 보고 베틀에서 내려오기를 재촉하는 것이었다.

"내가 비록 재주는 없으나 베틀을 빌린다면 당장에 짜 낼 것이니 아가씨는 곧 떠날 차비를 하도록 하오."

콩쥐가 베틀에서 내려오자 부인은 베틀에 올라앉더니 얼마 안 가서 짜던 것을 다 마치고 베틀에서 내려오며 말하였다.

"아가씨, 이제 일이 끝났으니 어서 외가에 가시오. 또한 도중에서 좋은 기회도 있을 테니 되도록 견디어 보면 차차 고생을 면하고 호강을 누리게 될지도 모르는 일이오."

그리고는 한 비단 보자기를 풀어 헤치더니 새로 지은 옷 한 벌과 댕기와 신발까지 새 것을 내주면서,

"나는 하늘에서 내려온 직녀로서 상제의 허락을 받고 이와 같이 왔으니 오래도록 머물지 못하오."

하고는 얼른 몸을 나려 공중으로 날아가는 것이었다.

넋을 잃고 바라보던 콩쥐가 가까스로 정신을 차려 막대기를 집어 들고 일어나서 마당으로 내려가자, 아까부터 겉피 위에 앉아서 겉피를 쪼아 먹던 새 떼가 훌쩍 날아가 버리

는데 겉피는 알맹이가 되어 그대로 남아 있었다. 알고 보니 새 떼는 겉피를 쪼아 먹은 게 아니라 껍질을 벗겨 놓았던 것이다.

여기서 콩쥐는 건넛마을 외갓집 잔치를 보러 가는데, 때는 바야흐로 춘삼월 좋은 계절이라 여러 가지 아름다운 꽃이 모두 스스로 웃기를 마지아니하고 나는 새와 다른 짐승도 각기 그 즐거움을 누리고 있었다. 콩쥐는 또한 그윽한 감회가 스스로 서려 나는 나비를 희롱하며 웃기도 하고 꽃도 탐내며 두서없는 생각에 잠겨 가는 중에 어느 시냇가에 다다르니 물도 맑고 고기가 떼 지어 노니는 것이 볼 만하였다. 콩쥐는 물을 쥐어 손도 씻고 돌도 던져 고기도 놀래 주곤 하였다.

이 때 뒤로부터 원님이 도임하는 행차가 위의를 갖추어 오느라고 벽제 소리를 지르며 잡인을 치우는 바람에 콩쥐는 허겁지겁 시냇물을 뛰어 건너려다 그만 잘못하여 신 한 짝을 물 속에 빠뜨리고 말았다. 그러나 무섭고 다급한 마음에 콩쥐는 감히 신을 건져 보려고도 하지 못한 채 외가로 달려갔다. 뒤따른 행차가 그 길을 지나칠 때였다. 원님이 무심히 앞길을 바라보니 이상한 서기가 눈에 띄었다. 그래서 부하를 지휘하여 그 서기가 떠도는 언저리를 찾아보게 하였다. 그러나 별다른 것은 없고 다만 개울물 속에 신 한 짝이 있을 뿐이다. 원님은 심중으로 매우 기이하게 여겨 부하로 하여금 그 신짝을 간수하도록 일러두었다. 그리고 도임한 후에 곧이어 신짝 잃어버린 사람을 찾아 각처로 사람을 보냈다.

이럴 즈음 콩쥐는 외가에 가서 외삼촌과 외숙모께 절하고 뵈니 그 때까지 못 오는 줄 알고 섭섭히 생각하고 있던 외삼촌 내외는 매우 기뻐하며 어머니가 돌아가신 후로 고생이 많음을 진심으로 위로하여 좋은 음식을 갖추어 차려 주는 것이었다. 그러자 계모 배씨의 기색이 좋지 않았다.

"콩쥐야, 네 짜던 베는 다 짜고 왔느냐? 말리던 겉피도 다 찧어 놓고 왔느냐? 또 집은 어쩌려고 비워 두고 왔느냐? 그 비단옷은 어디서 훔쳐 입었느냐? 응? 어떤 놈이 네 대신 해 주더냐?"

그리고는 남 안 보는 틈틈이 꼬집어 뜯는 것이었다. 콩쥐는 기가 막혀 할 수 없이 그 사이 겪은 바를 낱낱이 아뢰었다. 그러자 콩쥐의 이야기를 듣고 있던 계모는 눈알이 튀어나오며 얼굴색이 청기와처럼 푸르러지니 그 흉악한 속마음을 어찌 다 말할 수 있으랴.

그 때는 온 집안이 터지도록 손들이 모여 있었다. 그러므로 이 구석 저 구석에서 콩쥐의 불쌍한 이야기를 주고받으며 콩쥐의 행실을 칭송하는 소리가 자자하였다. 그런데 이때 마침 관가에서 차사가 나와 동네를 돌아다니며,

"이 동네 신 한 짝을 잃은 사람이 있거든 이리 와서 말하고 찾아가거라."

하고 외치면서 바로 콩쥐의 외갓집 문전에 이르더니, 잔치에 모인 사람들에게까지 일일이 그 신을 신겨 보는 것이었다. 그러자 배씨가 관차 앞으로 썩 나섰다.

"여보시오 관차님네! 그 신발 임자는 바로 나인데, 그 신짝을 잃고서는 아까운 생각을 참을 길이 없어 간밤에도 잠 한숨 이루지 못하였소. 이리 주시오. 그 신은 어저께 새로 사서 신고 당일로 잃어 버렸소."

관차가 물어 보는 것이었다.

"그러면 잃어버린 곳은 어디며 어떻게 하다가 잃어버렸단 말이오? 이 신짝은 내가 얻은 바도 아니고 이번에 새로 도임하신 원님 사또께서 노중에서 얻으신 거요. 그 신 임자를 찾아 관가로 데려오라는 분부가 계시니 만일 당신이 잃어버린 게 틀림없다면 이리 와서 신어 보시오."

그리고 신짝을 내놓자 배씨는 버럭 화를 내며 뇌까리고 신발을 빼앗으려 하였다.

"아니, 관차님네, 내 말 좀 들어 보소! 내 것 잃고 내가 찾아가는데 신어 보기는 무엇을 신어 보란 말이오? 신어 보지 않으면 내 것이 아닐까 싶어 그러시오? 어제 신을 사서 신고 이 집 잔치에 참례하러 오다가 저 건너 벌판에서 잃어버렸소. 그래도 내 말을 못 믿겠소? 여러 말 말고 어서 이리 주시오!"

관차는 그 하는 모양을 보고는 주저하였으나 발을 내놓게 하고 그 신을 신겨 보았다. 그러나 발은 중턱까지도 들어가지 않았다. 관차는 그 무엄한 짓을 크게 나무라며 다른 사람들로 하여금 차례로 신어 보게 하였다. 그래도 맞는 사람이 없었다.

이윽고 관차들이 다른 곳으로 옮겨가려 하는데, 콩쥐는 천연덕스럽게 아는 체도 않고 구경만 하고 있었다. 그러자 손님으로 와 있던 어느 노부인이 당상에 올라앉아 있다가 관차를 불러 이르는 것이었다.

"그 신발을 잃은 사람을 어째서 관가에서 찾는지는 모르나 이 가운데 콩쥐라 하는 아가씨가 그 신발을 잃고 찾으려 하면서도 부끄러워 차마 말씀도 아뢰지 못하는 듯하니, 신 임자를 찾아서 주고 가시오. 그 아가씨는 생전에 처음으로 얻은 신이라 합니다."

관차가 그 말을 듣고 콩쥐를 불러내어 신을 신어 보게 하자, 콩쥐가 부끄러워 낯을 붉히며 간신히 발을 내밀어 얌전한 발부리를 신짝 안에 들여놓으니 살며시 쏙 들어가 맞는 것이었다. 의심할 바 없는 콩쥐의 신이었다. 관차가 콩쥐에게 허리를 굽혀 절하고서 이내 가마 한 채를 꾸며 가지고 와서는 관가로 들어갈 것을 청하였으나 콩쥐는 아직도 시집가지 않은 처녀의 몸이라 괴이쩍은 생각도 들고 무서운 생각도 없지 않아 외삼촌께 말씀을 여쭙고 동행키로 하였다.

콩쥐의 가마가 관가에 당도하자 관문 앞에서 사채를 치우고 외삼촌이 먼저 안으로 들어갔다. 원님은 소식을 고대하던 참이라 신짝을 잃은 처녀가 삼문 밖에 대령하였다는 말을 듣고 적이 놀라는 기색이었다.

이번에 새로 도임한 원님은 성이 김씨였다. 원님은 일찍이 아들 하나 두지 못하고 부인을 잃은 고적한 신세였다. 부인이 별세한 후로는 첩도 두지 않고 스스로 마음을 가다듬어 가며 세월을 보내고 있었다. 그런 만큼 자연 신기한 것을 즐겨 연구하는 성벽이 생겨 조그마한 일일지라도 눈에 띄고 귀에 들리는 것이 기이하게 여겨지면 기어이 알아내고야 말았다.

도임하던 그 날만 하더라도 이상한 서기를 보고 또 그 곳에서 새 신짝을 얻었으므로 호기심에서 그 신 임자를 만나 보았으면 하였던 것인데, 뜻밖에도 신 임자를 찾으러 나갔던 관차가 관령만을 중히 여긴 나머지 남의 집 처녀를 데려왔다고 하므로 원님은 매우 놀랐다.

그래서 원님은 말하기를,

"어떤 처녀이기에 신짝에게 그토록 서기가 생기는가?"

하고 자세한 연유를 그 외삼촌에게 물었으나 외숙 되는 사람도 서기가 난 까닭에 대해서는 뭐라 대답할 수 없었으므로 결국 콩쥐로 하여금 친히 대답하도록 하였다.

콩쥐는 모친의 상사를 당한 일로부터 시작하여 계모 배씨가 들어온 이후에 있었던 그 동안의 일을 낱낱이 아뢰었다.

원님은 놀라는 한편 기뻐하며 이윽고 그 외숙에게 콩쥐와 혼인할 뜻을 밝히고 그 의사를 물었다.

"저로서야 어찌 복종을 하지 않을 수 있겠습니까만 그러나 질녀의 부친이 있으니 일단 물러가 상의하고 다시 돌아와 아뢰겠습니다."

최만춘으로서야 콩쥐의 영화를 싫어할 리 만무한 것이었다. 곧 혼인을 승낙하며 한편 택일을 서둘러서 감사의 재취 부인으로 온갖 예를 갖추어 콩쥐를 시집보내게 된 것이다.

그런데 배씨는 당초에 제가 잘 되어 영화를 누려 볼 요량으로 전날 관차를 속여 제가 잃어버린 신이라 하고 콩쥐의 복을 빼앗으려 하다가 발각되어 무안을 당한 후로는 콩쥐를 미워하는 마음이 더욱 심하여졌고, 팥쥐도 또한 샘이 북받쳐 이를 벅벅 갈면서 기회가 오기를 벼르고 있었다.

"콩쥐 저 년이 지금은 저렇게 고운 옷에 단장을 하고서 감사의 부인이 되어 가지만 네가 내 솜씨 앞에서 어차피 엉덩이를 벌리고 앉아서 편안하게 호강은 못 하리라."

하루는 벌써 석류꽃이 한철을 지났고 쓰르라미가 목을 가다듬어 우는 소리에 문득 세월이 빠름을 깨닫고는 서둘러 조처하여 보리라는 생각이 치밀어 오른 팥쥐는 감영 살림

채로 콩쥐를 보러 들어갔다.

　그 때 원님은 공청에 나가고 다만 홀로 콩쥐가 좋은 옷을 입고 아담하게 꾸며 놓은 후원 연못가의 별당에서 난간에 의지하여 힘 있게 솟아 오른 연꽃을 구경하고 있었다. 팥쥐는 거짓으로 반색을 하며 달려들어 눙치는 것이었다.

　"에구머니, 형님 그 동안 혼자서만 편안히 지내셨구려? 보기 싫은 이 팥쥐는 형님이 출가하신 후 시시로 형님 생각이 간절하고 어떻게 지내시는지 궁금하여 형님을 보러 왔소. 내가 전엔 철없이 형님한테 응석처럼 한 노릇인데 지금 생각하면 잘못한 것 같아 그 뉘우침이 뼈에 사무친답니다. 그렇더라고 형님은 그런 것을 속에다 품어두시지 마시오. 우리 형제가 범연하게 지내지는 맙시다."

　본래 악의가 없는 사람은 속기를 잘하는 법이다. 콩쥐는 그 말을 듣더니 역시 마음이 움직이는 것이었다.

　'저것이 아무리 그 전엔 나를 그토록 모해했더라고 그 때는 철을 모를 때요, 이젠 나이가 들어 깨달은 바 있기에 저토록 사과하는 것이니 기특한 일이다.'

　이렇게 생각하고는 콩쥐는 좋은 음식도 대접하고 살아가는 형편도 물어보고 하면서 집안 구경도 시켜 주는 것이었다.

　이 때 팥쥐는 외양과는 달리 내심으로는,

　'콩쥐, 저 년을 어떻게 하면 움도 싹도 없어지게 할꼬?'

　하는 간악한 심술이 북받쳐 뱃속으로 온갖 꾀를 꾸며가며 콩쥐를 따라 별의별 화초와 온갖 화초를 구경하다가 연당 앞에 이르자 문득 한 묘계를 생각해 내고 목욕하자고 권하였다. 그리하여 콩쥐와 팥쥐는 옷을 못가에 벗어 놓고 연못으로 들어가 목욕을 하게 되었다.

　팥쥐는 슬금슬금 콩쥐를 깊은 곳으로 끌고 가서 별안간 연못 속으로 밀어 넣었다. 워낙 순식간의 일이었다. 그러니 어쩔 도리 없이 콩쥐는 그대로 물속으로 가라앉아 버렸다. 슬프다! 콩쥐가 겨우 잡은 부귀영화를 마음껏 누려 보기도 전에 이렇듯 연못 귀신이 되고 말 줄이야 누가 꿈엔들 알았으랴.

　간특하고 요사스럽고 악한 팥쥐는 콩쥐가 물속으로 들어간 채 물거품만 두어 번 솟구쳐 올랐을 뿐 이내 그대로 잠잠해지는 것을 제 눈으로 보고서야 마음이 통쾌해져서,

　"이렇게 쉽게 내 계교대로 되는 것을 쓸데없이 오랫동안 마음을 썩였구나!"

　라고 뇌까리면서 입가에 웃음을 띠며 급히 밖으로 나와서는 콩쥐의 옷을 제가 주워 입고 제 옷을 거두어 치워 버린 다음 태연한 모습으로 마치 콩쥐인 양 별당 난간에 의지하여 연꽃을 바라보면서 못내 기뻐하는 것이었다.

원님은 이 때 공사를 마치고 내아로 들어가자 계집 하인이,

"마님께서는 후원 별당에서 홀로 연꽃을 구경하고 계십니다."

하므로 원님은 발길을 후원으로 돌렸다.

원님은 콩쥐를 맞아들인 후로는 공사만 끝나면 콩쥐와 떨어져 있지 않으려고 하던 터였다. 그러므로 홀로 연꽃을 구경하고 있다는 말을 듣자 자기도 역시 연꽃을 구경하며 아울러 콩쥐가 연꽃을 사랑하는 의취도 들어 보려는 생각에서 급히 별당으로 들어갔다. 그러자 그 때까지 난간에 기대어 꽃구경을 하고 있던 팥쥐가 재빨리 자리에서 일어나 웃음 띤 얼굴로 내려와 맞자 원님도 또한 기쁜 낮으로 부인의 손목을 잡고서 다시 별당 난간으로 올라가 웃으며,

"부인은 연꽃 구경으로 오늘은 얼마나 즐겁소?"

하였다. 그리고 이야기를 하다가 문득 그 얼굴을 보니, 전날의 모습과는 달리 거무티티할 뿐더러 얽기까지 한 것이었다. 그래 크게 놀라 낮빛마저 잃으면서 원님이 그 이유를 물으니 팥쥐는 이렇게 대답하는 것이었다.

"종일토록 이곳에서 서성거리며 영감께서 오시기를 기다려 일광을 쐬어 이토록 검은 빛이 되었습니다. 얽어 보이는 것은 다름 아니라 아까 영감께서 들어오시는 줄 알고 허둥지둥 뛰어가다가 그만 발이 걸려 콩 명석에 엎어지는 바람에 이 모양이 되었습니다."

이 말을 듣자 원님은 늙은 남편인 자기를 부인이 사모함을 고맙게 여겨 여러 말로 위로하며 다만 얼굴이 변한 것만을 애석하게 여길 뿐, 사람이 바뀐 것은 전혀 깨닫지 못하는 것이었다.

며칠이 지난 후였다. 하루는 원님이 몸이 불편하여 일찍 공사를 마치고 들어와 연못가를 배회하고 있노라니 못 가운데에 전날 보지 못하던 연꽃 하나가 눈에 띄는 것이었다. 꽃줄기가 유별나게 높이 솟아나 있을 뿐더러 꽃 모양도 신기하여 아름다움이 비길 데 없으므로 노복으로 하여금 그 꽃을 꺾어다가 별당 방문 앞에 꽂아 놓게 하고 원님은 그 꽃을 사랑하여 마지아니하였다.

그러나 팥쥐는 일찍이 깨달은 바 있으므로 그와 같이 큰 꽃이 별안간 그다지도 곱고 아름답게 피어난 것을 보고 심상치 않게 생각하던 중이라, 영감이 그 방을 떠나면 들어가 보곤 하였다. 그런데 참으로 괴상한 것은 팥쥐가 그 방에서 나올 때마다 그 꽃송이 속에 손과도 같은 것이 있는 듯 팥쥐의 머리채를 바당바당 쥐어뜯는 것이었다. 그래 팥쥐는,

"요것이 필연 콩쥐년의 귀신이 붙은 것이다."

하고 그 꽃을 뽑아다 불 아궁이에 처넣었다.

그 후 팥쥐는 안심하고 콩쥐의 세간도 마구 뒤지며 제 마음대로 하는데 다시금 이상한 일이 벌어졌다. 바로 이웃에 사는 할멈이 불씨를 얻으려고 감사 댁 내아로 들어와 예전부터 원님 부인과는 친숙한 터라 연못가 별당으로 가서 아궁이에서 불을 떠가려 하였다.

그런데 아궁이 속엔 불은 씨도 없이 꺼져 있고 난데없는 오색 구슬이 한 아궁이 가득하므로 노파는 허겁지겁 구슬을 모조리 치맛자락에 쓸어 담아 가지고 집으로 돌아와서 반닫이 속에 감추어 두었다. 그랬더니 천만 뜻밖에도 반닫이 속에서 할멈을 부르는 소리가 나는데, 그 소리가 원님 부인의 목소리와 흡사하였다. 노파가 반닫이 문을 열고 보니 원님 부인이 그 속에 들어앉아 있는 게 아닌가. 그리고 노파에게 자기가 죽게 된 전후 사정을 이야기하고는 이어서 한 묘계를 가르쳐 주는 것이었다.

노파는 원님 부인이 일러 주는 대로 잔치를 베풀어 거짓으로 자기의 생일이라 하고 원님을 초대하였다.

원님이 노파의 집에 와서 젓가락을 드니 한 짝은 길고 한 짝은 짧아 손에 제대로 잡히지 않으므로 노파의 소홀함을 나무라니 노파가 미처 대답도 하기 전에 홀연 병풍 뒤에서 사람의 소리가 있어 대답하는 것이 아닌가.

"젓가락 짝이 틀린 것은 그렇게 똑똑히 아시는 양반이 사람 짝이 틀린 것은 어째서 그토록 모르시나요?"

'내외의 짝이 틀리다니 이 어쩐 말인고?'

원님이 속으로 이렇게 생각하다가 그 동안 아내의 거동에 종종 괴상한 일이 있었음을 갑자기 깨닫고 바삐 돌아가 알아보리라 생각하고 급히 자리에서 일어서려 할 때 별안간 병풍 뒤에서 녹의홍상을 입은 한 미인이 앞으로 나와 감사에게 절하며 묻는 것이었다.

"영감께서는 첩을 몰라보십니까?"

원님은 깜짝 놀라 어찌할 바를 모르고 당황하다가 빨리 사연을 말하라고 하였다.

"첩은 의붓동생인 팥쥐에게 해를 입어 연못 귀신이 되었습니다. 그러나 기왕 이렇게 되었으니 영감께서는 그 팥쥐와 함께 내내 안녕하시기 바랍니다."

원님이 곧 팥쥐를 잡아 문초하며 또한 사람들을 시켜서 연못을 치게 하니, 과연 콩쥐의 시체가 웃는 낮으로 누워 있었다.

급히 건져내어 염습하려 할 때 죽었던 콩쥐가 다시 숨을 돌리며 살아났다. 그러자 그 때 노파의 집에 있던 콩쥐는 홀연히 온데간데없이 사라졌다. 이에 모든 관속과 읍내에 사는 백성들까지도 이 신기한 일에 놀라지 않는 사람이 없었다.

원님은 팥쥐에게 칼을 씌워 하옥시키고 사실을 조정에 보고하였다. 며칠이 지나서 조정에서 하회가 있었다. 감사는 그 하회대로 형리를 시켜 죄인 팥쥐를 수레에 매어 찢어 죽이고 그 송장을 젓으로 담아 항아리 속에 넣고 꼭꼭 봉하여 팥쥐의 어미를 찾아 전하였다.

팥쥐 어미는 처음에 팥쥐가 흉계를 품고 콩쥐를 죽이러 들어갈 때 만만 조심하여 아무쪼록 성사하라고 부탁하여 보낸 후에 곧 최만춘을 고추박이처럼 차 버리고 다른 서방을 얻어 갔다. 혹시 있을지도 모르는 후일의 만약의 경우를 생각하여 후환을 미리 막기 위해서였던 것이다. 그리고 주야로 팥쥐의 덕을 입고자 기다리고 있던 중에 관가로부터 선물이 왔다고 하므로 팥쥐 어미는 좋아라 하고 내달으며 홋서방을 안으로 불러들이고는 항아리 아가리를 동여맨 노끈을 풀어 보았다. 큰 항아리에 가득 든 것이 모두 젓갈이었다.

한편 또 따로 글씨를 쓴 종이가 들어 있었다. 종이에는 이렇게 씌어 있었다.

"흉한 꾀로 사람을 죽이는 자는 누구든 이와 같이 젓으로 담그고, 딸을 가르쳐 흉하고 독한 일을 실행케 한 자로 하여금 그 고기를 씹어 보게 하노라."

팥쥐 어미는 이 글을 읽고 팥쥐의 소행이 탄로나 결국 죽음을 당했음을 알자 그만 기절하여 자빠졌다. 그리고 팥쥐 어미는 기절한 채 영영 일어나지 못하고 지옥으로 모녀가 서로 손을 잡고 가 버렸다.

한편 원님은 콩쥐에게 자기의 밝지 못했던 허물을 사과하고 이웃 노파에게 상급을 후히 내린 다음 다시 콩쥐와 더불어 다 하지 못한 인연을 이으니 아들 셋을 낳고 딸도 낳아 화락한 나날을 보냈다.

콩쥐의 부친 되는 최만춘도 찾아내어 현숙하고 덕이 있는 여자를 얻어 아들딸 낳고 단란한 살림을 이루게 해 주고, 세상 사람들에게 어진 마음씨를 베풀어 어려운 사람에게는 돈과 곡식을 아낌없이 내려 그들을 구제하니, 원님 내외의 어진 덕을 모든 백성이 칭송해 마지아니하였다.

콩쥐팥쥐 설화에 나타나는 경쟁 이야기와 만복사저포기에 등장하는 사랑이야기를 중심으로 콩쥐팥쥐와 만복사저포기를 뒤섞은 새로운 이야기를 만들어 보자.

제 13 장 플롯과 스토리텔링

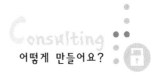

Consulting

어떻게 만들어요?

건물을 짓기 위해서는 설계도가 필요하듯 이야기 예술을 만들기 위해서는 플롯이 필요하다. 영화든 애니메이션이든, 만화든 드라마든 향유자들은 스토리가 아닌 플롯을 통해서 작품과 대화하고 소통한다. 작품은 플롯을 어떻게 엮어 가느냐에 따라 향유자에게 호소하는 느낌이 달라지게 된다.

어떤 건물을 지을 것인가를 생각하는 것은 주제를 결정하는 단계이다. 건물을 짓는 데 소용되는 건축자재, 예를 들면 천정재, 바닥재, 단열재, 배관자재, 전기자재, 내장재 등을 무엇으로 할 것인가를 고민하는 것은 제재를 설정하는 단계이다. 실제로 건물을 짓기 시작할 때는 설계도를 충실히 따라야 한다. 설계도는 최종적으로 완성될 건물의 실체를 표현한 것이기 때문이다.

긴축의 실계도와 마찬가지로 플롯은 이야기상에서 행동의 짜임새를 의미한다. 그래서 플롯은 건물의 골조처럼 이야기의 핵심적 뼈대 기능을 하게 된다. 아무리 좋은 스토리가 있더라도 플롯의 설계가 미비하면 작품의 완성도가 떨어지게 되고, 설사 스토리가 약하더라도 플롯이 제대로 설계되면 훌륭한 작품이 만들어지게 된다. 스토리가 작품의 기본이 되는 요소라면 플롯은 작품을 완성시키는 본 작업 단계인 것이다.

01 | 플롯의 정의

(1) 플롯(plot)이란 무엇인가

플롯(plot)은 번역어로 '구성'이라고 한다. 그런데 플롯과 구성이라는 용어 사이에는 미묘한 차이가 있어 대개 플롯이라는 용어를 그대로 사용한다. 플롯의 어원은 아리스토텔레스(Aristotle)의 <시학(Poetics)>에 나오는 미토스(mythos)로부터 시작되었다. 아리스토텔레스의 미토스는 플롯과 동시에 이야기의 뜻도 내포한 개념이다.

점차 이야기와 플롯의 의미가 확연히 분화되면서 플롯에 대한 다양한 정의들이 내려지기 시작했다. 간단히 말해서, 이야기(story)가 시간적 경과에 의한 줄거리 전개를 뜻하는 개념이라면, 플롯(plot)은 작품의 주제를 증명하는 데 관련된 등장요소 간의 내적 관계를 덧붙인 것이라 할 수 있다. 그래서 스토리는 사건 서술의 계기(繼起)성에 비중을 두는 반면, 플롯은 인과(因果)성에 치중하게 된다.

노드럽 프라이(Northrop Frye)는 스토리와 플롯을 구분하여, 스토리는 앞마당에 아무렇게나 내던져진 돌멩이나 풀이라면 플롯은 차창 밖으로 시선을 돌렸을 때 나무들과 집들이 집중화되는 것과 같다고 설명했다. 다시 말하면, 플롯은 어떤 개체들이 각기 따로 존재하는 것이 아니라 어떤 집중성과 변화성, 그리고 시간의 연쇄에 따라 변화하는 의미의 구조를 드러내는 것이다.

포스터(E.M. Foster)는 플롯의 가장 주요한 역할을 통제 기능으로 보고 이 통제 기능이 평형유지 기능으로 구체화되기도 한다고 설명한 바 있다. 포스터에 의하면,

왕이 죽고 왕비도 죽었다.

이러한 형태는 이야기의 기본적인 요소이다. 그런데 여기에 플롯이 개입되면 다음과 같은 이야기가 성립된다.

왕이 죽자 슬픔에 못 이겨 왕비도 죽었다.

이러한 구체적인 플롯에 다시 서술이 개입되면 다음과 같다.

왕비가 죽었다. 사인을 아는 사람이 아무도 없더니
훗날 왕이 죽은 슬픔 때문이라는 것이 밝혀졌다.

이와 같이 플롯은 하나의 결정적인 감각적 반응을 불러일으키도록 사건들을 한정하고 연속화하는 법칙의 집합이라 할 수 있다.

대부분 작품들의 기본 형태에서 플롯은 사람들이 세상에서 행한 행동의 결과를 설명한다. 결과적으로 왕비가 죽은 이유는 왕이 죽자 그 슬픔을 이기지 못했기 때문이라는 것이다. 즉 플롯은 왕비라는 캐릭터에게 무슨 일이 일어나는지에 관심이 있다면, 왕비 캐릭터는 자신의 행동으로 그의 성격을 나타내게 된다. 캐릭터 성격의 본질은 플롯을 결정짓는 데 매우 중요한 요소가 되는 것이다. 예를 들어 한 남자 아이가 빠른 속도로 달려오는 버스를 미처 보지 못하고 차도로 굴러가는 축구공을 잡으러 도로로 뛰어들고 있다고 가정 해 보자. 그 장면을 목격한 주인공은 어떻게 행동할 것인가. 선택은 두 가지 뿐이다. 주인공은 길가에 가만히 서서 남자 아이가 차에 치는 장면을 바라보고만 있든지 아니면 주인공 자신이 도로에 뛰어들어 남자 아이를 밀쳐내고 대신 차에 치어 죽는 것이다.

주인공은 무엇을 선택하든 어떤 행동을 하게 된다. 주인공이 행동할 때 플롯은 발생한다. 그 다음으로 주인공의 행동에 대한 주변 사람들의 반응은 더 깊은 플롯 단계로 진행하는 것이 된다. 주인공의 다음 반응은 외부 자극들의 결과로 발전되어 나가게 되고 그에 따라 플롯도 더 깊은 단계로 나아간다. 이러한 플롯과 캐릭터의 연동 관계에 대해서 앤드류 글래스너(Andrew Glassner)는 <Interactive Storytelling>에서 다음과 같이 도식화한 바 있다.

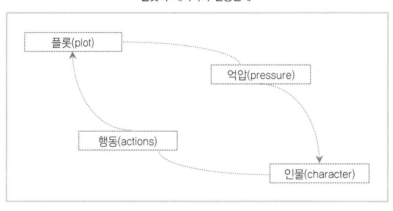

플롯과 캐릭터의 연동관계

역으로 플롯은 주인공에게 어떤 선택을 하도록 억압하는 역할을 하게 된다. 플롯의 증가하는 요구는 주인공의 성격에 계속되는 변화를 가져오면서 주인공을 성장시키게 된다. 이렇게 플롯은 캐릭터에게 억압을 주고 그 원인으로 캐릭터의 행동이 발생하며 그로 인한 캐릭터의 변화는 다시 플롯에 반영된다. 이러한 순환은 이야기 전반에 걸쳐 반복되면서 하나의 작품으로 완성되는 것이다.

(2) 플롯(plot)의 법칙

플롯은 무엇보다도 가장 먼저 '그럴듯함'이 전제가 되어야 한다. '그럴듯함'이란 이야기가 개연성 있는 것들로 이루어져 진실성이 부여되는 것으로, 아리스토텔레스가 <시학>에서 '모방론'을 설명하는 데 사용했던 중요한 개념이다. 플롯에서는 행위의 의미와 통일성을 갖추는 것이 필수적이다. 통일성과 의미를 만들어내는 패턴은 사실 자체에 바탕을 두어야 그럴듯함을 확보할 수 있다. 이 때 사실이란 상상의 가공적인 사실이기는 하나 무책임한 상상이 아니고 리얼리즘에 바탕을 둔 상상으로 제한된다. 이에 플롯은 논리적이며 지성적인 형상을 띠게 되는 것이다.

다음으로 플롯은 '놀라움'의 법칙을 따르게 된다. 향유자들은 끊임없이 신선함과 재미를 추구한다. 그러기에 플롯도 새로움을 추구하지 않으면 진부한 플롯으로 전락하게 된다. 플롯은 향유자의 지속적인 궁금증을 유발시키기 위해 '긴장'의 법칙을 따라야 한다. '왜?'라고 물을 수 있는 사건의 지속이 있어야 플롯은 탄탄한 진행으로 나아가게 한다.

그런데 이러한 그럴듯함이나 놀라움, 긴장의 법칙을 따르면서도 플롯은 통일성의 법칙을 잊지 않아야 한다. 통일성이란 처음과 중간, 그리고 끝을 가진 구성을 말한다. 플롯은 유기체에 구조를 부여하고 결합시키는 것으로 작품의 시작과 중간과 결말을 구성한다. 시작은 언제나 불안정하고 갈등이 존재하는 특수한 상황을 그려내는 부분이고, 중간은 새로운 유형의 안정된 상태를 향해서 자신을 변혁시키는 행위의 배경 혹은 행위를 변형시키는 힘으로 기능하는 부분이다. 마지막으로 끝이란 행위를 움직이는 힘이 사명을 다하여 하나의 안정된 상태를 이루는 것이다.

02 | 플롯의 유형

플롯의 유형은 인간의 삶과 마찬가지로 직선의 형태 대신 곡선의 형태를 띠고 있다. 플롯의 유형을 크게 두 가지로만 나누어 본다면 희극적 구조와 비극적 구조로 구분할 수 있다. 희극적 구조는 U자의 형태로 진행되는데, 주인공이 비극적인 시련을 겪은 후 행복한 결말로 솟아오르는 과정을 담고 있고, 비극적 구조는 ∩의 형태, 즉 U자가 뒤집어진 형태로 일련의 인식을 통해서 파국으로 떨어지는 과정을 담은 것이다.

일반적으로 플롯의 기본 유형은 세 가지로 구분할 수 있다. 사건중심 플롯과 인물중심 플롯, 그리고 연대기 플롯이 그것이다. 사건중심 플롯은 사건의 발단과 해결을 중점적으로 다루는 구성으로 플롯이 간결하고 주제가 명확하다. 인물중심 구성은 인물의 탄생으로부터 죽음에 이르기까지 한 인물의 일생을 다루는 구성으로 '일대기적 구성'이라고도 한다. 연대기 구성은 오랜 시간에 걸쳐 다양한 인물과 사건들을 다루는 구성이다. 이 경우는 사회적인 변화와 흐름을 묘사하는 큰 스케일의 작품이 탄생할 수 있다.

이상의 유형 중 사건중심 플롯과 인물중심 플롯을 좀 더 자세히 살펴보기로 하자.

① 먼저 사건 플롯의 유형을 보자. 이 유형으로는 행동의 플롯, 연민의 플롯, 비극적 플롯, 징벌의 플롯, 감상적 플롯, 감탄적 플롯 등을 들 수 있다. 행동의 플롯은 '다음에는 어떤 일이 일어날까'라는 사건에 관심을 집중시키는 것으로 모험, 탐정, 과학 공상, 무협소설, 서부극에서 많이 활용되고 있으나 진지한 이야기 또는 도덕적인 이야기에서는 별로 사용하지 않는다. 연민의 플롯은 주인공의 의지가 박약하거나 생각이 소박한 경우에 사용하는 구성 방법으로 소설 <테스>나 <세일즈맨의 죽음> 등이 이에 해당한다.

비극적 플롯은 고대 희랍시대 때 아리스토텔레스가 주장한 비극의 구성 방법으로 <아가멤논>이나 <오이디푸스왕>에서 찾아볼 수 있다. 징벌의 플롯은 주인공이 착하고 순박한 다른 사람들을 괴롭히다가 결말에 가서 형벌을 받게 되는 구성 방법으로 <파우스트>, <춘향전>, <죄와 벌> 등에서 살필 수 있다.

감상적 플롯이란 주인공이 불행한 상황에서 살아남아 행복하게 되어 해피앤딩으로 끝맺는 구성 방법으로, <흥부전>의 흥부가 부자가 되는 과정이나 <심청전>에서 심청이 황후로 환생하는 과정 등을 들 수 있다. 감탄적 플롯이란 명예의 차원에서 좋은 방향으로 개선되는 과정을 보여준다. 이 경우는 끝부분에서 주인공이 독자들로부터 찬탄을 받게 되는 결과를 낳는다. 감탄적 플롯의 대표적인 예로는 김동인의 소설

<붉은 산>에 등장하는 '삵'을 들 수 있다.

② 인물 플롯의 유형으로는 성장의 플롯, 개선의 플롯, 시험의 플롯, 타락의 플롯 등을 들 수 있다. 성장의 플롯은 주인공이 좋은 방향으로 변화하는 것이 기본이다. <나르찌스와 골드문트>, <젊은 예술가의 초상> 등을 예로 들 수 있다.

개선의 플롯은 의지가 박약한 주인공이 등장해서 무엇이든 실행을 하지 못하거나 탈선하게 되는 이야기다. 이 때 주인공은 처음부터 사상도 풍부하고 자신이 잘못을 범하고 있다는 것을 깨닫고 있는 경우이다. 주인공은 생각과 행동의 불일치를 경험하게 되는 것이다. <테스>나 <지상에서 영원으로>, <운수좋은 날> 등이 이에 속한다.

시험의 플롯은 남에게 동정적이면서도 목적의식이 강한 인물이 등장하게 되는데 그는 타인으로부터 자신의 고상한 의도와 습관을 포기할 것을 강요받게 된다. 이러한 예로는 <누구를 위하여 종을 울리나>를 들 수 있다.

타락의 플롯은 타인에게 동정적이고 훌륭한 성격을 가지고 있던 주인공이 점차 나쁜 방향으로 변화되어 가는 과정을 기본으로 한다. <나무들 비탈에 서다>나 <사립정신병원장>이 그것이다.

노먼 프리드만(Norman Friedman)이나 크레인(R.S. Crane)이 주장한 사상의 플롯도 중요한 플롯 유형이다. 사상의 플롯은 주인공의 정신이나 태도, 이성, 감성, 믿음 등에 관심을 집중시키는 구성 방법이다. 좀 더 구체적으로는 교육의 플롯, 폭로의 플롯, 정감의 플롯, 환멸의 플롯 등으로 나눌 수 있다.

교육의 플롯은 <허클베리 핀의 모험>에 등장하는 허클베리 핀처럼 주인공의 관념, 신념, 태도가 좋은 방향으로 변화하는 구성 방식이고, 폭로의 플롯은 <부활>에서처럼 주인공이 상황에 대해 무지의 상태에 있는 것을 독자나 관객에게 드러내는 구성 방식이다. 정감의 플롯은 <오만과 편견>에서처럼 주인공의 태도나 신념이 희망적인 방향이든 아니면 체념적인 방향이든 일단 변화하는 경우이다. 환멸의 플롯은 <위대한 개츠비>나 <요한시집>에서처럼 주인공이 일정한 신념을 지닌 상태에서 출발하였다가 어떤 종류의 위협이나 시험에 의해 상실감을 겪고 난 뒤 신념을 저버리게 되는 구성 방식이다.

또 다른 플롯의 유형으로는 절정의 유무에 따른 분류가 있다. 이스트먼(R. Eastman)은 절정의 유무에 따라 플롯을 '느슨한 플롯'과 '팽팽한 플롯'으로 나눈 바 있다. 느슨한 플롯(loose plot)이란 아무런 극적 상황을 필요로 하지 않고 단지 자세한 정보나 혹은 기술력만을 요구하는 것으로, 주로 주인공의 성장을 목표로 삼는 온라인게임에 적절한 유형이다. 팽팽한 플롯(tight plot)은 클라이막스를 잘 갖춘 유형으로 구성이 명확하기 때문에 일반적으로 게임 시나리오에서 많이 사용된다. <해리포터 시리즈>와 같은 게임들이 이에 속한다고 할 수 있다.

플롯의 유형은 결말의 구조에 따라서도 구분할 수 있다. 열린 플롯, 닫힌 플롯이 그것이다. 열린 플롯(open plot)은 결말이 확연하게 드러나지 않아 향유자들에게 작품에 대한 여운을 남기며 상상력을 유도하는 경우이다. <리니지2> 같은 온라인 게임에서 주로 사용하고 있는 플롯이기도 하다. 반면 닫힌 플롯(close plot)이란 결말이 확연하게 드러나는 구조로서 작가의 의도가 분명하게 드러나 향유자들의 상상력이 개입할 여지가 없는 경우이다. <액션어드벤처>나 <디아블로2> 게임에서는 이러한 유형의 플롯을 사용하고 있다.

03 | 플롯의 구성

플롯의 진행 구성은 크게 네 가지 유형으로 나누어 살필 수 있다. 첫째는 단순 구성이다. 이것은 하나의 사건이 계속 발전해 나가서 결말을 맺는 일자형의 직선형 구성이라 할 수 있다.

둘째는 복합 구성이다. 이것은 다양한 사건들이 각각 독립적으로 시작되거나, 아니면 중간에 분기되거나, 아니면 분기된 줄기들이 독립된 결말을 맺는 등 복잡한 양상을 띠는 구성을 말한다. 게임 시나리오는 이러한 복합 구성이 전형적이라 할 수 있다.

셋째는 액자형 구성이다. 이것은 마치 그림의 액자처럼, 액자의 틀과 같은 전체적인 이야기 속에 액자 안의 그림처럼 에피소드가 끼어드는 형태이다. 롤플레잉 게임에서 진행 도중 발생하는 이벤트나 어드벤처 게임 속의 회상 장면을 예로 들 수 있다.

넷째는 옴니버스형 구성으로 마치 옴니버스처럼 각기 독립된 이야기들이 연결되어 하나의 종합된 이야기의 틀을 구성하는 형식이다. 이 형식은 달리 말해서 피카레스크 구성이라고도 한다. 시리즈물 애니메이션이나 계속해서 업데이트되는 게임 등은 대개 이러한 구성을 취하기 쉽다.

이 외에도 플롯 구성은 다양하게 취할 수 있다. 갈등과 클라이막스만 있는 2단계 구성, 즉 갈등으로 시작하여 갈등으로 끝나는 구성이 있을 수 있으며, 일본의 전통예술인 노(能)처럼 '서(序)−파(破)−급(急)'의 3단계 구성이나 중국의 한시처럼 '기(起)−승(承)−전(轉)−결(結)'의 4단계 구성 등이 있다.

04 | 플롯의 형상화

서사에서 중요한 것은 이야기의 내용을 어떻게 형상화하느냐 하는 것이다. 이 과정을 담화라고 하며 이 담화를 이루는 것이 시점과 서술이다. 이야기는 향유자에게 직접 보이는 것이 아니다. 모든 이야기는 화자에 의해서 전달될 수밖에 없다. 만화나 영화의 경우는 시각적 직접성을 가지고 있어 영상이 향유자에게 직접적으로 전달되는 느낌을 주기 때문에 시점과 서술을 분명히 느끼지 못하는 경우가 많다. 그럼에도 불구하고 만화나 영상의 시각적인 요소도 사실 향유자는 누군가에 의해 보이는 것을 보는 것이다. 만화는 작가의 눈에 보이는 것이 전달되는 것이며, 영화 또한 카메라를 통해 특정한 시점에 의해 포착된 것이 다시 보여지는 것이다. 이렇게 서사에서 이야기는 언어나 영상 등에 의해서 매개된다. 즉 누가 무엇을 어떻게 보느냐에 의해서 플롯이 형상화되는 것이다.

시점과 서술은 그 구분이 엄격하지 않다. 시점은 누가 보느냐이고 서술은 어떻게 말하느냐이다. 누가 보느냐는 이야기의 양식과 관련되는 것이고, 서술은 담화와 관련되는 것이다.

소설의 시점은 영화나 만화에 비해 비교적 단순하다. 시점은 이야기 세계를 향한 인식 행위를 말한다면 서술은 독자를 향한 언어 행위라고 할 수 있다. 이에 시점은 사건을 바라보는 행위이기 때문에 이야기 내부의 인물과 외부의 화자에 의해서 가능하지만, 서술은 독자를 향한 언어 행위이므로 이야기 외부의 화자에 의해서만 수행될 수 있다. 이상에서 살펴 본 시점과 서술은 다음 도표와 같이 개념을 구분할 수 있다.

시점과 서술의 개념 구분

시 점	서 술
누가 보느냐	어떻게 말하느냐
사건을 바라보는 행위	독자를 향한 언어적 행위
이야기 내부 인물과 외부 화자가 구현	이야기 외부 화자에 의해서만 구현 가능

서술의 유형은 1인칭 서술과 3인칭 서술로 구분된다. 3인칭 서술은 다시 화자 시점 서술과 인물 시점 서술로 나뉠 수 있다. 3인칭 서술에서 화자는 이야기의 외부에 존재하는 인격적 지표이다. 화자는 이야기의 내용에 등장하지 않는 것이다. 그렇게 때문에 향유자는 서술 언어의 말투에 의해서 어렴풋이 화자가 텍스트 상에 존재하고 있는 것을 감지할 수 있을 뿐이다. 예컨대 3인칭 서술에서 화자는 '갑순이와 갑돌이는 한 마을에 살았더래요.'라는 문장에서 '~더래요'와 같은 말투를 통해 느낄 수 있는 것이다.

3인칭 서술은 인물 시점과 화자 시점이 어떻게 결합하느냐에 따라서 두 가지로 나눌 수 있다. 첫째 화자 시점에 의해 이야기가 전개되다가 때때로 인물 시점으로 변하는 경우가 있다. 둘째는 처음부터 끝까지 화자 시점으로 서술되는 형태가 있다.

첫 번째 서술 방식에서의 화자는 시작 단계에서 화자의 시점에 의존하여 이야기를 해나가다가 적절한 경우 인물의 시점으로 변환시키는 형태를 취한다. 이 때는 화자가 일관된 관점에 의거하기 때문에 이야기 내용을 통제하면서 서술을 진행할 수 있게 된다. 화자가 부분적으로 인물 시점으로 전환하는 경우는 극화된 장면을 제시하는 경우로 한정된다.

한편 두 번째 서술 방식에서의 화자는 서술을 담당하기는 하지만 단순히 인물의 시점에 포착된 것을 언어로 바꾸는 정도에 지나지 않기 때문에 이야기 내용을 통제할 수 있는 권한을 갖지는 못한다. 이 경우는 화자의 관점이 이야기에 개입할 여지가 없기에, 화자는 중립적 위치에서 인물이 본 사건과 인물의 내면의식을 그대로 서술하는 양상을 보이는 것이다.

1인칭 서술 상황은 이야기 세계에 등장하는 인물이 소설이나 만화, 영화에서 화자 역할을 하는 경우이다. 일반적으로 1인칭 서술에서는 이야기 속에서 실제 체험적인 행위를 보여주는 '나'와 그 실제적인 체험을 기반으로 하여 그것을 서술하는 '나' 사이에 시간적 거리가 생기게 된다. 즉 '나'는 사건을 체험한 후 얼마간의 시간이 흐른 뒤 그 사건을 서술하는 화자의 역할을 하는 것이다. 따라서 1인칭 서술에서는 과거의 '나'에 대한 감회를 포함한 서술적 자아의 서술 부분과 서술적 자아가 체험적 자아의 의식에 동화되는 묘사 부분이 혼용되기 쉽다. 1인칭 서술은 소설의 경우에는 두 자아의 긴장관계를 도외시하기 쉽다. 반면에 영화나 만화의 경우는 체험적 자아와 서술적 자아 사이의 등장이 아주 명확하게 드러난다.

이렇게 여러 가지 방법을 동원하여 플롯이 완성되면 다음으로는 장면을 구성한 후 각 장면에 어울리는 세부 이야기를 만들어나가게 된다. 세부 이야기는 플롯에 따라 순서가 바뀌기도 하고 삭제, 첨가되기도 하면서 완성 작품을 향하여 나아가게 된다.

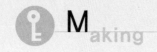

전략 1 '콩쥐팥쥐' 설화에 아래 신들을 추가하여 게임 시나리오를 만들어 보자. 아래의 신들은 벽사(辟邪), 즉 요사스러운 귀신을 물리치고 집안을 지키기 위한 민간에서 신봉한 신들이다.

성주신	집의 건물을 수호하는 지킴이의 하나로써 성의 주인이라는 의미에서 성주라 하는데 주로 집의 건물만을 수호하는 기능이 있다. 성주는 원칙적으로 받아들이지 않으면 오지 않기 때문에 집을 지을 때 신을 맞아들이는 의례나 굿을 하게 된다. 지역에 따라서는 독, 항아리, 단지 안에 쌀을 담아서 '성주독', '성주단지', '성주항아리'라고 하여 집의 한 귀퉁이에 모시는 신앙이 있다.
조왕신	조왕신은 부엌을 지키는 집안지킴이이다. 조왕신은 이사를 갈 때 불을 꺼뜨리지 않고 가지고 가는 풍습이나, 이사 간 집에 성냥을 가지고 가는 풍습처럼 불을 신성시하며 숭배하던 신앙에서 유래된 것이다. 조왕신에게 물을 바치는 것은 부엌에서 물과 불을 동시에 다루는 것에서 생긴 것이다.
삼 신	삼신은 산육을 전반적으로 관장하기 때문에 중요하게 모셔진다. 아이를 낳게 되면 산모와 아이의 건강을 빌기 위해서 삼신상을 차리는데, 삼신상에는 밥과 미역국을 세 그릇씩 혹은 한 그릇씩 올린다. 아이가 자라는 과정에서도 갖가지 질병이 따르기 때문에 삼신을 위하는 의례가 지속적으로 행하여진다.
터주신	집터를 지켜주는 집안지킴이. 집의 울타리 안을 주로 관장하는 지킴이로서 집의 뒤꼍이나 장독대 가까이에 터주를 모시는 터주가리를 만들어둔다. 짚가리를 만들고 항아리에 쌀을 담아서 신체로 삼는다.
철륭신	전라도지방에 주로 분포되어 있는 집안지킴이. 신체는 오가리와 같은 단지로 되어 있는 경우가 있고, 또는 무형으로 받들어지는 경우도 있다. 철륭단지라는 명칭은 오가리인 신체 모양을 따서 신의 이름으로 붙인 것이다. 철륭이 자리하고 있는 곳은 집의 뒤꼍에 있는 장독대 또는 집 뒤의 담 안쪽 공간이다. 전라도에서는 집 뒤 담 안쪽으로 오가리를 묻고 그 안에는 쌀과 종이를 담아서 오가리의 몸둥이를 묻고 구부는 지상에 내어놓아 좋은 접시로 덮고 짚 주저리를 씌우거나 단지 속에 한지만 넣어둔다.

[　　　　　　　　　　　　　　　　　　　　　　　　　　　　　]

전략　2 콩쥐 대신 팥쥐를 주인공으로 설정하여 〈콩쥐팥쥐〉 설화를 다시 작성해 보자. 먼저 팥쥐가 주인공일 경우 일어날 수 있는 사건을 중심으로 스토리라인을 작성해 보자.

시 작	
발 단	
전 개	
위 기	
절 정	
결 말	

제 6 부

스토리텔링의 확장

제14장 정보와 사회와 스토리텔링

제15장 디지털 스토리텔링

제14장 정보와 사회와 스토리텔링

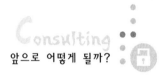

Consulting

앞으로 어떻게 될까?

스토리텔링의 미래에 대해서 이야기하기 위해서는 먼저 스토리텔링의 기반이 되는 매체 환경의 변화에 대해 알아보아야 할 것이다. 스토리텔링은 '이야기하기'이다. 이야기를 하기 위해서는 이야기를 전달하는 '수단'이 있어야 하고, 이야기가 전달되는 '공간'이 있어야 하며, 마지막으로 이야기를 주고받는 '청자'와 '화자'가 있어야 한다. 따라서 스토리텔링의 발전은 '수단'과 '공간', '청자와 화자'의 변화와 연동되어 진행되어 왔다.

지금 우리는 정보화 시대에 살고 있다. 스토리텔링의 미래는 정보화 사회가 우리에게 새롭게 제공해 준 매체환경의 변화로부터 그 논의를 시작해야 한다.

01 정보화 사회란?

다니엘 벨이 『후기산업사회의 도래(The Coming of Postindustrial Society)』(1973)라

는 책에서 자본주의 이후의 사회는 자본보다는 정보의 생산과 흐름이 사회 구조를 결정지을 것이라 예견하고, 후기산업사회라는 용어를 제안한 지 20여 년이 지난 지금, 우리 사회는 분명 자본주의와는 다른 사회 패러다임으로 이동하고 있다.

흔히 정보화 사회라 일컬어지는 이 새로운 사회 패러다임은 정보가 자본의 위치를 대신하고, 노동 생산은 재화의 생산에서 정보의 생산으로 전이되며, 정보에 의한 권력의 역학 관계는 계급 구조를 재편해 새로운 권력 집단을 형성해 주고 있다.

자본주의사회가 산업혁명을 통해 가능해졌듯이 정보화 사회의 동인(動因)은 정보화혁명이다. 앨빈 토플러가 제3의 물결이라고 표현한 정보화혁명은 컴퓨터라는 새로운 매체의 등장으로 인해 가능해졌으며, 컴퓨터는 모든 것을 바꾸어 놓고 있다. 생산 수단을 개인이 소유할 수 있게 됨으로써 정보의 작업, 전달, 생산의 모든 수단이 컴퓨터를 중심으로 급진적으로 통합되었고, 빠른 속도로 가치 체계, 세계관 그리고 자신의 존재 의미와 삶의 목적에 대한 우리들의 표상을 바꾸면서, 일상의 진행에 직접적인 영향을 미치며 새로운 문화를 형성하고 있다.

정보화 사회가 형성하고 있는 문화를 '정보문화'라 명명할 때, 정보문화는 그 전 시대의 문화와는 다른 몇 가지 특징을 갖는다.

먼저, 정보문화는 유형의 물질가치보다는 무형의 지식과 정신가치를 중요시한다. '정보'라는 개념 자체가 비물질적인 지적 토대를 지시해주는 것이며, '정보화'란 유형의 물질적 자산을 무형의 정신적 자산으로 치환시키는 일련의 작업에 다름 아니다. 두 번째, 정보문화는 집단문화를 대신하여 개인문화시대를 열어주었다. 이는 정보화가 개인용 컴퓨터의 광범위한 보급을 통해 이루어졌음을 염두에 두어보면 쉽게 이해할 수 있다. 컴퓨터의 보급은 사회 구성원 개개인에게 문화의 생산자와 소비자라는 지위를 동시에 부여해 주고 있다. 세 번째, 정보문화는 주체와 주체를 연결시켜주는 네트워크(Network) 문화이다. 대형 BBS나 인터넷(Internet)같은 거대한 통신망은 정보문화를 창출해내는 가장 강력한 공간적 지반이다. 이 비물질적 토대 위에서 주체들은 지금껏 경험해보지 못했던 새로운 문화 충격에 몰입한다. 네 번째, 정보문화는 경계해체의 문화이다. 컴퓨터는 이제껏 개별적으로 존재해왔던 사회의 제 영역들을 가상공간 안으로 끌어들였으며, 예술 제 장르들의 매질 역시 비트(Bits)라는 단일한 표현 코드로 통합시켰다. 가상공간 안에 존재하는 사회 영역들은 일정한 조건을 요구하는 현실공간과는 달리 네티즌들에게 열려있음으로 해서 그 경계가 무의미해졌으며 문학, 음악, 미술 등 이제껏 별개의 표현 수단을 가졌던 예술들도 정보화시대로 오면 모두 컴퓨터라는 단일한 수단으로 연결되어진다. 다섯 번째, 정보문화는 속도의 문화이다. 정보화 사회에서 가장 중요한 관건은 얼마나 빨리 정확한 정보를 생산해내고 소비하느냐에 달려있다. 가상공간은 물질적인 시공간의 거리를 비물질적인 비트의 전송 속도로 대체함으로써, 지금껏 인류가 형성해낸 어떠한 문화보다도 신속하고 정확하게 전파되고 확산되며, 공유된다.

<정보화 사회>란 '정보화'와 '사회'가 결합된 합성어이다. 따라서 정보화 사회의 정의를 내려보려면 각각의 개념부터 먼저 규정지어야 한다. 우리가 흔히 쓰는 정보라는 개념은 정적인(static) 개념이다. '정보의 바다' 인터넷, '정보를 수집'하는 국정원요원, '정보를 저장'해 두는 데이터베이스 등의 표현에서 쉽게 알 수 있듯이 , 정보는 흔히 인간의 행위와 독립하여 객관적으로 존재하는 실체인 양 여겨진다. 하지만 하나의 정보가 존재하기 위해서는 항상 다음 세 가지 필수적 조건이 필요하다. (1) 지각(perception)의 물질적 기반, (2) 그 물질에 대한 인간의 행위, (3) 그 행위에 의한 생산물이 그것이다.

우선 모든 정보는 인간이 지각할 수 있는 물질적 기반을 지녀야 한다. 인간이 지각할 수 없는 것은 정보가 될 수 없다. 예컨대 컴퓨터 디스켓 안에 들어있는 정보는 가시광선을 통해 그 모습을 드러내주는 모니터나, 우리 귀가 알아들을 수 있는 공기의 떨림으로 바꿔주는 스피커 등을 통해서 우리가 지각할 수 있는 것으로 반드시 전환되어야만 한다. 다음에 이러한 물실적 기반에 대한 인간의 행위가 필요한데, 그것은 지각하기, 기호화 하기, 그리고 해석하기다. 마지막으로 이러한 인간의 행위들은 각각 지각된 것 즉 지각편린(percept), 기호화된 것 즉 기호(sign), 해석된 것 즉 의미

(meaning)를 각각 생산해낸다. 모든 정보현상에는 이러한 역동적 과정이 함축되어 있다. 따라서 '정보화'라는 개념은 인간 삶의 모든 단위들을 정보의 개념으로 치환시킨다는 의미를 가지고 있다 할 것이다.

사회는 그 자체로 존재한다. 다시 말해 상호의존의 정도와 인간 간의 결속의 다양성에 의해 창조된 복합적인 조직체이다. 사회는 의식과 목적에 의해서 정의되고, 인간의 물질적, 초월적 욕구를 만족시키는 능력에 의해 정당화되는 도덕적 질서이다. 사회는 인간이 설계하는 것이고, 인간이 그 설계의 결과와 효과에 대해 점점 잘 이해하게 됨에 따라, 사회의 난관을 해결하려는 노력 속에서 재배열되고 재질서화되는 것이다. 사회는 과거가 아니라 현재에 맺어지는 사회계약이며, 그 속에서 기존의 규칙은 그것이 공정하고 정당하다고 생각될 때만 지켜지는 것이다.

결국 <정보화 사회>란 정보가 인간의 물질적, 초월적 욕구를 만족시켜주는 것이 의식과 목적이 되는 사회이며, 그러기 위해 모든 인간 삶의 단위들을 정보의 개념으로 치환시키고 있는 사회이다.

자본주의사회와 정보화 사회의 차이점은 '생산 양식'과 '정보 양식'의 차이로 귀결될 수 있다. 생산 양식이 표준화, 중심화, 분업화, 수직화, 대중화, 연속성 등의 특징을 갖는다면, 정보 양식은 개별화, 분권화, 공동화, 수평화, 전문화, 단절성 등의 특징을 갖는다. 생산 양식이 거대한 공장으로 상징되며 대량 생산 대량 소비를 부추긴다면, 정보 양식은 재택 근무(SOHO small office home office)를 통한 맞춤 생산, 원 앤 원 시스템(일 대 일 소비 one and one)을 구축한다. 그리고 이 같은 생산 양식과 정보 양식의 차이는 사회 시스템뿐만 아니라, 그 사회를 반영하는 스토리텔링에도 영향을 미친다.

02 | 수단 : 디지털 글쓰기(digital writing)

인간은 항상 언어와 밀접한 관계를 맺어왔다. 의사 표현의 전달에서부터 사고의 확대와 이데올로기의 형성에 이르기까지 언어의 잠재적인 가능성은 무한하며, 그것은 발화자이며 동시에 수화자인 인간에 의해 가시화 되었다. 언어가 의사 전달의 소통 체계로 성립되기 위해서는 사회구성원들의 집단적 동의가 있어야 하며, 사회의 변화에 맞춰 언어 역시 유기적인 틀 안에서 끊임없이 움직인다. 만약 언어가 경험에 의미를 부여한다면, 우리는 언어를 그 안에서 우리의 생각들이 가능하게 되는 체계로 생각해야 한다. 언어는 하나의 개념의 그물망, 하나의 가치체계로서, 그것을 통해 우리는 현실을 경험한다. 언어는 사회적 약속이며, 인간은 언어를 사용하여 사회를 반영하고 일상을 구성한다. 따라서 사회가 변화했다면, 당연히 그 안에서 약속되어진 언어의 양상도 변화할 것이며, 새로운 언어로 소통되는 일상 역시 달라질 수밖에 없다. 사회는 언어를 만들며 언어는 사회를 재현하기 때문이다.

정보화 사회는 우리에게 새로운 글쓰기 기술을 제공해 주었다. <디지털 글쓰기>라 명명할 수 있는 이 새로운 방식의 가장 대표적인 형태는 워드프로세스를 이용한 글쓰기이다. 컴퓨터 프로그램의 일종인 워드프로세서라는 저작 도구가 글쓰기 환경에 미친 영향은 이전과는 비교할 수 없을 정도로 그 폭이 넓다.

먼저 글쓰기에 미친 영향을 이야기할 때, 누구나 손쉽게 글을 쓸 수 있다는 글쓰기의 편리함을 들 수 있을 것이다. <디지털 언어>가 주는 손쉬운 글쓰기 방식은, 펜과 원고지에 의지해 글을 쓰던 시대와는 달리 글쓰기에 대한 일반인들의 손쉬운 접근을 허용하였다. 동일한 매수를 쓰는 데 있어서 펜으로 쓰는 것보다는 키보드를 두드리는 것이 훨씬 더 능률적이고 피로감도 덜 오며 프로그램 자체 내에 한자사전이나 영한사전 같은 사전류가 내장돼 있음으로 해서, 고등교육을 받지 않은 사람들도

편하게 한문이나 영어를 사용할 수 있게 되었다. 또 문장을 몇 번이나 고쳐 쓰는 것은 물론, 문장의 첨가나 복사 및 삭제가 손쉽기 때문에 텍스트의 퇴고와 교정을 손쉽게 할 수 있다.

두 번째, 보관이 편리해졌으며, 하나의 텍스트를 원하는 만큼 복사할 수 있게 되었다. 물론 물리적인 요인으로 인해 쓴 글을 송두리째 잃어버릴 수 있는 위험성은 문자언어보다 높아졌지만, 책 한 권 분량을 단 한 장의 디스켓에, 그것도 무한대로 복사해 저장할 수 있음은 <디지털 글쓰기>의 효용성을 단적으로 보여준다.

세 번째, 워드프로세서는 개개인의 고유한 필체 대신에 다양하면서 미려한 서체를 제공해 줌으로써 글쓴이로 하여금 자신의 글에 대한 심리적 안도감을 느끼게 해주었다. 그것은 자신이 디지털언어라는 사회적 약속 안에서 글쓰기를 하였다는 안도감이며, 동시에 정돈되고 규칙적인 문장의 배열이 무의식적으로 텍스트 자체의 객관성이나 논리의 일목요연함으로 인식되기 때문이다.

그렇다면 워드프로세서를 이용하여 문서를 작성하는 디지털적 사고는 펜으로 종이에 글을 쓰는 아날로그적 사고에 비해 어떠한 무의식적 특징을 갖는가? 컴퓨터라는 매체가 가능케 해준 디지털언어가 주체성과 맺고 있는 관계를 설명하기 위해서는 이 부분을 짚고 넘어가야 할 것이다.

첫 번째로 사고의 분절과 단편성을 들 수 있을 것이다. 워드프로세서로 글쓰기 작업을 하게 되면 자신도 모르는 사이에 키보드의 타이핑 속도감에 의식이 따라감으로써 미처 다듬지 못했던 사고들이 그대로 입력된다. 한 가지 생각을 오랫동안 머릿속에 머물게 하기에는 디지털적 사고가 아날로그적 사고에 비해 불리하다. 따라서 디지털 언어로 쓰인 텍스트는 문장이 거칠고 길이가 짧아진다. 모니터 화면 안이라는 제한된 시각 탓에 텍스트 전체의 폭넓은 통찰이 어려워지고, 단어와 문장의 교체가 손쉬워짐으로써 오히려 문맥의 내적 연관성을 훼손시킬 위험이 높다.

두 번째, 디지털 언어로 글쓰기 작업을 할 때, 자신만의 독창적인 필체나 규칙 대신에 일관된 글자체, 좌우 여백, 들여 쓰기, 행간과 자간 등을 사용함으로써 자신만의 개성을 텍스트에 담아내었다고 생각하기 힘들다. 개성의 표현에 있어 디지털적 사고는 아날로그적 사고에 비해 둔감할 수밖에 없으며 디지털 언어 텍스트의 문제점으로 지적되는 문체의 몰 개성화 또는 평준화 현상 또한 여기에서 출발하고 있다.

세 번째, 디지털적 사고는 기억력을 단기간에 그러나 매우 집중적으로 활성화시켜주는 대신에 아날로그적 사고에 비해 기억력을 오랫동안 간직할 수 없다. 펜으로 글을 쓸 때는 글쓰기 작업 전에 초고를 작성하거나 메모가 가능해 언제든지 기억을 복원할 수 있지만, 디지털적 사고는 모니터 앞에 키보드를 사이에 두고 앉는 순간부터 작업을 마치고 일어서기 직전까지만 자신이 쓰고자 하는 글에 대한 기억이 임시적으로 그러나 활발하게 저장될 뿐이다. 초고를 작성하거나 메모가 용이치 않으며, 자신이 써놓았던 글이나 남이 쓴 글을 컴퓨터에 저장해놓고 필요할 때마다 불러올 수 있지만 그것 역시 자신이 기억하고 있는 것이 아니라 컴퓨터가 대신 기억해 주고 있는 것에 불과하다. 실제로 디지털 언어로 오랫동안 글쓰기 작업을 해온 사람들 중에는 컴퓨터 앞에 앉지 않으면 단 한 줄도 쓸 수 없다고 말하는 사람들이 많다.

네 번째로, 디지털적 사고는 완결감이나 성취감을 주지 않는 대신에 텍스트를 지속적으로 고쳐 써나가고자 하는 책임감을 가져다준다. 문자언어는 초고가 있고, 퇴고 과정을 거친 원본이 있음으로서 한 편의 글을 완성하였다는 성취감을 맛보게 해 주지만, 디지털 언어는 비물질적이며 언제든지 손쉽게 고칠 수 있고 수정과 삽입이 용이하다는 특성상 원본을 만들어낼 수 없다. 따라서 텍스트를 완성하였다는 성취감은 소멸된다. 그러나 언제든지 자신의 컴퓨터에서 특정한 텍스트를 불러내 고쳐 쓰기와 이어 쓰기 작업을 할 수 있으며, [ALT-S]를 눌러 저장한 텍스트는 다시 [ALT-S]를 누르기 전까지 일시적 원본으로 기능한다. 성취감은 약화되지만 연속적인 글쓰기에 있어 디지털적 사고는 아날로그적 사고에 비해 친밀감을 갖는다.

디지틸언어의 니시털적 사고가 갖는 <사고의 분절과 단편성>, <몰개성화>, <단기간의 기억>, <성취감의 소멸> 등은 근본적으로 글쓰기 자체에서 주체를 소외시킨다. 글쓰기는 타자화되며, 디지털 언어 글쓰기의 영향 하에서 글쓰기의 주인으로서의 작가의 주체성은 심각한 훼손을 경험한다.

디지털 글쓰기는 종이 위에 물질적 형태로 고정시키던 이전의 글쓰기와는 달리 키보드를 두들겨 입력한 글자를 디지털적 신호 체계로 바꿔 전달하고, 그것을 다시 모니터 상에 빛의 형태로 재현하는 것이다. 이렇게 모니터 상에 나타난 글도 중간 단계야 어떠하든 종이 위에 쓰이던 글이나 동일한 모습을 하고 있기에 결과물만 놓고 보아서는 기왕의 글쓰기와 다르지 않다. 그러나 글쓰기 과정에서 주체성은 심각한 도전을 받는다.

디지털 언어 글쓰기의 영향 하에서 글쓰기의 주인으로서의 작가의 주체성은 심각한 훼손을 경험하고 있다. 일차적으로 글을 쓰는 과정에서, 글 쓰는 이는 자신의 생각을 문자로 표현하면서도 다시 그것을 쉽게 수정하거나 삭제할 수 있다. 따라서 작가는 그것이 공간적으로 가변적이며 시간적으로 동시적이란 의미에서 정신의 내용이나 구어와 아주 유사한 재현물과 마주치게 된다. 작가와 글, 주체와 객체는 서로 근접하여 동일하게 되는데(정체성의 시뮬레이션 묘사), 이는 세계가 정신과는 아주 다른 존재인 <물체>—세계는 물(物)이 기계적으로 연장된 결과로서, 정신의 영역과는 독립된 실체라는 개념—로 구성된다는 데카르트적인 주체의 기대를 뒤엎는 것이다. 따라서 객체인 화면과 주체인 글쓰기는 단일의 가변적인 모사물로 합체되면서, 작가의 정체성마저 위태롭게 된다. 이차적으로 글을 읽는 과정에서는, 독자가 자유분방하게 텍스트에 접근할 수 있음으로 해서, 텍스트의 가역성을 작가의 의도와는 무관하게 확인시켜 주게 되고, 따라서 텍스트의 생산자라는 작가의 권위는 독자에 의해 심각한 도전을 받게 된다. 독자가 한 작가의 <디지털 언어>로 쓰인 작품을 고스란히 자기 하드에 저장해 놓고, <디지털 언어>를 통해 스토리나 플롯을 자의적으로 변경할 수도 있다고 할 때, 이제 '작가'와 '독자'의 구별은 더 이상 유효하지 않을 수 있게 된 것이다.

이 같은 글쓰기의 타자화와 작가의 주체성 훼손은 스토리텔링에 있어서 작가 고유의 독창적인 상상력 대신에 기왕의 상상력에 의존하여 주어진 정보를 문맥에 맞게 재배치하거나 익숙한 상상력을 차용하는 등 상상력의 비주체성을 자연스럽게 발현시킨다.

장 프랑수아 리오타르는 『포스트모던의 조건』에서 디지털화된 정보의 데이터베이스를 "포스트모던한 시대 사람들의 새로운 자연"이라 정의 내리고, 여기서는 기존의 상상력과는 다른 상상력이 요구된다고 하였다. 완벽한 정보게임의 경우 최고의 수행성은 부가적 정보를 얻는데 있지 않고 오히려 자료를 새로운 방식으로 배열하는데 달려있다는 것이다. 한 아마추어 작가가 하루끼의 소설을 열광적으로 탐독하면서 그의 모든 소설을 자신의 컴퓨터에 디지털 언어로 저장해 놓았다고 생각해보자. 그는 워드프로세서가 제공하는 다양한 기능을 통하여 두 개의 작품을 하나로 합칠 수도 있고, 빈번하게 사용된 부사나 관용어를 뽑아낼 수도, 맘에 드는 문장만 오려내 따로 보관할 수도 있다. 그리고 그가 소설을 쓴다 했을 때, 그는 하루끼의 문체나 표현뿐만 아니라 상상력까지도 자연스럽게 자신의 것으로 체화시키며, 궁극적으로는 하루끼와는 전혀 다른 작품 세계를 창조해낼 수 있다.

따라서 디지털 글쓰기는 글쓰는 주체를 새롭게 구성한다고 할 수 있다. 주체는 분산과 복수화, 탈중심화를 통한 경계 지대에서 새로운 글쓰기를 체험한다. 주체는 무수히 분산된 복수 자아들과 타자들, 그리고 컴퓨터라는 큰 타자와 상호작용 하면서, 혹은 경쟁하면서 메시지들을 생산해낸다. 결국 글쓰기의 타자화와 작가의 주체성 훼손은 주체의 소멸이라는 부정적인 측면이 아니라, 오히려 역동적인 복수 주체의 다성적인 글쓰기라는 긍정적인 측면으로 이해되어야 하며, 비주체적인 상상력 또한 ― 포스트모더니스트들이 주장하는 "태양 아래 더 이상 새로운 것은 없다"라는 진술과는 다른 층위에서 ― 컴퓨터라는 매체 자체가 갖는 비주체성과 밀접한 연관을 맺고 있는 것이다. 컴퓨터는 그 스스로 사고할 수 없으며, 정보화 사회에서 인간은 컴퓨터 없이 일상을 영위힐 수 없다. 결국 워드프로세서라는 저작 도구를 통한 창작 작업은 필연적으로 컴퓨터라는 '타자'와 작가라는 '타자' 사이에서, 상상력의 비주체성을 동반할 수밖에 없는 것이다.

03 | 공간 : 가상공간(cyber space)

디지털 글쓰기가 타자적인 속성으로 스토리텔링의 상상력을 변화시킨다면 가상공간은 대타적인 속성으로 글쓰기의 메커니즘을 변화시키며 상상력을 중심 밖으로 밀어낸다. 가상공간은 개인 대 집단이라는 일방향 소통방식이 아닌 개인 대 개인의 쌍방향소통 방식으로 그 매체적 특성을 변화시킴으로써, 전통적인 사회 공동체를 와해시키며 주체의 권리를 강화시켜 준다. 사회적인 연속은 곧바로 개인용 컴퓨터의 영역 안에 저장됨으로써 개인적인 단절의 단위로 변경되며, 현실 공간의 영역화된 사회화 기관의 도움 없이도 개인은 자신의 컴퓨터를 통해 스스로 사회화를 경험할 수 있게 되었다. 전통적인 사회화 기관이었던 가정, 학교, 교회 대신에 컴퓨터를 통한 개인 대 사회의 관계가 그 역할을 대신함으로써 사회화 수행 과정에서의 개인의 역할이 커지게 되고 이것이 대타성으로 연결된다.

컴퓨터가 제공하는 세련되고 안락한 세계를 실제 경험하고 있는 것처럼 스스로를 시뮬라시옹함으로써 가상공간의 개별 주체들은 공동체의 붕괴에 따른 불안감을 개인적으로 극복하려 한다. 어디에도 속하지 않는다는 소속감의 부재는 곧장 <사회적 동물로서의 인간>이라는 정체성에 대한 불안감으로 연결되며 이것을 무화시키기 위해서는, 자기 자신을 가장 뚜렷한 소속체로 생각하는 대타적인 소속감으로 해소시킬 수밖에 없는 것이다.

가상공간의 대타적인 성격 장애는 자신의 글을 올릴 수 있는 게시판을 보면 확연히 알 수 있다. 사이버문화는 게시판문화라 할 수 있을 만큼 가상공간은 그 자체가 씌어질 수 있는 거대한 게시판이다. 게시판에 글을 쓴다는 행위는 누군가에게 자신을 보여주고 싶은 노출증의 소산이며, 가상공간의 게시판은 조회수라는 장치로 그것을 부추긴다. 하루에 수십 편의 글을 동일한 게시판에 올리거나, 자신이 글을 쓸 수 있는 모든 게시판에 올리는 행위는 가상공간에서 그리 낯선 일이 아닌데, 그 이면에는 자신을 드러내고 싶은 나르시시즘이 숨겨있는 것이다. 게시판 문화에서 문제시되고 있는 위악적이거나 선정적인 글 제목은 좀 더 많은 사람들에게 자신을 읽히고 싶어 하는 네티즌들의 대타 의식이 왜곡된 형태로 드러나고 있음을 보여준다.

가상공간은 철저히 탈영역화된 공간이다. 가상공간 내에서는 국가, 가족, 교회, 학교라는 집단적이고 권위적인 영역 대신에 동호회, 자료실, 채팅방 같은 개인적이고 통합적인 영역만이 존재한다. 네티즌들은 자신이 원하면 아주 다양한 수십 개의 동호회에 동시에 가입할 수도 있으며, 또 동시에 탈퇴할 수도 있다. 자신과 전혀 다른 정체성을 가진 사람들과 밤새워 대화를 주고받을 수도 있지만 개인 의지에 따라 그 한번으로 만남을 종결지을 수도, 지속적인 관계를 유지할 수도 있다. 실제 공간에서 우리가 소속되어 있는 국가나 학교, 가족 같은 영역들은 일단 한번 주어진 이상에는 임의적인 가입, 탈퇴가 불가능하며 그 영역 안에서 맺어진 인간관계 또한 자신의 의지와 무관하게 지속되어진다는 점을 생각해 보면 가상공간이 갖는 탈영역화의 성격은 뚜렷해진다.

따라서 기존의 권위는 통용되지 않으며, 어떠한 소속감이나 책임감도 불필요한 자유 공간이다. 이곳에서는 수직적인 모든 관계 망들, 예를 들어 선생님과 제자라는 관계도, 상사와 부하직원이라는 관계도, 연장자와 연소자라는 관계도 그 자체로 아무 의미가 없어져 버린다. 모두가 같은 네티즌들일 뿐이며, 따라서 네트즌들은 대화방에서 상대방의 직업, 연령, 성별과 관계없이 '님'이라는 호칭으로 서로를 부르며, 이때 '님'이라는 지시어는 모든 관계 틀을 수평적 관계로 무화시키는 권력 언어의 기능을 수행한다. 실제 공간에서는 '님'이 존칭어의 기능을 하지만 가상공간 안에서는 단지 일반적인 호칭에 불과할 따름이다. 탈영역화는 권위가 부정된다는 점 말고도, 익명성을 보장해주는 역할도 동시에 수행한다. 영역화된 관계 망에서 개인의 정체성을 숨기기는 어려운 일이지만, 가상공간 안에서는 자신이 치는 대로 매번 새로운 '나'가 만들어질 수 있다. 제도화된 영역이 주는 도덕관념이나 책임감, 의무감 또한 희박해질 수밖에 없으며, 이것이 게시판 문화의 새디즘적 성향으로 표면화된다. 가상공간은 현실 공간과는 달리 물리적인 제재를 가할 수도 없고, 법적인 구속력을 행사하지도 못한다. 유일한 구속이 아이디 정지지만 그 역시 다른 아이디를 만들거나 다른 사람의 아이디를 빌어 가상공간에 복귀할 수 있음으로 실효를 거둘 수 없다. 따라서 자신의 글은 자신이 책임질 수밖에 없으나, 가상공간의 탈영역화와 익명성 보장은 글에 대한 책임보다 글을 쓴다는 행위 자체에 더 탐닉하도록 네티즌을 유도한다.

가상공간 게시판에서 논쟁이 벌어질 경우 대부분 인신공격이나 심정비판에 머무를 뿐 생산적인 논의의 장으로 발전하기는 어렵다. 이는 글을 쓰는 주체들이 자신을 드러내고 싶은 자기애적인 성향과 아울러, 타자에 의해 상처받고 싶지 않은 연약함이 반대급부로 돌출된 이드적인 공격성을 함께 갖고 있기 때문이다.

네티즌들은 항상 즉각적인 만족을 요구하고, 안주하지 못하며, 영원히 채워지지 않는 욕망의 상태에서 가상의 삶을 영위한다. 그들은 채워지지 않는 욕망을 끊임없이 자신을 드러내거나 이드적 공격성을 표출하는 게시판 문화를 통해 해소하려 하고 있으며, 이것이 현실 공간과는 다른 사이버문화의 주요한 토대가 된다. 가상공간의 게시판 문화를 부정적으로 보는 많은 사람들이, 그 안에서는 진지한 토론이 이루어질 수 없다고 비난한다. 그리고 그 근거로 자신의 글에 대한 책임감 상실, 검열 기재의 부재로 인한 이드적 공격성의 무분별한 표출, 노출증적인 글쓰기가 초래한 감각적 자극으로의 몰입을 든다. 그러나 이 같은 비판이 간과하고 있는 것이 있다. 현실 공간과는 달리 가상공간이 억압적이고 권위적인 기제들을 거부함으로써 주체의 자유로운 개성을 펼칠 수 있도록 도와주며, 이것이 스토리텔링이 새로운 도전을 실천할 수 있는 주요한 토대가 된다는 점이다.

가상공간이라는 새로운 소통 공간은 탈중심화와 검열기제의 부재로 인한 자유로운 상상력, 또는 일탈적인 상상력의 특화가 현실 공간에 비해 두드러지게 나타나고 있다.

가상공간은 탈중심화된 공간이기도 하다. 이때의 '탈중심화'는 현실 공간과 달리 물리적인 힘을 지닌 권력 구조도, 억압적인 검열 기제도, 명확한 가치 판단이나 준거 틀도 없는, <중심>으로부터의 '벗어남'이다. 글쓰기에 있어서도 마찬가지이다. 물리적 억압을 가할 수 있는 권위나 검열 기제가 제대로 그 힘을 발휘하지 못하면서, 자연스럽게 글쓰기는 가장 일차적인 표현 욕망인 노출증에서부터 출발한다. 탈중심화는 권위가 부정된다는 점 말고도 익명성을 보장해주는 역할도 동시에 수행하며, 이것이 문학 행위에서 노출증을 극화시킨 상상력의 탈중심성을 부추겨 주었다.

가상공간(새 문명)에서 글쓰기는 자신을 드러내고 싶은 노출증을 가장 효과적으로 무마시켜주는 장치이며 동시에 창작 심리 기제이다. 노출증을 창작 심리 기제로 삼을 때 상상력은 어떻게 하면 많은 사람들의 이목을 집중시킬 수 있는지에 몰입하게 된다. 가상공간의 문학이 SF나 추리, 무협 같은 주변부 장르들에 호의적인 이유도 여기에 있다. 현실 공간에서 주변부 장르의 문학적 상상력은 발표 지면도 협소할 뿐만 아니라 통속문학이라는 편견 탓에 활발하게 창작되어지지 못한다. 현실 공간 문학의 중심화된 정체성이 상상력의 일부분을 제한하고 있는 것이다. 그러나 가상공간은 오히려 많은 사람의 관심을 끌 수 있다는 점에서 그 같은 주변부 문학의 상상력이 전략적으로 이용된다. 상상력의 탈중심성은 주변부 장르에서뿐만 아니라 기존 장르에서도 뚜렷이 나타난다. 노출증을 충족시키고 사람들의 호기심을 자극하고자 현실 공간에서는 취사할 수 없었던 성적 소재들이 아무런 제약 없이 소재화 돼 습작되고, 문학이 견지해야할 최소한의 내적 연관성도 무시한 채 단지 자기만족으로서의 형식 실험이 자연스럽게 이루어진다.

실시간성 쌍방향성으로 인해 작가와 독자의 경계가 희미해지고, 창작과 비평이 서로 넘나든다면, 타자의 간섭과 개입으로 작가의 상상력이 오히려 위축될 수도 있지 않은가라는 의구심이 뒤따를 수 있다. 그러나 그것은 스토리텔링의 상상력이 위축된다기보다는 다자와의 소통 속에서 더욱 자극되고 촉발되고 교호되는 상상력의 확장이라고 보아야 할 것이다.

04 | 화자와 청자 : 다중(多衆)

정보화 사회는 '디지털 노마드'라는 새로운 다중 계급을 형성시켰다. 그들은 가상 공간을 근거지로 하여 디지털 글쓰기를 통해 새로운 문화를 만들어내고 있다. 다중은 대중과는 분명 다른 구성단위이다. 대중이 산업혁명과 자본주의의 발달이 가져다 준 새로운 개념이었다면 다중은 컴퓨터혁명과 정보화 사회가 대중을 고쳐 쓰고 있는 방식이다. 사회구성체의 변화와 연결 지어 사회의 구성단위를 연대기적으로 살펴보면 "민중→대중→다중"의 순서로 이해할 수 있다.

민중은 봉건적 계급 구조 하에서 피지배계급을 지시한다. 민중이라는 의미소 안에는 지배계급과 피지배계급의 수직적 권력 관계가 내포되어 있다. 대중은 산업 혁명 이후 선천적 수직적 지배 구조가 무너지고 후천적 수평적인 근대시민사회가 형성되면서 민중을 대체하는 용어가 되었다. 대중은 봉건적 권력에 거부감을 갖는 대신 대중매체에 의한 집단적 동질감을 통해 형성된다. 사회학상, 사회집단론의 범주에서 보면 대중은 군중·공중 등과 더불어 무조직집단(無組織集團 : 비조직집단)의 하나이다. 현대사회에서 사람들은 갖가지 사회집단에 분속(分屬)되어 있는 동시에, 무조직집단인 '대중'의 일원이기도 하다. 특히 오늘날처럼 대중이 거대한 '매스(mass)'로서 사회의 모든 면에 나타나고, 사회에서 대중의 역할과 힘이 재인식됨에 따라, 대중화된 인간의 능력과 이성의 쇠퇴 등이 문제화되기에 이르렀다. 매스 미디어의 발달로 불특정 다수의 사람들은 조직적인 결합 없이 '공중'의 한 사람이 된다.

그러나 20세기에 와서는 독점자본주의 단계에서의 산업기술과 통신·교통기관의 급속한 발달, 모든 사회조직의 거대화와 관료제화 등으로 이른바 '대중사회상황'이 출현하였다. K.만하임에 의하면, 산업적 대중사회에서의 기능적 합리화의 진전으로 사람들은 기계의 톱니바퀴 같은 존재로 바뀌어 가고, 한때 자주적·이성적 심벌로 여겼던 '공중'은 수동적·정서적·비합리적 대중으로 변질해 간다. 이상과 같은 견해가 대중사회론의 전형인데, 여기서 파악한 대중은 동질화·평준화된 반면에 정서화·비합리화된 것으로, 지배자의 '심벌 조작'에 의해 쉽게 움직이는 존재로 볼 수 있다.

이에 반해 다중은 "특정한 지배 장치에 의해 구조화되기보다는 자신들의 개별 고유성을 소통하면서 공통성을 키워나가는 주체적인 사람들을 말한다. 자본주의 사회에서 획일화되고 매체에 의해 주조되며 수동적인 대중(mass)과는 달리 다중(multitude) 자신들의 주체적인 욕망과 주장들을 결집해 나가는 무리들을 일컫는 말이다."

여기에 더해 사이버네틱 경제의 사회적 공장 속에서 서로 연결되어 생산하고 재생산하는 다양하고 이질적이며 혼종적인 사람들의 집합체를 가리키기도 한다. 원래는 초기 근대의 반(反)홉스주의 철학자인 스피노자의 핵심 용어이다. 다중은 민중 및 대중과의 비교를 통해 좀더 쉽게 이해할 수 있다. 다중은 통합되고 단일하며 대의된 주권적 주체성인 민중 개념과는 달리 반대의적이며 반주권적인 주체성이다. 다중은 비합리적이고 수동적인 주체성인 대중 혹은 군중과는 달리 능동적이며 행동적이고 자기 조직화하는 다양성이다. 다중은 민중과는 대조적으로 사회적 힘들의 다양성이며 군중과는 대조적으로 공통의 행동 속에서 결합된다. 요컨대 다중은 특이성들의 공통성이며 공통적 특이성이다.

그동안 우리는 디지털 시대의 스토리텔링에 대한 논의에서 스토리텔링의 창작과 향유를 담당하는 정보화 사회 새로운 대중에 대한 관심에 소극적이었다. 공간 결정론적인 이해의 수준과 기술 결정론적인 시각의 범주 안에서 '선긋기'의 도그마에 빠져 있었기 때문이다.

네그리는 주체성이 언제나 이종 교배, 경계교차의 과정에서 생산되어 왔음에 주목하면서 탈근대적 주체성인 '다중' 역시 기계와 인간 사이의 접속 면에서 탄생한다고 생각한다. 다중은 실질적 포섭을 주체의 소멸과 연결 짓는 포스트모더니즘적 주술을 극복할 수 없는 한계가 아니라 자신의 존재론적 힘의 재활성화를 위한 필연적

통과점들로 인식한다. 아니 다중은 낡은 주체성의 소멸을 더 완전한 역사적 주체성의 탄생을 위한 더 없는 조건이자 기회로 이용한다. 다중은 자동화, 정보화, 지구화 등 탈근대에 자본이 생존을 위해 채택한 모든 수단들로 자신을 충전시키면서 현대적 지평 위에서 생산되었고 또 생산되고 있는 주체적 형상들로 떠오른다. 사이보그적 다중들은 자신 속에 고도의 선진적 과학능력들을 결합시키면서도 자신을 자연과 인간, 그리고 기계와 협력하는 협동적이고 정서적인 주체로 발전시킨다. 다중 속에서는 새로운 합리성이 아니라 상이한 합리성이 구축된다. 그것은 패권적 질서를 거부하고 대안적인 구성적 여정을 만들어가면서 사회적 가치화의 네트워크들의 변형과 정교화를 제안한다.

다중의 탈근대적 주체성은 '복수 주체'이다. 정보화 사회는 개인의 주체성을 심각하게 위협받고 있다. 현실 공간과 동일하게 가상공간의 역할과 영향력이 점차 확대되어 갈수록 주체는 분열되고 타자화 된다. 가상공간 안에서 주체는 더 이상 합리적 이성이나 계몽의 도구도 아니며, 타자의 시선 안에 갇혀있는 차이와 흔적뿐인 탈주체도 아니다. 현실 공간이 슈퍼 에고와 에고의 지배를 받는 공간이라면, 가상공간은 이드의 지배를 받는 시뮬라크르한 공간이다. 그리고 그 이드는 주체가 어떤 타자와 접속하느냐에 따라 무수하게 분열된 형태로 다시 재조합되면서 개인의 주체를 다성적으로 매개한다. 포스트모더니즘에서 말하는 '탈주체'가 주체는 단일하며 선험적으로 이미 존재하고 있다는 전제 하에서 주체의 억압과 시선으로부터 벗어나고자 하는 의식적인 노력을 지시하는 용어라면, '복수 주체'는 주체는 결코 단일하거나 견고할 수 없으며, 하나의 육체 안에 두개 이상의 이질적인 정체성이 존재할 수 있음을 전제한다. 정보화 사회는 우리에게 육체가 경험하는 물리적인 세계 이외에도 의식적인 흐름만으로 경험할 수 있는 세계를 가능케 해 주었다. 육체와 무관한 의식의 세계 안에서 우리의 주체성은 상황이나 의지에 따라 쪼개지거나 분열된다. '복수 주체'는 바로 이같이 쪼개지거나 분열된 개인의 정체성을 지시해 준다.

'디지털 노마드'라는 용어는 들뢰즈가 처음 사용하였다. 그는 정보화 시대가 다시

금 유목의 문화로 회귀하고 있음을 지적하고, 그 주체 세력을 디지털과 유목민의 합성어인 <디지털 노마드>로 명명할 것을 제안하였다. 인터넷 공간의 시민인 디지털 노마드는 대중과는 구분되는 의식 성향과 정체성을 갖고 있다. 네그리의 다중(多衆) 개념과 '디지털 노마드'를 주체적 특성을 비교해 보면 상당히 유사한 부분이 있음을 발견하게 된다.

다양한 정보를 다양한 시간에 능동적으로 요구하는 특정인에게 전송시키는 쌍방향 대중 매체인 인터넷의 등장으로 탄생한 디지털 노마드는 대중과는 달리 적극적이며 자기중심적이다. 대중은 문화를 선택할 권리가 없음으로 자본에 의해 조작된 권위에 의지하지만, 디지털 노마드는 클릭의 권리를 최대한 활용하여 문화 아이콘을 선택하는데, 이때 선택의 기준은 기존의 권위보다는 자기 판단을 우선한다. 구성원을 조직하는 무형의 수준에 있어 집단은 전체집합이지만 커뮤니티는 부분집합이다. 따라서 디지털 노마드의 소속감은 그가 자의로 자신이 속한 커뮤니티를 떠나지 않는한, 집단 속의 익명의 존재인 대중과는 비교할 수 없을 정도로 강하다. 디지털 노마드가 커뮤니티에 속해 있을 때 그는 그곳에서만 유효한 아이디를 갖게 되는데, 대중이 집단 안에서 스스로의 이름을 지우는 반면에 디지털 노마드는 커뮤니티 안에서 자신의 이름을 부각시키기 위해 스스로를 문화생산자의 지위에 위치시킨다.

디지털 노마드의 특성은 먼저 끊임없이 이동한다는 것이다. 이때 이동은 공간에서 공간으로의 웹서핑만을 의미하는 것이 아니라 관심의 이동까지도 포함한다. 먼 옛날 유목민은 살아 본 적 없는 땅을 헤집고 들어가 자리를 잡았다. 폐허의 장소에서도 가능할 수 있는 삶의 형태를 찾은 것이다. 유목민은 성을 쌓기보다 길을 닦아야 한다는 의식을 갖고 있었다. 그것은 그들의 생존 방식이었다. 디지털 노마드 역시 어느 한 곳에 정착하지 않는다. 그들은 어느 순간 자신이 속한 커뮤니티와 관심사에 놀라울 징도로 집중하지만 그것에 흥미를 잃으면 미련 없이 다른 곳으로 관심을 옮긴다. 얼마 전 문화 현상으로까지 분석되었던 '폐인 신드롬'은 디지털 모나드들의 결속력과 순간 집중력을 극명하게 보여주는 사례이다. 드라마 '다모'가 끝나자 다모 폐인들은 뿔뿔이 흩어졌고, 그들 중 대다수는 또 다른 드라마의 폐인이 되었다. 정착이나 안주보다 방랑을 선택하는 디지털 노마드의 이동 성향은 인터넷 소설의 유행 주기가 현실 공간의 그것에 비해 상대적으로 짧다는 것으로 확인된다. 정착민들과 달리 유목민들에게 속도는 효율이자 생명이었다. 생존하기 위해서는 끊임없이 전쟁과 싸움을 벌여야 했던 이들에게 속도는 가장 큰 경쟁력이었다. 하루에도 수없이 많은 정보들이 생산되고 또 소멸되는 인터넷에서 정보 검색의 유용성은 속도에 의해 판가름 난다. 디지털 노마드의 수시 이동 성향은 그 무의식적 기저에 속도에 대한 강박관념이 깔려있다.

디지털 노마드의 두 번째 특징은 강한 내부결속력과 배타성이다. 인터넷은 그 자체로 거대한 커뮤니티 공간이며, 동시에 무수히 많은 커뮤니티의 집합체이다. 커뮤니티는 구성원들이 약속으로 정한 동일한 무언가(그것은 취향이나 성향이 될 수도 있고, 경험이나 기억이 될 수도 있다)를 공유하는 공동체이다. 국가나 가족, 학교 같은 현실 공간의 공동체가 본인의 의사와 무관하게 타자에 의해 가입했거나 가입해야 하는데 비해 인터넷 커뮤니티는 철저하게 본인의 의사를 존중한다. 따라서 어떤 커뮤니티에 가입했다는 것은, 그것이 비록 일시적일지는 모르지만, 자의적인 판단의 결과이며 커뮤니티의 규약을 따르기로 스스로 약속한 것이다. 디지털 노마드는 자신과 무언가를 공유하는 사람들과는 끈끈한 유대감을 느끼지만 동일한 차원에서 다른 것을 공유하는 사람들에게는 심한 적대감을 드러낸다. 일개 변방의 유목민족에 불과했던 몽고인들이 전 유럽을 공포로 몰아넣을 수 있었던 것도, 훈족이 그들보다 월등한 문명을 자랑했던 로마 제국을 위협할 수 있었던 것도 모두 유목민족 특유의 강한 결속력 덕분이었다.

마지막으로 디지털 노마드는 소비자보다는 생산자라는 마인드가 강하다. 대중이란 용어 안에는 개별성이나 타자성이 전혀 개입해 들어가지 못하며, 불특정 다수를 지칭하는 복수형이다. 대중은 사회 구성원 전체이며 문화의 수동적인 소비자이다. 그러나 디지털 노마드란 용어는 그 자체가 개별자이다. 유목민은 집단을 지시하는 용어임에도 불구하고 단수형으로 읽힌다. 농경장착사회의 시민들은 분업을 통해 자연스럽게 역할 분담을 터득했다. 농사꾼은 농사를 지었고 상인은 물건을 팔았다. 미장이는 집을 지었고 이발사는 머리를 깎았다. 그들은 각자 자신이 맡은 영역 안에서 생산자였지만 사회라는 거대한 집단 안에서 자연스럽게 융화되기 위해서는 여타 영역의 소비를 일상화하여야만 했다. 그러나 정착 생활을 할 수 없었던 유목민들은 분업보다는 협업 체제를 선택하였다. 그들은 집단이 요구하는 모든 수준의 노동을 함께하였고 부여된 노동의 생산자로 스스로를 인식했다. 인터넷 역시 분업보다는 협업의공간이다. 개인의 정보들이 모여 거대한 정보의 바다를 형성하였고, 그 안에서 디지털 노마드들은 웹서핑과 검색을 통해 자신만의 정보를 재창조해 낸다. 정보를 검색하는데 있어 네티즌들은 결코 자신이 기존의 정보를 소비하고 있다고 인식하지 않는다. 정보를 찾아내고 그것을 배열하고 자신이 원하는 형태로 가공하는 역할을 새로운 정보의 생산이라고 믿는다.

인터넷 공간은 그 자체로 글을 쓰고 읽는 거대한 게시판이다. 당연히 글을 쓰는작가와 글을 읽는 독자가 존재한다. 그러나 그 존재방식이 디지털 문화와 연결되어지면 엄숙한과 진지함은 사라지고 재미난 놀이로 변주된다. 작가와 독자, 쓰는 것과읽는 행위의 근본적 차이에 대해 프랑스 철학자 미셀 드 세르토는 다음과 같이 지적하였다. "작가는 자신의 공간을 만드는 창설자이며, 언어의 땅을 경작하는 옛 농부의상속인이며, 우물을 파는 사람이며, 집 짓는 목수다… 독자는 여행객이다. 남의 땅을이곳저곳 돌아다니고 자기가 쓰지 않은 들판을 가로질러 다니며 밀렵하고, 이집트의재산을 약탈하여 향유하는 유목민이다." 정착민과 유목민으로 작가와 독자를 명쾌하게 구분한 미셀 드 세르토의 지적은 그러나 모든 시민계급이 유목민인 인터넷 공간에서는 지시력이 모호해진다.

누구나 약탈자인 공간에서는 생산자 역시 약탈자 중에서 탄생한다. 약탈을 통해창조적 영감을 얻고 그것을 글쓰기로 연결하는 일련의 과정에서 작가와 독자의 정체성은 훼손되거나 모호해질 수밖에 없다. 엄숙함과 진지함 대신에 오히려 글쓰기와 글읽기 과정에 관여하는 것은 '노출'과 '관음'의 심리학이다.

자신을 드러내고 싶은 노출의 욕망은 인터넷의 익명성과 비대면성에 힘입어 폭발적으로 활성화된다. 특히 인터넷 글쓰기에서 창작의 가장 큰 동인은 다른 사람들에게 자기 자신을 읽히고 싶어 하는 욕망이다. "임금님 귀는 당나귀 귀"라 소리치고 싶어 안달했던 대중들은 그러나 현실공간에서는 뒷동산 대나무 숲을 소유하고 있지 못하였다. 인터넷은 바로 그 뒷동산 대나무 숲처럼 모든 이야기를 들어주고 또 바람처럼 들려준다.

관음은 약탈의 메커니즘과 연관된다. 자신이 갖고 있지 못한 무언가를 갖고 사람들에게 네티즌들은 경이와 질시의 이중적 감정에 휩싸인다. 이중적 감정의 혼란에서 벗어날 수 있는 방법은 그것을 약탈해 자기 것으로 만드는 것이다. '펌'을 통해 네티즌들은 독자에서 순식간에 작가가 될 수 있다.

인터넷 글쓰기와 글 읽기가 비록 부정적인 면을 보여주고 있기는 하나 '글[文]'에 대한 우리의 기대지평에서 진지함과 엄숙함을 삭감시키고 그 자리를 재미있는 놀이로 대체한다면 그 순간 인터넷 글쓰기는 아주 유쾌한 재미를 제공해 줄 수 있다. 스토리텔링이 놀이와 만나 재미를 추구하는 것이 가능해진 것은 결국 정보화 사회가 변화시킨 스토리텔링의 세 가지 토대가 궁극적으로는 스토리텔링의 외연과 내연을 확장시키고 있음을 보여주는 것이다.

Making

전략 **1**　디지털 글쓰기에서 독창성은 어떻게 발현되는가?

전략 **2**　가상공간에서 '시간'과 '공간'의 각각 어떤 방식으로 작동하는가?

전략 **3**　디지털 노마드가 노마드와 다른 점은 무엇인가?

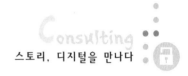

제15장 디지털 스토리텔링

Consulting
스토리, 디지털을 만나다

　스토리텔링의 외연과 내연이 확장되고 있는 것은 '디지털'과 밀접한 관계를 맺고 있다. 이때 디지털은 기술(technology)적인 의미뿐만 아니라 세상에 대한 우리의 인식 태도인 이데올로기(ideology)의 의미도 포함한다. 스토리텔링의 확장된 개념을 우리는 <디지털 스토리텔링>이라 명명할 수 있다.

　디지털 스토리텔링은 디지털 기술을 매체 환경이나 표현 수단으로 수용하여 이루어지는 스토리텔링을 뜻한다. 디지털 스토리텔링이 적용될 수 있는 분야는 게임, 모바일, 영화, 애니메이션, 플래시, 테마 공원 기획, 웹 광고, 웹 에듀테인먼트 등으로 사실상 현대의 모든 디지털 콘텐츠를 아우르고 있다.

　디지털 스토리텔링은 디지털이라는 신기술과 스토리텔링이라는 오래된 문화가 결합돼 형성된 합성어이며 디지털 스토리텔링은 문학이나, 영화, 연극 같은 전통적인 이야기 예술뿐만 아니라 디지털공학, 미디어공학, 경영학 등에서도 널리 연구되고 있다. 디지털 스토리텔링과 문화콘텐츠는 인간의 오랜 이야기 문화의 연장선상에 존재하는 것이며 인물이나 사건과 같은 이야기 재료에서 매혹적인 이야기를 걸러내려면 인문학적인 지식이 강조된 편집이 중요하다.

디지털 스토리텔링에서 중요한 것은 <컨버전스convergence>와 <원소스멀티유즈 one source multi-use>이다. 컨버전스는 사전적 의미로 "여러 기술이나 성능이 하나로 융합되거나 합쳐지는 일"이다. 디지털 스토리텔링이 기왕의 스토리텔링 방식과 다른 점은 기술에 대한 의존도가 높아졌다는 것이다. 요즘 가상공간에서 폭발적인 인기를 얻고 있는 UCC(User Created Contents)의 예를 들어보자. UCC를 제작하기 위해서는 스토리텔링의 능력뿐만 아니라 동영상을 촬영하고 편집하고 게시판에 업로드하는 다양한 형태의 테크닉을 요구한다. 아날로그 시대의 스토리텔러들은 이야기를 만들어 내는 능력만을 필요로 했으나 디지털 스토리텔러들은 이야기를 만들어내는 과정 중에 필연적으로 디지털 기술의 도움을 받아야만 한다. 따라서 이야기를 만들어내는 인문학적 상상력과 그것을 가공하는 예술적 심미안, 가공된 텍스트를 보기 좋게 편집할 수 있는 공학적 기술까지를 모두 아우를 수 있는 통합적 능력이 디지털 스토리텔링에서는 필수적이다. 컨버전스는 기술의 융합뿐만 아니라 마인드의 확장까지 포함한다.

<원소스멀티유즈> 개념은 하나의 소재를 서로 다른 장르에 적용하여 파급효과를 노리는 마케팅 전략이다. 이 전략은 문화산업재의 온라인화와 디지털 콘텐츠화가 급진전되면서 각 문화상품의 장르간 장벽이 허물어지고 매체간 이동이 용이해짐에 따라 하나의 소재(one source)로 다양한 상품(multi-use)을 개발, 배급할 경우에 시장에서의 시너지 효과가 크다는 판단에 따른 것이다. 근래에는 창구 효과가 큰 문화산업의 특성에 맞추어 아예 기획 단계부터 영화·게임·애니메이션·캐릭터 등을 망라하는 문화 콘텐츠를 개발하여 그 효과의 극대화를 꾀하는 추세이다.

특히 하나의 인기 소재만 있으면 추가적 비용부담을 최소화하면서 다른 상품으로 전환해 높은 부가가치를 얻을 수 있다는 점에서 각광받고 있다. 또한 관련 상품과 매체를 체계적으로 관리할 수 있어 저렴한 마케팅 및 홍보 비용으로 큰 효과를 누릴

수 있다는 장점이 있다. 예로서 월트디즈니에서 자사의 애니메이션을 이용한 캐릭터 사업으로 막대한 매출을 올리고 있는 것이나 루카스아츠(LucasArts)사가 ≪스타워즈≫를 게임 및 캐릭터로 개발해 큰 인기를 끌고 있는 것 등을 들 수 있다.

이 같은 전략은 미국의 ≪아담스 패밀리≫ 시리즈에서 그 최초의 전형을 찾아볼 수 있다. 아담스 시리즈는 1932년 신문만화에서 출발한 이후 1964년부터 1966년까지 2년여에 걸쳐 총 64부작의 TV 시리즈가 방영되면서 본격적으로 멀티유스화가 진행되기 시작하였다. TV 시리즈의 성공 이후 1973년부터 1975년까지 애니메이션으로 제작되어 방영되기도 하였으며, 1977년에는 다시 TV용 영화로 제작되었다. 1991년에는 베리 소넨필드(Barry Sonnenfeld) 감독의 극장용 영화로 제작되어 큰 호응을 얻게 된다. 이같이 출판만화에서 시작하여 TV 시리즈와 애니메이션 그리고 영화로 이어지는 장르 영역의 확대가 바로 원 소스 멀티유스라 할 수 있다.

특히 디지털 스토리텔링에서 <원소스멀티유즈>가 중요한 것은 산업적 측면에서 활용가치의 극대화를 꾀하는데 유의미한 전략이기 때문이다. 이제 문화와 산업에서 디지털 스토리텔링을 빼놓고는 이야기를 할 수 없다. 정보화 혁명과 이야기 예술이 만나서 만들어 내는 새로운 문화콘텐츠. 즉, 디지털 스토리텔링은 이야기 예술을 넘어 콘텐츠 산업 전체에 적용되고 있기 때문이다. 사건 진술의 내용을 스토리라 하고 사건 진술의 형식을 담화라 할 때 스토리텔링은 스토리, 담화, 스토리가 담화로 변하는 과정 이 세 가지 모두를 포괄하는 개념이다. 컴퓨터 게임, 애니메이션, 영화, 웹 콘텐츠, 모바일 콘텐츠 등은 디지털 스토리텔링이 이루어지는 핵심 분야들이다.

<원소스멀티유즈>의 서사적 가치는 다양성의 인정에 있다. 디지털을 매개로 한 스토리텔링은 기존에 인쇄 책자로 발신자가 수신자에게 있는 그대로 전달하는 것과는 다르게, 수신자가 이야기의 플롯을 선택하여 더 많은 이야기로 뻗어나갈 수 있게 하고, 수신지기 스스로 이야기를 만들 수 있는 환경을 제공한다. 이와 같이 수신자가 이야기의 새로운 플롯을 선택하거나, 만들어가며 직접적으로 참여하는 것을 엔터테인먼트 스토리텔링이라고 한다. 엔터테인먼트 스토리텔링은 인터넷에서 접할 수 있

는 영화나 소설 등 단순히 디지털 정보로 변환된 이야기물이 아니다. 하이퍼텍스트 소설이나 상호 작용 영화 또는 컴퓨터 게임과 같이 이용자가 이야기의 내용과 그 진행에 실질적으로 관여함으로써 내용 자체를 조작하거나 변형시켜 새로운 즐거움을 창출하는 것을 말한다. 하나의 텍스트가 사용자(user)에 의해 다양한 방식으로 읽히는 디지털 텍스트는 디지털 스토리텔링의 서사적 가치가 멀티유즈에 있음을 보여준다.

01 | 온라인 게임의 디지털 스토리텔링

새로운 텍스트는 자신의 고유한 특징을 활용하는 독특한 표현 양식을 창출해냄과 동시에 기존의 표현 방식과 문화적 양식에 의존한다. 즉 어떤 유형이든 새로운 텍스트의 표현 양식은 일종의 혼성태로, 기존의 관습과 새로운 양식의 조합이다. 온라인 게임 역시 '컴퓨터'라는 도구의 발명이 가능케 해준 새로운 텍스트이지만, 그 안에는 우리에게 익숙한 소설의 서사 문법이 변형된 형태로 자리 잡고 있다. 소설의 문법에서 중요한 것은 자아와 세계 사이의 갈등인데, 온라인 게임의 시나리오 역시 갈등에 의존하고 있다. 그러나 갈등 구조라는 총론은 변하지 않았지만 그 전개 과정이나 해결 방식에 있어서 소설과 게임은 분명 다른 길을 가고 있다. 한 예로 게임에서 갈등 구조는 두 가지 차원에서 이루어지는데 '나'와 '세계' 사이의 갈등이 하나라면, 다른 하나는 '나'와 '그' 또는 '그들' 사이의 갈등이다. 이때 '그(들)'는 동일한 게임 공간에서 활동하는 다른 유저를 지시한다. 전자의 갈등은 '나'의 일방적인 승리로 해결되어야 하는 단순한 서사인 반면, 후자의 갈등은 결코 해소될 수 없는 끝없이 그 결말이 연기되는 복잡한 서사 양상을 띤다. 소설 텍스트가 '나'와 '세계' 사이의 외면적 갈등이나 '나'와 '나' 사이의 내면적 갈등을 재현한다면, 게임 텍스트에는 '나'와 '그(들)' 사이의 갈등이 새롭게 등장한다. 이 갈등 구조를 '타자적 갈등'이라 명명할 수 있을 텐데, 외면적 갈등이나 내면적 갈등으로 설명할 수 없는 게임 서사만의 독특한 갈등구조이다. 갈등 구조가 기존의 관습이라면, 그 전개 과정이나 해결 방식의 차이, 낯선 갈등 구조의 등장은 새로운 양식이다.

온라인 게임의 디지털 스토리텔링을 이해하기 위해서는 동일한 서사 관습이 서사 체에 따라 어떤 방식으로 변화하고 있는가를 살펴보아야 한다. 영웅 서사는 인류가 창조해낸 이야기 구조 중 가장 오래됐으며, 영향력이 있는 화소이다. 세계 곳곳에 흩어져 있는 신화, 전설, 민담 등 설화문학에서 보편적이며 광범위하게 발견되는 '영웅 서사'는 문학뿐만 아니라 영화, 연극, 드라마 등 시대를 초월해 모든 서사 예술이 채택하고 있는 유력한 이야기 관습이다. 컴퓨터 게임 역시 예외는 아니다. 오락실 아케이드 게임 시절부터 PC 게임, 최근의 인터넷 온라인 게임에 이르기까지 '영웅 서사'는 너무도 익숙하게 게임 서사의 중심축을 이루고 있다. 90년대 초 아케이드 게임 시장을 풍미했던 <철권 시리즈>의 영웅 캐릭터들, <원숭이섬의 비밀>이나 <인디아나 존스> 시리즈 등 PC 어드벤쳐 게임의 주인공들, RPG 게임의 새 장을 연 <디아블로 ⅠⅡ>의 전형적인 영웅 서사, 한국 온라인 게임을 선도하고 있는 <리니지>나 <뮤>의 시나리오가 의지하고 있는 중세 환타지 영웅담 등은 컴퓨터 게임 서사와 영웅 서사가 얼마나 밀접한 관련을 맺어 왔는지를 보여주는 사례이다. 컴퓨터 게임의 '1인칭 의사 체험 몰입 놀이'라는 구조적 특성은 유저로 하여금 현실에서 벗어나 지극히 비일상적인 세계와 만나, 그 세계 안에서 현실과 전혀 다른 '나'로 재탄생하게 되길 바라는 무의식적 욕망을 구체화시켜주고 그것을 활성화 시킨다. 현실과 비현실, '나'와 전혀 다른 '나'라는 모순적 거리를 익숙한 관습으로 메워주기 위해 컴퓨터 게임 서사는 인류의 가장 오래된 이야기 구조인 영웅 서사를 차용하고 있는 것이다.

물론 기존의 관습은 온라인 게임이라는 멀티미디어 텍스트 안에서 새로운 양식으로 변용된다. 영웅 서사는 아날로그적 전통이지만 컴퓨터 게임은 디지털 놀이이다. 따라서 아날로그적 전통은 어떤 형태로든 변용 과정을 거쳐야 디지털 스토리텔링의 화소가 될 수 있다. '디지털적 변용'이라고 지칭할 수 있는 이 가공 과정은 디지털 서사예술로서 컴퓨터 게임이 갖는 미학적 특징을 양식화할 수 있는 중요한 단서가 될 수 있다. 이제부터 기존의 영웅 서사가 디지털적 변용 과정을 거쳐 어떻게 '이어 쓰이고' '고쳐 쓰였는지'를 살펴보도록 하자.

먼저 온라인 게임의 영웅 서사에서 영웅은 객체가 아니라 주체로 자리바꿈한다. 영웅—주인공은 '그'가 아니라 '나'가 되며, 유저는 독자로서가 아니라 행위자로서 서사 진행에 능동적으로 개입한다. 전통적인 영웅 서사물에서 영웅—주인공은 혼자이지만 온라인 게임 영웅 서사물에서 영웅—주인공은 무수히 많은 불특정 다수이다. 온라인 게임의 필드 안에서 만나는 수많은 유저들이 각각 영웅—주인공의 인물 기능을 수행하며, 그들은 동일한 임무수행이나 목표를 놓고 경쟁하거나 협력한다. 전통적인 영웅 서사에서 임무 부여자나 조력자, 적대자의 역할은 온라인 게임 영웅 서사에 오면 NPC(NPC는 Non-Player Character의 약자로 몬스터나 상점주인, 마을사람들 등과 같이 유저가 조종할 수 없는 게임 상의 캐릭터를 일컫는다)가 대신한다. 전통적인 영웅 서사에서 임무 부여자, 조력자, 적대자가 고정적이고 확정적인데 반해 온라인 게임 영웅 서사의 서사 상황에는 수많은 NPC들이 존재하는데 어떤 NPC를 만나느냐에 따라 서사는 자의적이고 임의적으로 진행된다. 임무 부여자, 조력자, 적대자의 선택은 전적으로 유저의 권리이며, 그 선택에 따라 동일한 필드 안에서 영웅—주인공들은 각각 다른 서사 동선을 소유하고 경험할 수 있다. '서사 동선의 소유' 역시 온라인 게임 영웅 서사만의 독특한 변용이다. 유저는 게임을 즐기다 아무 때고 현실 공간으로 빠져나올 수 있는데, 이때 그동안 진행해왔던 서사 동선은 자동적으로 온라인 게임 서버에 저장된다. 다음에 다시 유저가 게임에 접속하였을 때 저장되었던 서사 동선이 '불러오기'를 통해 자동적으로 호출되고, 서사는 마지막 접속을 마쳤던 바로 그 지점에서 다시 시작되어진다. 전통적인 영웅 서사에서 서사 동선은 독서 과정 중에 독자의 머릿속에 기억으로 저장되었다가 새로 독서를 시작하면 희미하게 복원된다. 그러나 온라인 게임은 그 기억을 컴퓨터가 대신 해 줌으로써 완전한 형태의 서사 동선을 아무 때고 복원할 수 있게 되었다. 주체적 행위자로서 서사에 참여하지만,

그 기억을 컴퓨터에 의지함으로써 온라인 게임의 서사는 전통적 서사의 아날로그적 기억을 디지털화한 DB로 재구성하는 것이다.

두 번째, 온라인 게임 영웅 서사의 인물 기능은 '임무수행'에 집중되어 있다. '낙원탐색'은 '임무수행'과 겹쳐져 나타나고, '자아탐색' 같은 '탐색 모티브'는 거의 찾아볼 수 없는데, 이는 전통적인 영웅 서사를 온라인 게임 영웅 서사가 이어 쓰고 있는 부분이다. 그러나 그 배경은 사뭇 다르다. 전통적인 영웅 서사에서 '자아탐색'을 찾아보기 힘든 것은 영웅이라는 설정 자체가 초월적이고 전인격적인 존재라는 신화적 믿음에서 비롯된 것이지만, 온라인 게임 영웅 서사에서는 기술적인 한계와 관련이 있다. 온라인 게임의 소스는 '패턴'과 '루프', '반복'에 의해 프로그래밍된다. 무수히 많은 경우수가 존재하기는 하나 A라는 행동에는 B라는 반응이 이미 구조화되어 있다. 따라서 그 기계적 설정 사이에 갈등이나 불안이 개입해 들어갈 여지가 없으며 영웅-주인공은 A라는 행동을 할 것인가 B라는 행동을 할 것인가를 고민할 수는 있지만, 그 반응을 수정하거나 받아들이기를 거부할 수는 없다. 따라서 그는 자신의 행동에 언제나 확신과 믿음을 갖고 있어야 한다. 그래야만 게임 서사의 진행을 주도적으로 이끌고 나갈 수 있기 때문이다. 자신의 내면을 들어다 본다는 것은 회의와 불안의 소산이다. 전통적인 서사에서 영웅은 회의와 불안 같은 인간적인 약점을 극복하거나 초월하였기에 영웅의 칭호를 부여받을 수 있었다. 온라인 게임에서는 그런 영웅의 전통적이고 관습적인 이미지가 '놀이'의 영역 안에 자리 잡게 됨으로써 '자아탐색'의 인물 기능이 기술적으로 매끈하게 봉쇄되었다. 놀이를 심각하게 고민하여 즐길 유저는 아무도 없기 때문이다.

세 번째, 임무를 수행하는데 있어 전통적인 영웅 서사가 하나의 임무와 그 수행에 모든 서사를 집중하는데 비해, 온라인 게임 영웅 서사는 다양한 임무가 준비되어 있고, 하나의 임무가 끝이 나면 다시 새로운 임무가 부여된다. 그리고 그 임무수행은 끝없이 계속 진행된다. 만약 임무 수행이 더 이상 이루어지지 않는다면 그 온라인 게임은 더 이상 게임으로서의 존재가치를 상실하게 된다. 온라인 게임의 서사는 기실 임무수행의 서사이며, 아무리 어려운 임무라 하더라도 언젠가는 유저에 의해 수행되고야 만다. 따라서 임무가 수행되면 그것으로 서사가 종결되는 전통적인 영웅 서사와 달리 온라인 게임 영웅 서사는 항상 새로운 임무를 마련해 놓아야 한다. 국내 온라인 게임 업체들이 주기적으로 업데이트하여 내놓은 '에피소드'는 임무 수행의 새로운 버전이라고 할 수 있다. 시간이 경과할수록 유저는 점점 강해지고 그에 따라 게임의 재미도 삭감될 수밖에 없다. 게임의 재미를 지속시켜 유저로 하여금 그 게임에 대한 흥미를 잃지 않게 하기 위해서는 계속 새로운 임무를 부여해야 한다. 그리고 그 임무는 퀘스트의 수행이나 새로운 유니크 아이템의 획득, 물리적 수치의 증가인 레벨업 등 다양한 형태로 부여된다. 전통적인 영웅 서사가 공주를 구하거나 보물을 획득하거나 전쟁에서 승리하는 등의 퀘스트 중심의 임무인데 반해, 온라인 게임의 영웅 서사는 관습적인 퀘스트 수행에 더하여 레벨업이나 아이템 획득 등의 임무가 양식화되어 새롭게 부여된다. 그리고 이 임무들의 수행을 통해 영웅—주인공에게 주어지는 보상은 '강해지는' 것이다. 전통적인 영웅 서사에서 '보상'이라는 의미는 공주와의 결혼이나 권력이나 부의 획득 등 권선징악적인 요소를 지니며 곧 서사의 결말을 의미한다. 그러나 온라인 게임 영웅 서사에서 '보상'은 결론이 아니라 강해지는 '과정'에 불과하다. 퀘스트를 수행하면 금전이나 아이템의 보상이 있고, 유니크 아이템의 착용이나 레벨업을 통해 영웅—주인공은 그런 보상을 받지 못한 다른 유저에 비해 훨씬 더 강해진다. 자신만이 영웅—주인공일 때는 강함을 비교할 대상이 없기에 현재 자신의 수준에 만족할 수 있지만, 온라인 게임 영웅 서사에서는 수없이 많은 영웅—주인공이 있고, 유저인 '나'는 항상 그들과 자신을 비교하거나 비교당할 수밖에 없다. 따라서 강해지기 위해서는 임무를 수행하여야 하며(그래서 계속 새로운 임무가 부여되어야 하며), 강해지고자 하는 욕망에는 끝이 없고(필드 상의 수많은 영웅—주인공들 역시 그 욕망을 위해 서사를 진행하기 때문에) 그 욕망은 결코 이루어질 수 없다(계속 새로운 임무가 부여되기 때문에). 따라서 전통적인 영웅 서사와 달리 온라인 게임 영웅 서사는 결코 완결될 수 없는 것이다.

네 번째, 전통적인 영웅 서사가 목적지가 분명한 귀환형 구조라면 온라인 게임 영웅 서사는 목적지가 없는 미로 구조이다. 목적지가 존재하느냐 존재하지 않느냐는 서사의 완결성에 중요한 영향을 준다. 목적지가 존재한다는 것은 출발지도 역시 존재한다는 것이다. 출발지에서 임무를 부여받고, 그 임무를 수행하기 위해 목적지로 여행을 떠나고 목적지에 도착해 임무를 완수하면 다시 임무가 부여됐던 출발지로 보상을 받기 위해 귀환하는 것이 전통적인 영웅서사의 일반적인 관습이라면, 온라인 게임의 영웅 서사는 그 전개 방식이 결코 관습적이지 않다. 영웅―주인공은 임무를 부여받고 목적지로 향한다. 임무를 수행하면 다시 돌아와 그에 따른 보상을 받는다. 다시 새로운 임무를 부여받는다. 떠난다. 그 과정을 반복하면서 점차 강해지면 영웅―주인공은 다시 새로운 임무 부여자를 찾아낸다. 그를 만나 다시 동일한 과정을 반복한다. 강해질수록 영웅―주인공은 거기에 맞는 새로운 임무 부여자를 찾아내야 하고, 임무에 맞는 새로운 목적지로 여행을 떠나야 하고, 이런 과정을 반복하면서 서사는 끝도 없이 진행되는 것이다. 온라인 게임 영웅 서사에서 정착 구조는 결코 가능하지 않는데, 정착한다는 것은 곧 더 이상 게임을 진행시키지 않겠다는 의미이기 때문이다. 가상 세계를 오로지 강해지겠다는 목적 하나로 끊임없이 여행하는 온라인 게임의 영웅―주인공은 정착을 거부하는 '디지털 노마드'의 정체성이 놀이문화와의 결합을 통해 전형적으로 양식화된 것으로 볼 수 있다.

마지막으로 전통적인 영웅 서사에서는 주인공의 성별이 서사 진행에 큰 영향을 주지만, 온라인 게임 영웅서사에서는 주인공의 성별이 서사에 아무런 영향도 주지 않는다. 전통적인 영웅 서사의 주인공은 주로 남성들이었다. 여성들은 남성 영웅에게 부여된 임무의 대상이거나 임무 수행의 보상으로 존재하였다. 남성 영웅들은 대의나 정의를 실현시키기 위해 당당하게 주어진 임무를 받아들이지만, 남성 영웅에 비하면 수적으로도 열세인 여성 영웅들은 아버지의 병을 고치거나 사랑하는 남편을 위해 어쩔 수 없이 길을 떠난다. 그리고 임무를 수행하는 방식도 남성 영웅들이 전적으로 자신의 의지와 능력을 통해 완수하는데 비해 여성 영웅들은 남성 조력자의 도움이나 조언을 통해 비로소 완수하게 된다. 임무수행의 동기나 원인이 남성 영웅(대의나 정의를 실현)과 여성 영웅(효나 애정)에게 이처럼 다르게 나타나고 그 과정 역시 차이를 보이는 것은 성별에 따른 편견이 영웅 서사의 구조화에 직접적으로 영향을 미쳤기 때문이다. 그러나 온라인 게임 영웅 서사에서 성별은 유저가 선택해야 할 수없이 많은 선택 사항 중 하나일 뿐이다. RPG 게임인 <디아블로>의 경우에는 아예 직업 자체의 성별이 고정되어 있다. 아마존이나 소서리스를 직업 클래스로 선택한 유저는 본인의 의지와는 무관하게 여성의 성별을 갖고 게임 서사를 진행시켜야 한다. 그러나 남성 직업 클래스인 바바리안이나 팔라딘이나 여성 직업 클래스인 아마존이나 소서리스는 모두 동일한 임무를 수행하고 동일한 보상을 받는다. 성별에 따른 차별이나 불이익은 존재하지 않으며, 오히려 1 : 1 PK에서 원거리 공격 캐릭터인 여성 직업 클래스가 훨씬 더 유리하기도 하다. 남성을 선택하나 여성을 선택하나 게임의 서사를 진행하는 데는 아무런 차이가 없으며, '강해진다'는 목적 또한 두 성별 모두 동일하다. 온라인 공간의 익명성 보장이라는 문화적 배경이 온라인 놀이 문화인 게임에도 삼투되어 들어간 것이다.

'컴퓨터'와 '인터넷'이라는 새로운 물적 도구와 공간적 지반의 마련이 탄생을 가능케 한 신(新)예술은 기왕의 스토리텔링 방식을 혁명적으로 전복시키고 있다. 아날로그 시대와 변별하기 위해 '디지털 스토리텔링'이라 명명할 수 있는 이 새로운 서사 방식은 서사의 과정에 독자(또는 관객)를 참여시키며, 닫혀있는 텍스트에서 열려있는 텍스트로, 문자 중심에서 문자와 영상, 음향의 복합 매체 중심으로, 선형적 구조에서 비선형적 구조로, 그동안 우리가 관습이라 여겨왔던 양식들을 파괴하며 새로운 서사 문법을 만들어내고 있다.

02 │ 하이퍼텍스트와 디지털 스토리텔링

　가상 공간은 시간과 공간이 뫼비우스의 띠처럼 연결되어 있는 공간이다. 인터넷이라는 거대한 네트워크 안에서 우리는 수시로 시간과 공간의 제약을 뛰어넘어 자신이 원하는 정보에 접근할 수 있다. 가상공간 안에서 과거란 존재하지 않는다. 모든 기억은 비물질적인 기호인 비트로 표시되어 있으며, 그것은 어느 때고 누군가에 의해 다시 끄집어내어지는 순간 현재가 된다. 독자들이 작가의 작품을 읽을 때 표시되는 조회수는 '현재'를 상징하는 점멸 부호이다. 따라서 현실 공간에서의 서사의 파괴가 과거, 현재, 미래의 순서 바꿈에 의지하고 있다면, 가상공간에서는 끝없는 현재화로 그것이 대체된다. 사진이나 캠코더로 과거를 반영구적으로 보존할 수 있음으로 해서 서사의 파괴가 가능했던 현실 공간과, 비물질적인 시공간 위에서 '현재화'를 통한 서사 파괴를 수행하는 가상공간은 그 존재론적 기반이 다른 것이다. 과거 · 현재 · 미래의 시간성과 시간의 거리를 전제로 한 공간성은 실제 가상공간 안에서 소통에 참여하고 있는 작가와 독자들에 의해 읽기와 쓰기에 걸쳐 광범위하게 파괴되고 있으며, 이것은 문학적 기호 변화의 한 양상으로 이해할 수 있다. 현실 공간에서 작가들은 인위적으로 서사를 파괴함으로써 텍스트의 미학적 장치로 활용하며 독자 역시 작가의 의도된 전략으로 이해하는 반면에, 가상공간에서의 서사 파괴는 의도라기보다는 공간이 주는 자연스러운 의식의 전환이기 때문이다.

　시간성과 공간성에 대한 새로운 인식은 하이퍼텍스트(Hypertext)라는 새로운 스토리텔링 방식을 통해 텍스트의 미완 구조라는 형식 미학으로 구체화된다. 하이퍼텍스트는 작가가 만들어놓은 수많은 서사의 경우 수를 독자가 임의적으로 취사 선택하여 서사를 재구할 수 있도록 짜인 열려있는 텍스트이며, 새로운 쓰기와 읽기를 가능케 하는 텍스트이다. 독자는 임의적으로 링크(link)를 클릭함으로 해서, 이야기의 흐름을 바꾸어 자신만의 줄거리로 텍스트를 재구성할 수 있다. 만약 중간에 어떤 한 링크의 선택을 번복한다면, 당연히 줄거리 또한 달라진다. 따라서 하이퍼텍스트는 끝없이 연속되어지며 결코 완결될 수 없는 미완 구조를 지닌다. 미완 구조 역시 현실 공간의 텍스트에서도 찾아볼 수 있는 형식 미학이지만, 그것이 독자의 의도에 따라 구체화 된다는 점에서 현실 공간의 그것과는 다르다. 이제 독자들의 문학적 기호는 읽고 따라가는 독서에서 쓰고 참여하는 독서로 새롭게 변화해 나가고 있는 것이다.

하이퍼텍스트는 다음과 같은 특징들을 갖는다. 첫째, 적극적 독자를 전제한다. 둘째, 하이퍼텍스트는 유동적, 중층적이지 고정되거나 단일하지 않다. 셋째, 하이퍼텍스트는 시작이나 종결이, 중심과 주변이, 안과 바깥이 없다. 넷째, 하이퍼텍스트는 다중심적이고 한없이 재중심화할 수 있다. 다섯째, 하이퍼텍스트는 망을 이루는 텍스트이다. 여섯째, 하이퍼텍스트는 합동적이다. 일곱째, 하이퍼텍스트는 반위계적이고 민주적이다.

하이퍼텍스트가 보여주고 있는 서사의 파괴와 텍스트의 미완 구조라는 형식 실험이 문학 주체들의 적극적인 개입과 참여라는 의식의 전환에서 출발하고 있다는 점은, 비록 현실 공간과 겹쳐지는 기시감을 안고 있다 하더라도, 새로운 시대 스토리텔링의 변화를 분명하게 드러내준다.

첫 페이지 위에서 시작해 왼쪽에서 오른쪽으로, 위에서 아래로, 미리 정해진 연속적인 방식으로 끝까지 페이지를 넘기는 바로 그러한 독서행위는 따분하고 옥죄는 것이 되었다.

● ● ● 래이먼드 패더만

하이퍼텍스트적 소설은 진정한 하이퍼텍스트가 아니라 하이퍼텍스트의 문화를 위한 소설이다. 정보 면에서 하이퍼텍스트의 강렬한 유혹이 소설을 궁극적으로 케케묵고 무기력한 지위로 전락시킬 것인가를 말하는 것은 (바람직하지 않고) 불가능하다. 하이퍼텍스트적 소설은 하이퍼텍스트 데이터 베이스의 진정한 접근을 가능케 하는 상호작용적 컴퓨터 소설로 이행하는 이행 단계에 지나지 않을지도 모른다. 또는 이러한 소설들은 전자 문화가 새로운 미디어 풍경에서 경쟁할 수 있는 정보 문학을 창출하면서 전통적인 고정된 활자 소설을 문화적으로 활성화하기 위해 정보를 처리하는 방식의 기본적인 변화를 인식하게 해주는 정도로 충분할지 모른다.

• • • 브룩스 랜더

하이퍼텍스트를 읽으면서 사람들은 화면의 표면 아래 발견되기를 기다리는 엄청난 이야기의 저수지가 있음을 감지한다.

• • • 로버트 쿠버

하이퍼픽션(Hyperfiction)은 이론이 아니다. 그것은 실제 인터넷상에서 구현되고 있는 스토리텔링의 새로운 양식이다. 디지털 텍스트화 된 '이야기'와 탈국경적이고 탈이데올로기적인 인터넷이라는 '가상공간'의 만남이 만들어낸 전복적인 형식 실험이다. 아직 국내에서는 하이퍼텍스트의 창작이 거의 전무한 상태이지만, 인터넷을 통해 이미 그 가능성과 영향력을 목격하고 있음으로 해서, 수없이 교차되어지는 링크(link)의 구현이나 WWW(월드 와이드 웹)의 실현이라는 통신 환경 기술상의 문제만 해결된다면, 활발히 창작되어질 수 있는 디지털 스토리텔링의 한 방식이다.

<하이퍼텍스트>란 표현을 처음 만들어낸 테오도르 넬슨에 따르면 그것은 비연속적 글쓰기(non-sequential writing)이다. 하이퍼텍스트가 비연속적이라는 사실은 요즘 인터넷에서 널리 사용되는 월드와이드웹을 사용해보면 바로 알 수 있다. 하이퍼텍스트로 쓰인 거대한 망인 월드아이드웹은 수많은 마디(node)들로 구성되어 있고 이들 마디들에는 핫워드(hot word)들이 널려 있다. 이 핫워드들은 컴퓨터 화면에서 빨강이나 파랑 등의 색깔을 내면서 텍스트들의 다른 부분들과는 대조를 이루면 나타난다. 커서가 거기 닿으면 화살표에서 손 모양으로 바뀌는데 이때 마우스를 누르면 핫워드

가 지정하는 다른 화면으로 들어가게 된다. 텍스트의 기본 흐름에서 벗어나 새로운 마디로, 즉 다른 웹사이트로 들어가는 것이다. 이것은 하이퍼텍스트의 독해가 연속적으로 진행되지 않고 결절점(nodal point)을 따라서 비선형적으로 이동하면서 진행됨을 의미한다. 그리고 하이퍼텍스트의 이런 성격은 독자의 적극 개입을 전제로 할 때 실현 가능하다.

하이퍼텍스트는 새로운 쓰기와 읽기를 가능케 하는 텍스트이다. 독자는 임의적으로 링크(link)를 클릭함으로 해서, 이야기의 흐름을 바꾸어 자신만의 줄거리로 텍스트를 완결 지을 수 있다. 만약 중간에 어떤 한 링크의 선택을 번복한다면, 당연히 줄거리 또한 달라진다. 따라서 물질화 되고 그 자체로 고정적인 책과는 근본적으로 다른 '이야기'가 된다.

하이퍼픽션이란, 오직 컴퓨터로만 읽을 수 있고 발전해 가는 하이퍼텍스트와 하이퍼미디어 기술로 실현 가능한 새로운 내러티브 양식이다. 황순원의 『소나기』를 한 재기 발랄한 작가가 하이퍼픽션으로 새롭게 고쳐 썼다고 가정해 보고, 하이퍼픽션이 어떤 구체적인 형태로 현현하는지를 알아보자.

먼저 『소나기』라는 핫워드를 클릭하면 두 개의 새로운 핫워드가 나온다. 하나는 '시골'이고, 다른 하나는 '도시'이다. 독자는 『소나기』의 공간 배경부터 선택해야 한다. '도시'를 클릭하자, 한 소년이 하이텔의 대화실에서 한 소녀를 만난다. 서로 이야기를 주고받건 그들은 서로에게 호감을 갖는다. 다른 링크, 온라인 상에서 대화만을 주고받던 소년과 소녀가 드디어 얼굴을 마주 대한다. 소녀는 유난히 하얀 얼굴을 지녔다. 둘은 재미있는 시간을 보낸다. 또는 어느 날부터 소녀가 대화실에 들어오질 않는다. 소년이 보내는 편지도 읽지 않는다. 그러다 우연히 다른 네티즌으로부터 소녀가 아파 병원에 입원했다는 소식을 전해 듣는다. 또는 '시골', 독자는 맨 마지막 장면을 읽는다. 소년의 아버지가 소녀가 결국 죽고 말았다는 말을 어머니에게 한다. 소년은 걷잡을 수 없는 슬픔에 소리 죽여 운다. 혹은 바로 전 링크에 가서 독자가 선택을 번복할 수도 있다. 소녀의 아버지가 서울에서 내려와 소녀를 데리고 올라간다. 동구

밖까지 배웅을 나간 소년은 소녀의 멀어지는 뒷모습을 보며 다시 만날 것을 기대한다. 다시 '도시' 맨 마지막 링크, 소년은 소녀가 남긴 마지막 편지를 전자 메일로 읽는다. 소년은 소녀의 아이디를 가상공간 내에 영원히 남아 있을 수 있게, 부모님을 졸라 소녀가 사용하던 아이디로 아이디를 하나 더 만든다.

이처럼 중심 줄거리는 한 소년과 소녀가 만나 서로에게 이성적인 감정을 느끼며, 사춘기의 통과 의례를 경험하는 것이지만, 독자가 마우스를 눌러 무수히 교차되어 있는 중층적인 어느 링크로 가느냐에 따라 줄거리는 제각각 일 수 있다.

현재의 인터넷은 하이퍼텍스트 시스템을 기반 한 것이라 할 수 있다. 하이퍼텍스트는 텍스트의 복합체로서 노드(node)로 구성되어 있는데, 이 노드는 기존 텍스트의 페이지, 문단, 장, 권에 해당하는 것으로 링크(link)에 의해 상호 연결 및 변형이 가능해 일방향적 체제에서 다방향적 혹은 쌍방향적인 커뮤니케이션체제로의 텍스트 구성이 가능하다. 곧 하이퍼텍스트는 평면을 뚫고 지나 새로운 텍스트를 지속적으로 만날 수 있는 비선형적 구조를 가지고 있으며 공간과 시간의 전후통로가 개방되어 있어 인간의 의식 구조와 유사하다. 독자가 기존 평면텍스트를 순차적으로 읽어야 함에 따라 텍스트에 대해 수동적인 반면, 하이퍼텍스트의 경우에 독자는 읽을 노드를 계속 선택한다는 측면에서 텍스트를 구성하고 창조하고 있다고 볼 수 있다. 따라서 하이퍼텍스트는 독자와 작가의 경계가 흐려져 텍스트가 텍스트 자체 이상의 효과를 지닌다고 말한 롤랑 바르트의 텍스트 개념보다 훨씬 확장된 의미를 갖게 된다. 또한 하이퍼텍스트는, 사람 의식의 구조처럼 비연속적이고 어느 방향으로든 상호 연결되어 움직일 수 있다.

기존 텍스트가 선형적이고 평면적인데 반하여 하이퍼텍스트는 평면을 뚫고 지나 새로운 텍스트를 지속적으로 만날 수 있는 비선형 구조를 가지고 있으며 공간과 시간의 전후통로가 개방되어 있어 인간의 의식 구조를 가지고 있다고 볼 수 있다. 평면텍스트는 텍스트를 페이지 순서대로 순차적으로 읽어 나감에 따라 몰입의 상태에 빠지게 되는데 이 때, 독자 자신은 텍스트에 대해 수동적이다. 반면 라이언의 설명대로,

하이퍼텍스트는 독자가 텍스트 속에 들어가 그 환경을 변화시킬 수 있는 텍스트 환경과의 상호제휴성 및 상호활동성(Interactivity)을 내포하고 있기 때문에 그 텍스트는 인간의 상상과 하이퍼 상상이 합일되는 무한한 상상공간을 제공한다.

마이클 조이스는 하이퍼텍스트의 기능을 두 가지로 나누고 있는데, 첫째는 탐색적(exploratory) 하이퍼텍스트이고, 둘째는 조성적(constructive) 텍스트이다. 그는 두 번째 조성적 하이퍼텍스트 기능을 강조하고 있다. 마이클 조이스는 조성적 하이퍼텍스트의 예를 소설가로서 자신이 쓰는 류의 하이퍼 픽션을 예로 들어 설명하고 있다.

하이퍼텍스트 환경은 일정하게 정해진 방식이라기보다는 작가 또는 독자가 환경을 스스로 새롭게 조성해 가는 공간이다. 기존 텍스트를 읽는 독자는 그저 상상을 통하여 그 세계에 몰입하고 반면, 그 환경에 대하여 수동적인 태도를 취할 수밖에 없었다. 그러나 하이퍼텍스트 공간은 이용자 스스로에 의해 새로운 텍스트의 조성이 가능하다. 유저 스스로가 기존 다른 이용자들에 의하여 만들어져 있는 주변 환경을 다시 변형할 수도 있다. 이러한 적극적인 이용자의 텍스트 구성의 참여는 라이언의 설명처럼, 기존 텍스트보다 몰입의 정도를 강화하는 효과를 낳게 된다. 센서를 이동시키면서 느끼는 이동의 자유로움은 그가 연극의 무대에서 연극을 하는 듯한 느낌을 제공하며, 연출과 무대환경도 동시에 조성하는 역할을 맞게 된다. 사이버 환경에서는 독자 스스로가 텍스트의 활동방향성을 구축하여 텍스트의 의미화 과정을 계속 따라가면서 완성시킬 수 있게 된다.

과거에는 인간의 상상력을 가지고 평면적 공간 속에서 여행과 낭만의 추구가 이루어져 왔으나, 하지만 이제는 독자의 텍스트로의 적극적 개입으로 인해 그 상상력이 기계적 인공두뇌라고 할 수 있는 하이퍼텍스트 시스템이, 좀 더 확장된 의미로 사이버시스템이, 제공하는 3차원 공간으로 인해 독자는 더욱 더 무제한적 우주 공간을 제공받게 되었다. 이러한 공간 하에서의 상상력이란 코울리지의 상상력이 제공하는 일반 자연공간 혹은 인간의 정신공간과는 또 다른 하이퍼 공간을 요구하므로 시인/독자는 그 공간 안에서 동시적으로 글을 쓰고 대화하면서 과거의 낭만과는 한 차원

다른 낭만을 경험할 수 있게 되었다.

<하이퍼> 개념 자체는 이탈리아의 문화기호학자인 움베르토 에코와 프랑스 사회학자이자 철학자인 보들리야르가 제기한 하이퍼 리얼리티 문제로부터 출발한다. 그들은 이것을 고도로 발달된 대중매체의 지배에 직면한 리얼리티의 소멸과 연결시켰다. 경우에 따라 모사적인 것이 더욱 진짜처럼 보이는 것처럼, 하이퍼 리얼러티는 우리가 주변적인 삶에서 인지하는 것보다 더 순수하고 정확하고 리얼한 실재로 우리 곁에 나타난다. 하이퍼 리얼리티티를 재현하는 것이 하이퍼텍스트이며, 하이퍼 픽션은 하이퍼텍스트를 더욱 더 정교하게 문학적인 장치로 환치시킨 것이다. 하이퍼 픽션에 대한 활발한 창작이 이루어진다면, 우리는 지금까지 정전(正典)으로 읽어왔던 많은 문학 작품들을 새롭게 고쳐 쓰고, 마음대로 변형시킴으로서, 대가들의 상상력을 전복시키는 아주 색다른 문학 행위를 경험하게 될는지도 모른다. <하이퍼>라는 신조어는 <이야기하기>의 형질을 근본부터 흔들어 놓을 디지털 스토리텔링의 주요한 키워드인 것이다.

전략 1 디지털 스토리텔링이 기존의 스토리텔링과 차이점은 무엇인가?

전략 2 디지털 스토리텔링의 예를 들고, 컨버전스가 이루어진 과정에 대해 이야기해보자.

전략 3 온라인 게임의 스토리는 문학의 스토리와 어떻게 다른가?

전략 4 하이퍼텍스트의 독서 방식이 독자에게 미치는 영향은 무엇인가?

참고문헌

A. H. 라키토프, 『컴퓨터 혁명의 철학』, 이득재 역, 문예출판사, 1996.

Caillois Roger, 『놀이와 인간』, 이상률 역 문예출판사, 1994.

Fidler, Roger, 『미디어모포시스』, 조용철 역, 커뮤니케이션북스

Fiske, J. & John Hatley, 『TV 읽기』, 이익성・이은호 역, 현대미학사, 1994.

Hauser, A., 『문학과 예술의 사회사』(근세편 하)(3판), 염무웅・반성완 역, 창작과비평사.

Livingston, S. & Peter Lunt, 『텔레비전과 공중』, 김응숙 역, 커뮤니케이션북스, 2000.

Ong, W. J., 『구술 문화와 문자 문화』, 이기우・임명진 역, 문예출판사, 1995.

잡지 SW Insight, 정책리포트 2월호

강내희, 「디지털시대의 문학하기」, 『문화과학』, 1996년 여름호.

강심호, 『디지털 에듀테인먼트 스토리텔링』, 살림지식총서196, 살림출판사, 2005.

그레마스, 『의미에 관하여』, 김성도 역, 인간사랑, 1997.

김 건, 『디지털시대의 영화산업』, 삼성경제연구소, 2006.

김만수, 『문화콘텐츠 유형론』, 글누림, 2006.

김성도, 『구조에서 감성으로 : 그레마스의 기호학 및 일반 의미로의 연구』, 고려대 출판부, 2002.

김정란, 「뻬로의 '상드리용, 또는 작은 유리구두」, 『동화와 번역』 5, 건국대학교 동화와번역연구
　　　소, 2003.

김정탁, 『미디어와 인간』, 커뮤니케이션북스, 1998.

김종래, 『유목민 이야기』, 지우출판, 2002.

김주환, 「정보화 사회와 뉴미디어, 어떻게 볼 것인가」, 『문화과학』, 1996년 봄호.

김진철, 「게임 마케팅이 기업이미지에 미치는 효과 연구」, 중앙대학교 대학원, 2001.

다니엘 벨, 『정보화 사회와 문화의 미래』, 서규환 역, 도서출판 디자인하우스, 1992.

로버트 맥기, 『시나리오 어떻게 쓸 것인가』, 고영범・이승민 공역, 황금가지, 2002.

로버트 쿠버, 「하이퍼픽션 : 컴퓨터를 위한 소설들」, 『외국문학』, 1995년 겨울호.

마크 아메리카, 「테크노픽션 : 디지털 몰입의 시대로 들어가기」, 유희석 역 『외국문학』, 1995년
　　　겨울호.

마크 포스터, 『뉴미디어의 철학』, 김성기 역, 민음사, 1994.

문학과영상서사연구회, 『영화? 영화!』, 글누림, 2006.

민속학회 편, 『한국민속학의 이해』, 문학아카테미, 1994.

박명건, 「다사용자 온라인 롤플레잉게임의 공간적 특성과 정체성 경험에 관한 연구」, 경희대 대
　　　학원, 2003.

박인철, 『파리학파의 기호학』, 민음사, 2003.

배주영, 『디지털 애니메이션 스토리텔링』, 살림지식총서197, 살림출판사, 2005.

변신원, 『디지털로 사고하고 양성적으로 리드하라』, 삼성경제연구소, 2005.

손은주, 「'신데렐라'형 민담의 의미와 역사」, 『뷔히너와 현대문학』 14, 한국뷔히너학회, 2000.

아트 실버블렛 외, 『미디어 리터러시 접근법』, 송일준 역, 차송, 2004.

안토니오 네그리·네그리 하트, 『제국』, 윤종수 역, 이학사, 2001.

오윤선, 「세계의 신데렐라유형 이야기군 속에서의 <콩쥐팥쥐 이야기> 고찰」, 『동화와 번역』 11, 건국대학교 동화와번역연구소, 2006.

우찬제, 「정보화시대의 문학」, 『정보예술의 미래』, 한국정보문화센터, 1995.

이강엽, 『바보 이야기, 그 웃음의 참뜻』, 평민사, 1998.

이수라 외, 『디지털시대의 글쓰기 1, 2』, 태학사, 2004.

이용욱, 「사이버리즘의 문학적 구현 양상」, 『내러티브』 제3호, 한국서사학회, 2001.

이인화 외, 『디지털 스토리텔링』, 황금가지, 2003.

이인화, 『한국형디지털 스토리텔링-「리니즈2」 바츠해방전쟁 이야기』, 살림지식총서200, 살림출판사, 2005.

이재현, 『인터넷과 사이버 사회』, 커뮤니케이션북스, 2001.

이재홍, 『게임 시나리오 작법론』, 도서출판 정일, 2004.

이정엽, 『디지털 게임, 상상력의 새로운 영토』, 살림지식총서 201, 살림출판사, 2005.

인문콘텐츠학회, 『문화콘텐츠 입문』, 북코리아, 2006.

장덕순 외, 『구비문학개설』, 일조각, 2006.

장미영 외, 『문화콘텐츠와 스토리텔링』, 신아출판사, 2006.

전경란, 『디지털 게임의 미학-온라인게임 스토리텔링』, 살림지식총서198, 살림출판사, 2005.

조남현, 『소설원론』, 고려원, 1982.

조장환, 『아우또노미아』, 갈무리, 2005.

조정래·나병철, 『소설이란 무엇인가』, 평민사, 1991.

주경미 외, 『창의적 발상과 문화콘텐츠 작법』, 글누림, 2006.

최연구, 『문화콘텐츠란 무엇인가』, 살림지식총서217, 살림출판사, 2006.

최예정·김성룡, 『스토리텔링과 내러티브』, 글누림, 2005.

최혜실, 『디지털시대의 문화예술』, 문학과 지성사, 2000.

최혜실, 『문화콘텐츠, 스토리텔링을 만나다』, 삼성경제연구소.

츠베탕 토도로프, 『담론의 장르』, 조명원·송덕호 역, 예림기획, 2004.

프랭크 렌트리키아 외 편역, 정정호 외 공역, 『문학연구를 위한 비평용어』, 한신문화사, 1994.

한국일보 문화면, 2006년 4월 7일자 기사.

한국정보문화센터 편, 『디지털미디어사회』, 1994.

한혜원, 『디지털 게임 스토리텔링-게임은하계의 뉴 패러다임』, 살림지식총서199, 살림출판사, 2005.

황준환, 『FAMILY』, 살림, 2004.

저자 소개 (가나다 순)

류수열 전주대학교 국어교육과 교수
주요 논저 : 『명쾌한 디지로그 글쓰기』(공저),
　　　　　　『디지털 시대의 민족문화연구방법』(공저),
　　　　　　『멀티미디어 시대의 전략적 글 읽기』(공저),
　　　　　　「읽기 교육과 글쓰기 교육에 대한 통합적 관점」 외 다수

유지은 전주대학교 언어문화학부 강사
주요 논저 : 『살롱, 카바레, 카페』(공저),
　　　　　　『디지털시대의 민족문화연구방법』(공저),
　　　　　　「바로크 연극 미학」,
　　　　　　「17세기 전반기 프랑스 연극」 외 다수

이수라 전주대학교 교양학부 객원교수
주요 논저 : 『색깔 있는 문화』(공저),
　　　　　　『대인관계 능력과 프레젠테이션 기술』(공저),
　　　　　　『디지털시대의 독서기법』(공저),
　　　　　　『서사문학 특강』(공저) 외 다수

이용욱 전주대학교 언어문화학부 교수
주요 논저 : 『문학, 그 이상의 문학』,
　　　　　　『사이버문학의 도전』,
　　　　　　「디지털 서사체의 미학적 구조」,
　　　　　　「컴퓨터게임 스토리텔링의 서사구조 연구」 외 다수

장미영 전주대학교 교양학부 교수
주요 논저 : 『문화콘텐츠와 스토리텔링』(공저),
　　　　　　『여성과 미디어』(공저),
　　　　　　『현실고양을 꿈꾸는 서사문학』(공저),
　　　　　　『실버를 골드로』(공저) 외 다수

주경미 전주대학교 교양학부 교수
주요 논저 : 『정보화시대의 속해학습법』(공저),
　　　　　　『창의적 발상과 문화콘텐츠 작법』(공저),
　　　　　　『멀티미디어 시대의 전략적 글 읽기』(공저),
　　　　　　「신소설에 나타난 신체어 관련 관용표현 연구」 외 다수